U0070239

沖喜是門大絕活 3

茶榆 著

風文創 1248

目錄

第二十一章

姜婉寧把那幾個孩子帶回了家，將提前準備好的糖漬甜果兒分給他們，還多給了幾個，叫他們分給家裡的兄弟姊妹。

等他們從陸家離開了，馮賀才敲門進去。

姜婉寧見他跟來，也不意外。「請問少東家來此是還有什麼事情嗎？」

姜婉寧禮貌地將他請進來，因房中不便待客，就叫他在院裡的石桌旁坐下，又去屋裡端了茶水來。

眼下不比從前，畢竟是住在了鎮上，姜婉寧也會在家裡備著些茶葉了，肯定比不得那些酒樓裡的珍品，但用來招待客人，並不失禮的。

馮賀見她忙裡忙外，有心叫她不必見外，可姜婉寧的視線始終沒有落在他身上，馮賀無法，便只能等她收拾完。

卻不知，姜婉寧刻意放緩了動作，並不是很想跟他私下裡相處。

可惜此時正值晌午，距離陸尚回來，還有一段時間，姜婉寧即便再怎麼慢，也總有坐下的時候，終究還是要跟馮賀面對面了。

馮賀對於這會兒的等待是沒什麼意見，可跟在他身邊的六順就有些不情願了。

等姜婉寧坐下來，六順低聲嘀咕了一句。「陸娘子還真是忙呢……」

「瞎說什麼呢！」馮賀面色一變，輕聲喝斥，又見姜婉寧大概是沒有聽到，心下才稍顯放鬆，然後又說：「這兒沒你什麼事了，去旁邊候著。」

「欸，少爺……」六順極為震驚。

然而馮賀急於驗證他心中的猜測，不耐煩地擺了擺手，把六順打發去牆頭底下站著，與他隔了一段距離，也省得六順聽見什麼不該聽的。

唯有姜婉寧見狀有些忐忑，不自覺地摩挲著手裡的茶盞，半天才問：「少東家這是？」

馮賀牽強地笑了笑，勉強維持住鎮定。「說來上次曾見過夫人的墨寶，那時我便覺得夫人筆墨大氣，有心結交，卻因瑣事耽擱了。幸好我與陸賢弟交情漸深，這才有了與夫人一坐的機會。當日我的判斷果然沒錯，夫人大才，不光寫得一手好字，竟還當了巷子裡的女夫子。」馮賀拱了拱手。「女夫子我倒是頭一回見，可若是由夫人來做，又好像沒什麼值得大驚小怪的。」

姜婉寧並沒有因為他的恭維而放鬆警惕，她勉強彎了彎嘴角。「少東家謬讚了，我也只是粗通幾個大字，至於在巷子裡教學一說，不過是因孩子們年紀尚小，啟蒙罷了。倒是少東家素來繁忙，怎有空來學堂一看？」

馮賀一笑而過，並不解釋，話音一轉又問：「不知夫人的書法是師從何家呢？我雖才淺，卻也知道夫人的筆墨非是一朝一夕能練成的，真是讓我好生欽佩。」

既然他能一帶而過，碰上姜婉寧不願多言的，她也可以但笑不語。

哪想馮賀並不是一個輕言放棄的人。「不知夫人可曾見過陸賢弟贈與我的那冊書？」

姜婉寧淺笑。「倒是不曾注意過。」

「那冊書乃是當今科考必備書目，書冊雖難得，可更珍貴的卻是其內頁的批註，先不說內容之深奧，就單看筆記也是極好的。之前我曾叫府上的先生來看，先生還曾戲言，叫我就算看不懂批註，單是把它當作書帖，照著練字也是很好的。」

聽到這裡，姜婉寧已經維持不住她的表情了。

馮賀只是於科考一途無甚天賦，可一個能把家中生意打理得井井有條的人，怎麼也不會是個傻的，稍微一點蛛絲馬跡，就能叫他尋根問底。

姜婉寧微微垂首。「少東家想說什麼呢？」

馮賀的聲音漸低了。「我聽說夫人姓姜……那夫人可知《時政論》的編者之一，也與夫人同姓啊？」

話音才落，姜婉寧猛然抬頭。

馮賀表情肅正，斂目問道：「我只是想找夫人問問，陸賢弟說的那位老先生，夫人認得嗎？」

姜婉寧的胸口劇烈起伏著，好半天才漸漸平息了下來，她聲音發寒地問：「認得也好、不認得也罷，少東家想如何？若少東家覺得那人不可信，無法讓您如願考過院試，又或是介意什麼世俗看法之類的，我會轉告夫君，叫他回絕了那位先生。」

馮賀面色一變。「我絕非此意！」

「那少東家是什麼意思呢？」姜婉寧自己都沒注意到，她漸漸穩住了氣勢。

「我、我就是……我就是想問問……」馮賀說完也覺得這話無法取信於人，可天地良心，他試探了這麼大半天，確實沒有藏壞心的！《時政論》之絕妙，但凡是個書生都知道，而能將書中內容批註得如此精髓的，要麼是深研之人，要麼就只可能是編者。

馮賀也曾想過，會不會是那位姜大學士親至此地？

可他認真打探過，知道那位姜大學士一年多前獲罪，全家被流放至極北寒涼之地，而姜大學士作為罪臣，絕無可能中途停下，便是死也要死在北地。

反倒是一同流放的女眷，或許會因意外而掉隊。

一個會唸書、會寫字的女子，在塘鎮還算常見。

可要是這人能寫得一手常人無法寫出的字，又碰巧也姓姜，更巧合的是，她也是犯官之後，是被人花錢買來的……

那麼排除掉所有的不可能，剩下的猜測即便再怎麼離譜，也必是真相。

在學堂裡待的那半個時辰，馮賀已經從震驚到懷疑再至平靜了，後面之所以追到姜婉寧家裡來問，也只是想求得一個肯定的答案。

女子為師，聽起來許是荒唐。

可世人還說商籍低賤，商人不可入仕，他不還是堅持了這麼多年？

馮賀就是想求個答案，可沒有想要把好不容易遇上的貴人給問沒了。堂堂大學士府上的小姐，必然也是才學驚人的，放跑了這個，他再去哪裡找來第二個？

到了如今，他對姜婉寧只剩下尊敬和期許了。只要姜婉寧能教他考上秀才，別說是認她做老師了，就是認她當娘也無不可！虧得他沒有將心中想法說出來，不然還不定要被幾個人暴打。

姜婉寧深吸一口氣。「那敢問少東家，便是問到了，那後面呢？」

「後面、後面……」馮賀結結巴巴半天後，老實道：「陸賢弟說老先生不願出世，我自然不敢違背，但先生高才，我也不能白白叫他費心。」他打起精神說：「夫人若是不介意，我回去就準備厚禮，只當作是先生指導的謝禮，還望先生笑納。」

話說到這個分上，其實許多事情都已經挑明了。

姜婉寧一時心情複雜，沈默良久才說：「那位先生既說了不必拜師、不需謝禮，自用不著少東家再費心。再說，這既是夫君與少東家之間的事，就你們談便是了。我一介後宅婦人，只要做好分內之事就夠了。」

「那……」馮賀的手心裡冒了點汗。「那我之後還能去學堂旁聽嗎？」

姜婉寧無奈地說：「學堂內的孩子最大不過十幾歲，我教給他們的也無非識字、算數，少東家早已受過明師啟蒙，用不著再學一遍了。再說這些東西，多學也是無用的。」

「那我該怎麼做呢？」馮賀言語間越發謙卑。

姜婉寧沈吟片刻後，說：「少東家不是收到考校的題目了？只管先作答便是。」

「哎，好好好！我已經在答著了，就是可能答得不太好，還請夫人——唔，我是說那位老先生，還請那位先生見諒。」

姜婉寧沒有應，轉而問道：「時候不早了，少東家可要在寒舍用午膳？」

「不用、不用，我就不叨擾了，夫人先忙著，我這就走！」馮賀可不敢吃她親手做的飯，當即起身，拱手拜了又拜，兩邊的嘴角險些咧到耳朵上去。「六順，走了！」他招呼一聲，鄭重地跟姜婉寧告了別，臨出門時又添了一句。「等陸賢弟回來，還請夫人差人告訴我一聲，我與賢弟再仔細說一說生意上的事。」

姜婉寧應下，起身目送他離去。

她已經很久沒有應付過這樣的場面了，待將人送走，難免感到一陣疲倦和惶恐，又怕身分被馮賀宣揚出去，只恐日後惹來無窮盡的煩惱。

沒過多久，大寶三人回來了，她趕緊招呼孩子們過來吃飯，又去外面把陸奶奶叫了回來，好些人湊在飯桌前邊吃邊說話，她這才把之前的事暫時忘掉。

然而熱鬧散去，隨著陸奶奶幫她收拾完碗筷，幾個孩子也跑去休息，她回了房後，無疑又是一個人了。

今日下午不用去巷口寫信，姜婉寧便待在自己房裡，她本是要把書肆的字帖給寫了，偏偏總是心神不寧，寫了兩張盡毀了，只好就此停下。

她起身坐到梳妝檯前，旁邊的窗子是打開的，不時拂進來的微風，給這初秋添了一點涼意，也讓她心底的沈悶漸漸散去幾分。

到了午後休息的時候，卻聽大門那邊傳來聲響，姜婉寧抬頭一看，可不正是陸尚回來了。

他手裡拎了包用油紙裹好的點心，瞧著包裝有些簡陋，可按照往常的經驗，能被他帶回家裡的，總不會是什麼難吃的。

陸尚隔著窗子看見姜婉寧後，當即露出笑，抬高了手裡的東西，用口形說：「我給妳帶了栗子糕回來！」

姜婉寧下意識起身，主動開門迎了上去。

考慮到家裡的其他人還在休息，陸尚一進去就把門帶上，又挽著姜婉寧到了桌邊，樂呵呵地給她看了糕點。

「這是陸啟推薦給我的，是城門口的一對老夫妻手做的，我嚐了味道還不錯，不算太甜也不是很膩，妳應該會喜歡。趕明兒我在家無事，正好把假山後頭的鴨子抓一隻來宰，一半清燉，一半辣炒，這樣一天的飯就都有了……要是有空再把假山後面的地給收整收整，看能不能種點冬菜什麼的。」

陸尚絮絮地說著，看姜婉寧嚐了栗子糕，又遞了一杯水過去。

姜婉寧聞言不禁露笑。「那我去找田嬸問問，她家也有菜畦。」

陸尚起身去門口擦了把臉，看見下巴上露出青茬，又去窗臺上尋刀片。

就在他刮除下巴上的髫碴時，背後傳來姜婉寧幽幽的聲音——

「夫君，有件事……我想跟你說一聲。」

「怎麼？」陸尚並未覺出異樣。

姜婉寧又說：「今天馮少東家來了，先是去學堂聽了半個時辰的課，又來家裡坐了小半個時辰，提到了……老先生。」

陸尚動作一頓，用濕帕子把下巴清理乾淨，繼而轉頭。「阿寧想說什麼？」

「被少東家發現了，知道了不是老先生給他授課。」

陸尚看著姜婉寧的表情，見她並無太多波動，便也沒有太過慌亂，他走過去拉著姜婉寧坐下，這才細細問道：「阿寧可以把事情跟我完整地講一遍嗎？」

姜婉寧點了頭，從馮賀出現到離開期間，所有舉動、所有言語，分毫不差地複述了一遍，最後說：「若是只說馮少東家，他好像已經接受了這般情況，但我有點擔心旁人，萬一他對旁人說了，會不會引來麻煩？畢竟……犯官之後，本就是罪籍，沒有如規去往流放之地已是不對，還這般張揚，若是被官府發現，只怕還會連累到夫君。」

叫她糾結了半天的，正是此事。

陸尚的表情卻沒有太多變化，甚至為了安撫姜婉寧，他還故作輕鬆地說：「我還當是什麼事呢，既然馮少東家不介意，那便沒什麼大不了的。他不是說要找我商量生意上的事嗎？等晚點我過去一趟，到時再看看他的態度。若是真如妳所說，他心甘情願受妳教誨，我便再提一提。阿寧放心，沒有什麼好運累的，也不會出事。」

也不知是他聲音太溫柔還是如何，姜婉寧那顆飄忽不定的心也漸漸沈定下來。

陸尚哄她又吃了兩塊糕點，聽她說不小心壞了兩張澄心堂紙，仍是安慰，還將責任推到了馮賀身上。「都怪他亂講話，等日後叫他賠了才行。」

姜婉寧忍俊不禁。

沒過多久，午休結束，院裡響起幾個孩子的說話聲，姜婉寧把桌上的糕點屑簡單清理了一下，便出去招呼他們上課了。

陸尚這次沒跟去蹭課，而是小憩片刻，等精神頭恢復得差不多了，便換了一身衣裳，出門轉去馮賀家裡。

聽說陸尚到來，馮賀趕緊從書房出來。

自陸家離開後，馮賀就像吃了什麼神藥一般，人也不睏頓，神思也不迷惘了，一頭鑽進書房，硬是揮筆寫出了兩張策論來。

先不說內容如何，好歹字句是連貫了。

他出門揮退左右小廝，親自把陸尚領去堂廳裡，又殷勤地奉了茶，坐下後目光炯炯，一眨也不眨地盯著陸尚。

見他這一番動作，陸尚心裡也算有了譜。

可是這樣被人盯著，他實在有些不自在，剛端起茶盞，又受不住地放下，輕嘆一聲。

「少東家這般看我，可是叫我好生惶恐呢！」

馮賀只是笑。「不至於、不至於！倒是陸賢弟瞞得我好苦啊！」

陸尚苦笑兩聲。「實是情勢所逼，少東家想必也是聽說了些什麼，畢竟……」

「了解、了解，我都是明白的！」

陸尚順著說道：「我回家後也跟夫人說了兩句，談及此事卻是不宜聲張，少東家要是有心留在這邊，還請少東家包含一二。」

馮賀想了想，大概明白了他的意思。

他想的雖與陸尚有差別，可結果卻是差不多的。

人總是有私心，倘若這位姜夫人能叫他過了院試，那定也能叫旁人通過院試，萬一風聲傳出去，誰知世俗偏見又會說成什麼，到時事態一亂，他就是恩將仇報了。

不論他心裡如何作想，只要他不往外亂說，陸尚便也全不在意了。

這事說罷，陸尚提了一嘴生意。

馮賀想起來，道：「是了是了，我差點把這事給忘了！還是商宴的事，我這邊也聯繫得差不多了，赴宴的商戶約莫有三十來家，其中不乏與我相當的少爺、公子。我是想著把時間定在中秋前後，到時就是吃蟹、品酒的時節，大夥兒也好聚一聚。我便是來問問陸賢弟的想法，要是沒有問題，我就叫底下人去擬帖了。」

饒是陸尚，也不禁感慨。

要論他與馮賀之間，一個大商戶家的公子，一個才轉商籍沒兩個月的小商人，本該全無交集的兩人，現在卻幾乎到了平起平坐的地步。

他可不會覺得這是陸氏物流多大多好，歸根究底，全是因為姜婉寧的緣故。

若非馮賀有求於她，他這個名義上的丈夫，恐也沾不得這樣大的光。

思緒回轉間，陸尚卻仍保持著低姿態。「全聽少東家的安排，我何時都可。」

「那行，我就先安排著，等全都定下了，再跟陸賢弟說。屆時到場的還有一家做木材倒賣生意的，利潤頗高，只是往返路程有些遠，往日都是請鏢局押鏢，陸賢弟要是有意，可以提早準備起來。」

陸尚神色一正。「多謝少東家提點。」

馮賀原本還想請他指點一番經義考校的，可一想，問了陸尚，不就等於間接問了姜婉寧？如此問與不問也沒甚差別了，還顯得他投機取巧。

馮賀一時有些訕訕的，也只好歇了討教的想法。

因他還要回書房苦讀，陸尚便也不再打擾，起身告別了。

當天晚上，陸尚把這事給姜婉寧講後，見她徹底安了心，心下也是一陣輕鬆。

只是這份輕鬆隨著學字的課程到來，很快又轉成了痛苦。

好不容易結束了今晚的習字後，陸尚往床上一倒，掰著手指頭數了數。「我也學了有一、二百字了吧？常用的字學得也差不多了，是不是可以停一段時間了？」

姜婉寧只做沒聽清。「什麼？夫君覺得學得太慢嗎？那從明日起便多加半個時辰吧，夫君要是願意的話，也可以跟學堂一樣，每月一考校。」

陸尚閉眼，大聲道：「我不！」

姜婉寧抿唇笑著，幫他把桌上的紙筆收拾好，自顧自下了決定。「那就說好了，等下月學堂小考時，我也給夫君留一份試卷。」

「我、不！」陸尚拒絕得更大聲了。他一個二十幾的大男人，跟一群十幾歲以下的孩子比，考過了沒什麼好得意的，沒考過可不更加丟死人？於是陸尚又重複了一句。「我不考，好阿寧——」

姜婉寧可受不了他這樣喊，當即改口。「好好好，我不說了就是。」

轉過天來，姜婉寧早早就去了學堂。

陸尚做完健身操後又睡了個回籠覺，起床整理了一番近日的帳目，這才出去捉鴨子、殺鴨子。

等姜婉寧下學回來，陸尚已然做好了午飯。

陸奶奶又蒸了一大鍋白饅頭，就著剛燉好的鴨子吃，格外噴香。

這天下午，姜婉寧收了書信攤子，到家門口時碰上了項家母女倆。

項敏換了身輕便的衣裳，頭上紮了兩個丸子頭，還是躲在她娘後面，瞧來怯生生的模樣。

可有了上次的經歷，姜婉寧是不會錯認了。

項娘子說：「我想著從明兒起送阿敏去學堂，不知道夫人那裡方不方便？」

「方便的。」姜婉寧溫婉道：「只是學堂裡的孩子已經學了一段時日，阿敏是後面來的，只怕會有些跟不上。到時我再看看，要是有必要的話，等下午再叫她來我家，跟著另外幾個孩子多學一會兒。項姊姊放心，之前說好不收阿敏學費的，下午加課也不收。」

項娘子卻不肯占這個便宜，擺擺手說：「不用不用，我把阿敏送來，一來是想叫她識兩個字，二來也是因她在家裡實在太鬧騰了，送來夫人這兒我也放心，後面要麻煩夫人多費心了。」

姜婉寧連連說「不」，蹲下去跟項敏認真地打了招呼，又說：「那明天早上，我便等阿敏來上學了。」

「好，夫子，阿敏知道了。」單聽小姑娘軟軟糯糯應答的模樣，可是跟項娘子嘴裡的孩子王大相徑庭。

項敏要來上學的事，原本只陸家和項家知道，等她進了學堂，其餘孩子才曉得。

姜婉寧怕她一個姑娘在學堂不適應，特地給她挑了最前面的一個位子，只要自己在前授課，便是離她最近的。

小姑娘上課聽得很認真，乖乖背著手，叫人越看越是喜歡。

然而等學堂下了學，不等姜婉寧叫她來家裡吃飯，就見項敏猛地從座位上跳起來，一巴掌拍在旁邊人的肩膀上。「二虎子，快把你之前上課學過的給我看看！」

姜婉寧無語。

除了第一個受災的二虎子，項敏在學堂裡跑了一圈，要了七、八人的功課，還把幾個跟她玩得好的小弟叫過來，押著他們幫忙補課。

至於她上頭那個只大三歲的親哥哥，只能守在旁邊，一臉的無奈。

項奕看見姜婉寧面上的震驚，只好走過去低聲解釋。「還請夫子見諒，阿敏她其實也是聽話的……偶爾的時候。」

姜婉寧震驚過後，很快就釋然了。

姜婉寧昨兒還說要給小姑娘補課呢，現在看來，哪裡用得著她？光她那些「小弟」，就能幫她彌補了前些天的缺漏。

再說什麼欺負不欺負的，小姑娘不欺負旁人就算好的了。

當天晌午吃飯時，不等姜婉寧提及，大寶就把學堂裡來了個女學生的事說了出來。

大寶瞪大了眼睛說：「她好凶喔——」

話音剛落，頓時逗得姜婉寧和陸奶奶大笑不已。

幾日後，馮賀將他鑽研數日的經義送了過來，除了經義外，還帶了一套筆墨，筆是上好的狼毫筆，墨也是極珍貴的徽墨。

馮賀將東西恭敬地遞給姜婉寧，又說：「還請夫人代我交給那位先生。」

明明是雙方都心知肚明的事，可偏要加上代稱，平白添了一股陌生感。

姜婉寧接了經義，卻不肯受筆墨。

哪知馮賀卻一本正經地道：「我這是送給老先生的，夫人只管轉交便是。若是老先生不肯受，我只好再尋其他筆墨了。」

姜婉寧無法，只好暫時接下。

要說能叫學生害怕的事，大考、小考必占其一，然而比考校更可怕的，當然還是看著老師閱卷，馮賀也不例外。

他把東西送來了，就怕姜婉寧當著他的面批閱，因此抱著晚死一會兒是一會兒的想法，趕緊告了辭。

照理說，經義批註是最費時間，馮賀好不容易熬過一劫，當天下午就出了門。沒想到等他回來後，就聽留在家裡的小廝說「陸老闆來了」。

馮賀心頭一跳，進門看見陸尚後，一時間也不知該說什麼。

陸尚卻無這些顧慮，把帶來的厚厚一沓紙遞過去。「這是批閱過的經義題目，少東家且先看著。老先生說了，等少東家都看過、了解了，再重新作答一遍。這回沒有時間限制，少東家什麼時候學好了、答完了，什麼時候送去我家便是。」

饒是早有準備，馮賀還是一驚。「這麼快?!」

陸尚輕咳一聲，故意道：「不快了、不快了，這天都黑了，都有半天了。」

馮賀張了張口，把那沓紙稍微翻了翻，有他答案的那幾頁已經密密麻麻全是字，每行的縫隙間都有批閱。而最後的幾張白紙上，則是列了許多書目，每條書目下還寫了該著重學習的章節，更駭人的是，每一條都與兩道經義題相關。

這叫他抓耳撓腮好幾天的東西，人家只用了一下午，就尋出了無數與之相關的條文，這便是夫子與學生之間的差別嗎？這下子，馮賀是徹底說不出話來了。

陸尚對他的心情也感同身受，忍不住上前拍了拍他的肩膀，無聲安慰著。

本以為馮賀拿了這些書面指導後，怎麼也要消停上半月、一月的，不料沒過兩天，他便又來到陸家。

因陸尚常跟物流隊送貨，家裡只有姜婉寧和陸奶奶在。

陸奶奶正在院裡擇菜，打了聲招呼後，便逕自去了廚房裡。

馮賀主動開口道：「叨擾夫人了，實是我對老先生的批閱有太多不解，實在無法，只能再過來一趟，想請夫人代為轉達，要再辛苦老先生給解釋一二。」

說著，他拿出提早準備好的疑難問題。

姜婉寧抬眸看了一眼，眉目卻帶了點微妙，她忍不住問了聲。「就這些？」

她的語氣並無什麼不同，可馮賀還是聽出了其中的幾分不解，彷彿在問：這麼簡單的東西，也需要解釋嗎？

他頓時滿臉羞愧。

好在姜婉寧很快便說：「請少東家稍候片刻，老先生之前也留了一些解釋，待我去拿出來。」

解釋自是沒有的，她是要當場寫。

馮賀並不在意這些，恭敬應了是。

而在他等候的時間裡，到了大寶他們的課間，幾個孩子出來放風，除了大寶、龐亮和林中旺外，還有項敏也在。

項敏雖是有小弟們補課，但姜婉寧對她總是有幾分期許和偏愛的，這不，沒過幾天，就把人叫來了家裡，跟著大寶他們多學點什麼。

馮賀在幾個孩子面前也算露了頭，只有項敏對他比較陌生。

只是她膽子大，在臺階上看了一會兒後，便蹦蹦跳跳地找了過去，歪著腦袋問：「你也是夫子收的學生嗎？」

馮賀一怔。

項敏又說：「可是你看著比我們大好多欸！」

馮賀失笑，半蹲下去與她平視，小聲道：「噓——我還不是夫子的學生呢！夫子嫌我年紀太大，不願收我，這也太丟人了，妳可千萬別跟旁人說。」

項敏似懂非懂地點了點頭，想了想又道：「那大哥哥你好好學，夫子可好了，等你認真了，夫子肯定就願意收你做學生了。」

「好，我記下了，謝謝妳告訴我。」

「不客氣喔！」項敏甜甜地笑了笑，跟他一揮手，便去找大寶他們玩了。

過了大約半個時辰，姜婉寧從書房出來，抱歉地道：「東西被我放忘了地方，找了好久才尋到的，還請少東家見諒。」

馮賀一接過來，當即就瞧見了上面未乾的墨跡，他心下了然，嘴上卻說：「無妨無妨，還是辛苦夫人了。」

畢竟男女有別，他拿好了東西，便也不再多留。

馮賀那日的到訪彷彿是開啟了什麼按鈕，雖然姜婉寧說了不收徒、不受禮，馮賀也應了，可他總有其他藉口往陸家送點東西，從兩天一次到一天兩次，眼看著往陸家跑得越發頻繁了。

到後面他更是一日三餐都在陸家，偏偏人不只來了，還帶了所有人的吃食，都是由觀鶴樓精心準備的，大盤、小碟可以擺上滿滿的一桌。

姜婉寧每次都會拒絕，可要論嘴皮子，她總是比不上馮賀的。

且馮賀還打著跟陸尚談生意的名號，飯桌上總要與他說兩句關於月底商宴的事，這又是陸尚最近極在意的事，這下子姜婉寧也不好趕人了。

一來二去的，馮賀反而成了陸家常客。

當然相對的，他次次來時都要帶點什麼問題，多是些浮於表面的淺顯東西，姜婉寧一開始還能耐心解答，後面看他實在不動腦筋，只好換了解答方法。

從開始的逐字逐句，變成只列書目章節，叫他回去自行領悟。

早前就說過，馮賀並不是那等讀書的料子，強求之下，也只能靠勤奮刻苦來彌補天賦，眼下有了書目章節，他苦讀之下，往陸家跑的次數也不似之前那般頻繁了。

轉眼又是一個月過去，陸尚用了一天時間算清帳目，發現這個月的物流運輸裡，去除本金和工人、車馬費用，盈餘竟有足足十三兩。

再加上姜婉寧從書肆那邊得來的報酬，小夫妻倆這一個月能賺個二十兩左右。

照這個速度下去，最多不過一年，就能把當初買房、租房挪用的貨款補齊了。

而月底的到來，便也意味著中秋將近，馮賀將商宴定在中秋前三天。

為了那家做木材生意的老闆，陸尚已經準備了半個月，從運輸所需的車馬到人手，全部清晰地列表出來，還特地請姜婉寧謄抄了一份。

按著馮賀透露給他的訊息，若能接手這單木材運送，每趟利潤至少百兩，碰上好時候，三、五百兩也是不無可能的。

中秋前三日，商宴在觀鶴樓如期舉辦。

為了這次宴會，觀鶴樓提前歇業三天，將樓上待客的裝潢重新整理了一遍，又特意從府城運來了新鮮高檔的食材，以及數名經驗豐富的大廚。

除此之外，馮賀還聯繫了府城裡最有名的戲班子，屆時在樓下搭臺，也做宴饗之外的娛樂。再就是一些上不得檯面的歌女、伶人，他雖不大看得上眼，但這種宴會一般都要安排上少許，用不用陪就全看個人了。

到了商宴這天，觀鶴樓雖不對外營業，酒樓外的車馬、下人卻只多不少。

陸尚早早就過來了，除他之外還另帶了陸啟和詹順安兩人，見馮賀在門口招呼其他客人，他便只打了聲招呼，帶人去裡面等著。

今日到場的這些商人多是從府城來的，塘鎮的商戶只有三、五家，如今也全攀著人脈去跟上頭的老爺、公子們打交道，試圖從他們手裡得些大生意。

到頭來，只有陸尚誰也不認識，無奈之下只能在場內四處走動著，雖未曾與人搭話，卻也將大家所談論的事聽了個大概，甚至憑著這些人的交談，把場內的人認了大半。

至於那位被馮賀再三提及的做木材生意的人家，他家姓黎，今天派了兩位公子來，兩人沒站在一起，可周圍全站滿了人。

陸尚粗略看著，光是他們兩人周圍站著的，就有二十幾人了，更多人還是根本湊不到前頭，只能踮著腳站在最後面，不時伸長脖子瞅一眼。

曾幾何時，陸尚也是那兩位公子的待遇，但時過境遷，他遙遙望著，心下不免唏噓，趕緊調整好心態，也湊過去當圍觀者之一。

雖說他也沒能跟兩位黎家的公子搭上話，但旁聽了小半個時辰，也大概了解了黎家此行所需要的生意夥伴。

原來黎家往日合作的鏢局受雇於一夥番邦商人，兩個月前跟著遠走關外了，黎家本想等上一等，可鏢局的鏢頭卻送了信回來，說估算著一年內是回不來了。

黎家總不能乾等上一年，只好另尋其他鏢局。

除了木材的押鏢外，黎家這兩年還往絲綢、錦緞上發展了一些，但他家不走南北方的常見布疋，而是專門去尋西域番邦的稀罕布料。

正巧，今天來參宴的人裡就有做鏢局和成衣的，兩家老爺也是少數能與黎家兩位公子搭上話的，一說就說了一刻鐘。

直到最後一位客人到場，馮賀和福掌櫃才先後進來。

馮家的生意做得很大，在府城也算佼佼，但今天到場的還有諸如黎家之流，比之馮家也不遑多讓。

馮賀便只到眾人前說了兩句場面話，緊跟著就吩咐人上菜，一樓的戲班子也可以準備開場了。

福掌櫃去後頭安排諸事，馮賀跟幾個相熟的生意夥伴打過招呼後，便徑直往陸尚那邊走來。

他畢竟是馮家唯一的公子，又是此次商宴的發起人，因此一舉一動被許多人觀注著，以至於當眾人看他竟跟一個陌生男子言笑晏晏後，不少人都驚掉了下巴。

隨著馮賀與陸尚交談的時間越長，坐不住的人越多了起來。

陸尚正聽馮賀講述黎家尋找鏢局的一些基本標準時，就聽旁側傳來問候聲——

「馮少爺好！不知這位是……」

來者是一個四十多歲的中年男人，後面跟了一個帳房打扮的先生。

馮賀面上掛了客氣的笑。「原來是張老爺，且容我給二位介紹一下。這位是張老爺，塘鎮本地人，家裡也是做酒館生意的，鎮上很有名的憶江南便是張老爺名下的產業。」

「原來是張老爺，久仰久仰！」陸尚拱手道。

馮賀繼續說：「這位是陸老闆，家裡是做物流生意的，張老爺應該也聽說過，我們觀鶴樓最近換了好幾家供貨商，就全是由陸老闆幫忙牽的線。不光如此啊，他們陸氏物流所提供的包賠損服務，才是最絕的！」

「喔？」張老爺起了興致。

馮賀並沒有越俎代庖，他微微一笑，後退半步，示意陸尚親自解釋。

陸尚了然，主動接過話。「是有這麼回事。鄙人不才，招人組了個物流隊，雇的全是從小在山上打獵的好手，專門負責貨物運輸的。」

「那不就是鏢局？」張老爺的反應和當初的福掌櫃一般。

陸尚笑說：「並非僅僅如此，陸氏物流除了能提供貨物押送之外，更特殊的還是在貨物破損包賠上，便是說……」他仔細將賠損條款解釋了一遍，最後道：「當然，除了賠損之外，若是買方沒有時間親自尋找賣家，只要報了底價和要求，我們也可以代談貨源的。」

張老爺聽得瞠目結舌，不禁道：「難怪我看福掌櫃最近都清閒了，原來是找了陸老闆代勞啊，可真是便宜了這個傢伙……」

說曹操，曹操就到！

福掌櫃走過來說：「這是誰在說我壞話呢！」

張老爺回身和福掌櫃打了個招呼，忍不住又細細問起觀鶴樓近來的貨源供給。

陸尚提供的物流從成本上來說是沒有縮減的，但好多時候，對於福掌櫃和馮賀這樣的大忙人來說，時間就是最貴重的成本。

福掌櫃說：「主要還是貪個省時省心，就說叫農戶送貨或者叫自家酒樓裡的夥計去拉吧，總有誤點的時候，耽擱的時間只能自認虧損。可交給陸氏物流就不一樣了，觀鶴樓的菜、肉、果、蔬等，叫他們送了兩月，從來只有早到的時候，便是品質也始終如一。

「雖說做生意不好說那些喪氣話，但張老爺您也知道，農戶種菜也好、養殖也罷，總有照顧不周的時候，這萬一路上出個什麼事，農戶不賺錢也就罷了，咱們酒樓受的影響可是更大。還是那句話，有了陸氏物流，其中損失就全補上了。說白了，無非就是用小錢買個心安，買個省心罷了！」

張老爺深有所悟，目光不覺地轉移到了陸尚身上。

正說著呢，從旁邊經過的黎大腳步一頓，忽然轉頭。

「請問各位說的物流是？」

黎大也只是碰巧經過，只聽到了福掌櫃的半段言語，因此忍不住停下問了一句。

「哎，這位是黎家大公子，之前我曾與陸賢弟你說過的，黎家欲重新尋鏢局的事便是大公子負責的。」馮賀見黎大過來，面上一喜，當即又為雙方介紹起來。「這位是陸老闆，陸氏物流便是陸老闆負責的。

「我與黎大公子自幼相識，大公子性情高潔，雖看著清冷，卻是極好相處的，而陸賢弟則是我近來認識的密友，品行也是無瑕的。」說著，馮賀又湊到黎大旁邊，在他耳邊低聲說了句。「我不是搬來塘鎮住了嗎？如今就住在陸賢弟家附近，常去他家做客呢！」

馮、黎兩家歷來交好，馮賀與黎二的關係一般，同黎大卻是好友。之前他回府城安排生意，也與黎大見過，曾提及他將重回考場的事，黎大也多多少少知道一點其中內情。

聽馮賀說完，黎大少不得多打量了陸尚幾眼。府城的兩家公子都在，張老爺便說不上話了，他頗有些訕訕，卻又不想放棄陸尚這邊的合作。

福掌櫃拉了張老爺一把，小聲說道：「晚些時候我再單獨給你引薦。」

張老爺這才重新露出笑容。

隨著兩人走遠，馮賀作主，將黎大和陸尚一同請進旁側的雅間裡，陸啟和詹順安就在不遠處，見狀也趕忙跟了進去。

眾人坐下後，少不得又是寒暄一陣。

隨後才聽黎大問：「不知能否麻煩陸老闆，再將物流一事細細講與我聽？」

送上門的機會，陸尚豈有不好好把握的道理？

加上他提前做好的功課，在介紹完陸氏物流特有的優勢後，陸尚又叫詹順安上前一步。

「這位便是物流隊內的長工詹獵戶了。詹獵戶的本事那可不是我三言兩句能說完的，就說那山上的頭狼，也是死在詹獵戶手中。」

木材運送不比鎮上，是要出遠門的，除了中途損耗外，他們最怕的便是攔路的山賊，故而也多是請鏢局來押貨，真碰上了好歹有一戰之力。

黎大也是見過一些練家子的，只看詹順安的外表，一點兒也不比之前合作的鏢局的人手差。

不知不覺中，他心中偏向陸尚的天平又重了幾分。

馮賀還在一旁幫忙勸說。「陸賢弟的物流絕對是頂頂好的，觀鶴樓與他們合作了這麼久，那可是一次岔子都沒出過，如今他們的幫工又全換成了經驗老道的獵戶，便是路上真遇上什麼劫匪、山賊，那也是全然不懼的。要我說，黎大你盡可以試上一試，反正你也不差這點錢，說不定就找到寶了呢！」

像馮賀這樣的，輕易拿出五百、一千兩是很輕鬆，而換成黎大，便是一下子拿出三、五千兩也是極輕易的，且他家木材都是備好的，眼下只差最後的運送。

依照黎大的想法，要是再尋不到合適的鏢局，他就要直接從家中挑選家丁，由他親自帶隊送往嶺南了。

但從松溪郡去往嶺南一路漫漫，連人帶貨走上這麼一路，少說要三、四個月，時間久不要緊，他只怕這麼一走，等三、四個月後再回來，家中還不知要亂成什麼樣子。

黎家不比馮家，只一個少爺，黎老爺風流，膝下光公子就有七、八個，其中以黎大和黎二為重，偏兩人乃是異母兄弟，這兩年的爭鬥越發激烈了。

馮賀一咬牙。「再不行，我給陸賢弟做擔保總可以了吧？你儘管把貨物交給他，安全送到了你就給錢，萬一路上出了事，所有損耗由我來付！」

不等黎大說話，陸尚先是一驚。「這可使不得！」

黎大還從沒見過馮賀這樣上趕著幫人的樣子，對陸尚又是打量許久。

他沈吟片刻後，問道：「因之前鏢局臨時遠走，家中積攢木料足足有三百餘數，若是將其交給陸老闆，不知陸老闆能安排多少人護送？又需多長時間呢？」

三百非是重量，而是已經分割好的成品圓木，依著以往的經驗看，一輛三駕馬車上最多只能放五十根木料。

陸尚問：「不知黎大公子是否方便告知，每數重量幾何？長寬又是幾何？」

要是陸尚隨口胡說，黎大或許還要多上幾分懷疑，可他這般謹慎了，黎大卻是放心了許多，嘴上也鬆了口。

黎大把詳細情況說完後，便等著陸尚的後續回答。

陸尚心算後道：「那我這邊大概能出八駕車，每車護送人數在四人左右。至於全途要花費的時間，不瞞大公子，陸氏物流還不曾出過塘鎮，且需我快馬走上一趟。」

黎大不禁露笑。「如此甚好！」

「我家中木料最多再等三月，若陸老闆能在三月內給予我準確的答覆，那我便可試上一試，運送費用也全按陸老闆說的一成來。」

黎家的那些木料，便是按著最低的市價走，也值上千兩，折合一成後，那便是百兩左右。

但他家之前合作的鏢局，那是按照人數和路途來算的，單人所付押鏢費通常是在十到二十兩之間，這一趟走下來，少說也要二百兩。

不管怎麼說，與陸尚合作，只要他這邊不出岔子，還是黎家賺了。

陸尚說好會盡快去嶺南走上一趟，一來是估算時間，二來也是看看哪條路途最合適。他與黎大口頭做好約定，這筆交易便算成了大半。

饒是陸尚是為了黎家來的，真把這單大生意談下來了，也忍不住心下激動。

只可惜黎家的布疋生意是黎二負責，他與黎大談成，只怕就無法再與黎二交好了。好在陸尚並不貪心，遺憾一瞬後也不再多想。

談話間，底下的蟹宴也準備好了。

福掌櫃敲了門，裡面的人便停下了生意上的交談。

馮賀說：「今日這蟹宴，除了我觀鶴樓擅長的醉蟹外，還有陸賢弟提供的幾道新品，以及這月新上的全魚宴，黎大公子可要好好嚐嚐！」

「喔？陸老闆竟還擅廚嗎？」

陸尚道：「一點興趣罷了。」

等三人從雅間裡出來，只見外頭的老闆們已經不再談論生意了，而是三三兩兩坐在一桌，等著店裡的小二將蟹宴擺在跟前。

第二十二章

宴會分為兩部分，左半部分是品酒、品蟹的，什麼桃花酒、桂花釀、清酒、黃酒，應有盡有，而秋蟹最是肥美，除去醉蟹外，另有蟹煲、蒸蟹、炒蟹、蟹膏、蟹油等；右半部分則是為一些脾胃不好的人準備的，那是一大桌的魚宴。

魚宴上大半菜品是陸家的喬遷宴上出現過的，但還添了一些新菜色，用料更加新鮮大膽，做出的造型也更精緻大氣些。

陸尚畢竟不是專業的廚子，但他只要將食譜一說，自有大廚改刀下手，做出的菜只好不差，色香味俱全，亦有一股富貴在。

場上諸人食指大動，當即開了宴。

與此同時，底下的戲班也開了腔，咿咿呀呀的唱腔只做背景，反給這場美食盛宴添了幾分情調，而那些歌女、伶人，卻是被徹底忘在了後面，無一人討要。

因好多人要吃酒的緣故，這場商宴持續了很長時間。

陸尚雖酒量一般，但宴上的酒水度數不高，吃了幾盞也不紅臉，更沒有醉酒的感覺，他心裡大概有了數，便開始主動找人敬酒搭話。

陸啟和詹順安對這種場合多有不適，兩人作伴躲在一邊，也沒人找過來。

直到傍晚時分，這場品蟹宴才算落下帷幕。

願意來這種商宴的，顯然不可能只是為了吃而來，無論收穫多少，好歹人是認識了，日後再見面也能點頭打個招呼。

而這場宴本就是陸尚為借馮賀的人脈而辦，且馮賀始終幫他引薦著，因此這半日下來，已經確定將有合作的就足足有三家，還有黎家之流，只差最後的確定。

這定下的三家裡有兩家也是做酒樓生意的，陸尚早早摸清了周邊村子的情況，只要在給觀鶴樓送貨時帶上他們的便成。

還有一家是做醫館的，比之送貨，他們更多的還是想找人協助收購藥草，既然陸氏物流能兼顧於此，他們便也一同定下了。

陸尚和他們約定好定契的時間後，陪著馮賀將人送走。

待最後一人離開後，陸尚長長地吐出一口氣。

應酬了半日，要說累那是必然的，可比起累，陸尚更多的還是興奮。

他轉過身，正式向馮賀道了謝。

馮賀許是喝多了，臉上緋紅一片，他擺了擺手說：「嗐，一家人不說兩家話，陸賢弟你往後多幫我在老師那裡說說好話就是了！」

「老師？」陸尚眉頭一擰。

「啊……」馮賀一拍腦袋。「以後的老師，以後的老師嘛！」

陸尚啞然失笑。

馮賀腦袋暈乎乎的，索性歇在了觀鶴樓裡，陸尚尚且清明，便不再多留。

待陸尚回到無名巷子，姜婉寧正好在收書信攤，今日跟她出攤體驗的是龐亮和項敏，兩個小孩也不知做了什麼，染了一臉的墨跡。

「阿寧！」陸尚遙遙地喊了一聲，等姜婉寧抬頭後，又衝她揮了揮手。

隨著陸尚走近，龐亮站好，小聲喊了一句。「師公好。」

項敏也跟著學了一聲。

陸尚應了一句，趕緊幫著姜婉寧把筆墨收拾好，又從她手裡接過這些東西，一同拿回家裡。

至於兩個小的，兩人對視一眼後，默默跟在了後頭。

姜婉寧只看陸尚的表情，便知他是高興的，忍不住問：「夫君這是談好了？」

「嗯！」陸尚重重地應了一聲，伸出三根手指，在姜婉寧眼前晃了晃。「已經談定的便有三家了！」

姜婉寧笑了，情不自禁地說道：「我就知道夫君肯定可以。」

「咳——」陸尚捂嘴咳了一聲，但等手放下來後，嘴角的弧度還是那樣深刻，而與人分享成功後的喜悅，更是叫他胸膛滾燙。

姜婉寧很捧場地問：「夫君能跟我說說嗎？」

「自然可以！」

每當陸尚說到他與其餘商戶談合作，姜婉寧總有話可搭——

「夫君的口才原來這樣好！」

「換作是我，也願意把生意交給陸氏物流的。」

「能成當然好，不過夫君也要注意別太累了……」

姜婉寧並不是多話的人，可她卻總能在適時的地方感嘆一句，便也叫陸尚的分享慾越發強烈，直到進了門，還在喋喋不休。

陸奶奶正在院子裡剝玉米，她傍晚買了四根糯玉米，正等著晚上給煮了呢！

她並不知陸尚每日的動向，可看一個人開不開心，那還是很簡單的。

見小夫妻倆正說著話，陸奶奶也沒多打擾，招手把龐亮和項敏叫過來，在他們兩人的鼻尖上點了點。「這是哪裡來的花貓喲——」

陸尚喊了一聲。「奶奶，您幫我看著點孩子，等龐大爺來了叫他們走就行了。」

「好。」陸奶奶應下。

至於陸尚和姜婉寧則徑直回了屋裡，先把筆墨等物放下。

陸尚吃了一下午的酒，身上難免沾染了酒氣，他想了想，說道：「我還是擦一擦，換身衣裳吧。」

「好，我去煮點醒酒湯來。」姜婉寧說。

陸尚沒拒絕。「那我不吃薑。」

「記得記得，夫君快去吧！衣裳昨兒才洗好，都在櫃子裡呢！」

陸尚笑著應了，還不忘說一句。「辛苦阿寧了，那下回換我來洗衣裳，妳把髒衣裳都放盆裡就行，等我回來就洗。」

「好好好！」姜婉寧嘴上應了，實際並沒在意，只快步出了門，又把房門給帶上。

陸尚身上只是有點酒氣，遠沒有到醉的地步，姜婉寧給他熬的湯也只是為了防止隔夜頭疼，並沒有添那些苦口的藥材。

她在熬醒酒湯時順便炒了菜，又把饅頭和米飯給熱上。

陸尚並不喜歡吃麩麥饅頭，以至從搬來鎮上後，家裡只用白麵做饅頭了，再不就是蒸些軟糯的米飯，陸奶奶尤其喜歡泡飯吃。

他在外頭吃了飯，姜婉寧和陸奶奶卻還要吃，於是便只準備了兩人的分。

等醒酒湯煮好了，主食和飯菜也差不多了，陸奶奶進來接手了剩下的活兒，然後還要把糯玉米給煮上。

這玉米是剛摘下來的，乃是最嫩的一批。

姜婉寧也沒有推辭，稍微把湯放涼一點，聽著屋裡的動靜歇了，便推門進去。

陸尚果然已經擦完身子、換了衣裳，只是頭上還沾著點酒氣。

他接過醒酒湯一飲而盡，喝完了不覺打了個水嗝，這時後知後覺地才想起一事。「啊，對了，我好像忘了跟妳說，等過了中秋，我大概要出趟遠門。」

「遠門？」姜婉寧抬起頭來。

「是去嶺南，要是路上順利的話，等回來就能跟黎家談合作了。黎家是做木料的，給他家送一趟貨，能有百兩的間人費呢！」陸尚知道姜婉寧的顧慮，忍不住勾了勾她的手指。「一趟就有百兩，這等大生意可不好找。而且我只跟前幾趟的貨，等物流隊熟悉了，我便不跟了，好不好？」

「要走多久呢？」姜婉寧問。

陸尚想了想。「最多兩月，也不排除路上遇見特殊情況，但我肯定會盡快回來的。」

理智上講，能有這般好機會，姜婉寧該舉雙手贊成的。

可她只要一想到家裡只留了她與陸奶奶兩人，還是要持續兩個月之久，她便忍不住心中生了怯，張了張口，挽留的話險些吐出來。

好在最後關頭，她終究還是壓住了心底的真實想法，吶吶地點了頭。「好。」

陸尚隱約覺出她情緒有些不好，可便是真要走，那也要等中秋之後，前前後後也有十來天，他再慢慢安撫也無妨，又或者直接把人帶走也不是不能考慮的。

姜婉寧等他躺下後，才出去和陸奶奶一起吃了飯。

陸奶奶少不得對陸尚關心幾句，聽說他只少少吃了一點酒，並不見醉態，這才安心許多，但也忍不住叮囑一句。「尚兒以前是不吃酒的，我怕他萬一有哪裡不舒服了，婉寧夜裡辛苦一點，幫奶奶多看顧一些。」

「好。」姜婉寧應了，想了想，又多備了兩碗醒酒湯。

到了夜裡，陸尚的身子果然熱了起來，雖不如之前那般高熱，但體溫也升了許多。

姜婉寧迷迷糊糊地睡著，半睡半醒間碰了他一下，當即一個激靈驚醒了。她慌張地爬起來，下意識去把陸尚叫醒。

哪承想陸尚的身子發了熱，神智卻還是清醒的，他甚至都沒覺出難受，被姜婉寧提醒了，他才後知後覺地應了一句。「是低燒了吧……我覺得沒什麼大礙，應該也沒什麼事，阿寧別管了，先睡吧。」

一邊說著，他一邊拽了拽姜婉寧的衣襬，試圖叫她躺回去。

姜婉寧被他搞得反而冷靜了下來，她小心地從他腳下爬下去，又點了屋裡的蠟燭，待屋裡亮堂了，才能仔細看他一眼。

陸尚的臉上有點紅，但搭在胸前的手不似之前那般蒼白，且他呼吸平緩，好像真沒什麼大礙。

但姜婉寧絲毫不敢掉以輕心，她去牆角的櫃子裡翻找半天，還好家裡還剩著之前的藥，放了兩、三個月，應該也沒什麼大問題。

她給陸尚搭好了薄被後，只披了一件外衫就匆匆出去了，在廚房忙活了半個時辰，才算把藥煎好。

回來一看，陸尚還是走前的那副模樣，沒什麼感覺，也沒特別痛苦，只有額頭的溫度仍舊有些高。

姜婉寧把他叫醒，餵他喝了藥，摸到他身上出了些熱汗，又尋條溫帕子把裸露在外的部分輕拭了一遍，最後重新幫他蓋好薄被。

在這個過程中，陸尚倒是睜了幾次眼睛，不過稍稍看上兩眼，便又沈沈睡了過去。

姜婉寧半宿未眠，一直等到陸尚的體溫徹底正常了，她才放心地躺下，而此時的窗外已經露出熹微晨光，假山後的公雞也咕咕地打起了鳴。

她實在心神俱疲，便是只能歇半個時辰，還是躺回了床上。

到了本該起床的時候，姜婉寧眼瞼微顫，不知怎的，眼皮前的光亮黯淡下去，耳邊同時響起了一道低沈的聲音——

「睡吧，還早呢……」

她眼睫又顫了顫，喉嚨中發出一聲輕喃，意識也重新墜入混沌。

在她旁邊，陸尚靠著床頭坐著，醒來的這一會兒，他已經把昨夜發生的事想起了大半，再看姜婉寧眼下的青黑，很容易就猜出了全部。

他把姜婉寧哄睡下後，轉而下床換了衣裳，又輕手輕腳地走出房間。

轉頭正好碰上買了早餐回來的陸奶奶，他招了招手，又用手勢做了噤聲。

陸奶奶等他走過來，才小聲問：「怎麼了？」

陸尚說：「我昨晚有點低熱，阿寧照顧了我一晚上，天亮才睡下，便不要打擾她了。」

陸奶奶一驚。「低熱?!」

「沒事沒事，您看我現在不是好好的？」陸尚趕緊攬住老太太。「阿寧昨晚就給我煎了藥，又守了一晚上，現下已經徹底沒事了。」

「我昨兒聽說你吃了酒，就覺得恐要不好，多虧婉寧在……尚兒啊，奶奶雖不知你在外做什麼，但黃湯不是什麼好東西，你就算不顧婉寧辛苦，總要在乎你自己吧？」

陸奶奶不想做那多話嘮叨的，稍微勸了兩句，便打住不提了。

「好好，我知錯了，往後不再亂吃酒了。我這會兒去學堂幫阿寧上個課，要辛苦奶奶您給她熱個粥，等她醒了也能墊墊肚子。」

陸奶奶點頭。「不用你說，我知道。我看婉寧挺喜歡昨天的糯玉米，一會兒我再去買兩個，給她熬進粥裡，再加一點肉末，就做你說的那什麼……瘦肉粥？」

陸尚笑說：「是的。您手裡還有錢嗎？」

「還有好多呢！婉寧隔幾天就要給我一點，我又不花錢，有點錢你們不自己留著，總給我一個老太婆做什麼……」陸奶奶說著，就想把這些日子攢下的錢拿出來還他。

陸尚連忙制止。「不用！阿寧給您的，您就收著。這每日買菜、買肉什麼的不都要花錢？再說，您要是有什麼喜歡的，也好直接買下了。行了，時間差不多了，我先去學堂了。阿寧要是醒了，您告訴她，我去學堂幫她上課了。」

「哎，好好。」陸奶奶目送他離開，等他出了門才想起，竟忘了叫他帶上包子當早飯。

陸尚也算學堂裡的常客了，對於他代替女夫子講課，孩子們也已習以為常，甚至他們都習慣了，只要碰上這個男夫子，他們總要學些稀奇古怪的算數方法。

但還真別說，就是這聽著都不牢靠的算數，家裡算帳時還真能用得上。

正如陸尚預料的那般，姜婉寧在半上午時就醒了過來，她睜眼發現時辰不對，還以為要遲到了，慌張梳洗後，便趕緊衝出去。

直到出門撞見在院裡餵雞的陸奶奶，才知陸尚已經去了。

姜婉寧這才心下一鬆，又被趕去廚房吃瘦肉粥，喝得胃裡暖和舒坦了，不等思考接下來做點什麼，陸奶奶又出現在廚房門口。

「婉寧吃好了？」

「吃好了，奶奶有什麼事嗎？」

陸奶奶過來推搡她。「沒事沒事，我就是看妳吃好了沒，吃好了那就快回房歇著吧！尚兒說了，妳昨晚一宿沒睡，可要好好補回來。」

姜婉寧先是一愣，旋即哭笑不得。

她沒有拒絕老人家的好意，順從地回了房，等真躺到了床上，睡意很快就襲來了。

晌午時分，陸尚帶著大寶等幾個孩子回來，一群人一起吃了晌午飯，便各自回了房。

因幾個孩子有午睡的習慣，總趴在矮桌上也不是個事，不久前陸尚想了個摺疊床，給姜婉寧描述後，她便找人照著打張床出來。這床又寬又大，足足可躺下四、五人，且木床用了機巧，輕巧不說，不用時還能摺疊起來，放在小學堂也是正好的。

她過去幫著把摺疊床打開，又見大小三人並排躺下，這才從小學堂離開。

不過等她回到房間，卻發現陸尚換了一身輕便的短打，看模樣是要出門的。

姜婉寧習慣性地過去幫他整理了髮冠，而後才問：「夫君是要去哪兒？」

「我去找陸啟他們一趟，之前不是在平山村招了七、八十個長工嗎？眼下才來了四、五十人，我過去問問，看剩下的那一批人什麼時候能到？還有昨天說好合作的幾家老闆，我和他們約了晚上見面，仔細談過也好盡快把書契定下。至於能供貨的農戶等，那就都等中秋後再說吧。就這兩件事，我儘量今天都做完，也好騰出時間陪妳準備中秋。」

姜婉寧瞪大眼睛。「中秋?!前不久還提過來著，我最近竟把這事給忘了……」

她這幾天不怎麼出門，最多也就是在學堂和家之間走動，便是偶爾看到鄰居家有客人往來，她也只是稍一疑心，並未多想。

哪承想，連中秋這樣重要的節日都被她忘掉了！

陸尚揉了揉她的手腕。「沒事，等我明天回來，咱們一起看看買些什麼。」

「好，那我下午去跟鄰居們說一聲，明天開始學堂就放假吧，中秋前後歇三天，等月底就不休月假了，還有龐大爺他們那兒也得說說。」

「都好，妳看著安排就是。」

陸尚整理了一下儀容，又跟姜婉寧打了一聲招呼，很快離了家門。

如今城門附近的幾座宅子裡除了平山村的村民外，還有幾個陸家村的百姓，再就是陸啟也跟他們住在一起，七、八天才會回家一趟。

每座宅院裡都招了三個老婦，五、六十歲左右，只負責長工們日常的吃食和家務。

陸尚每處都走了一趟，看了看長工們的居住環境，又看了看廚房裡備著的食材，廚房被收拾得乾淨整潔，蔬菜及肉類也都是最新鮮的。

反而是長工們住的房間有些凌亂，且又都是漢子，於清潔上就沒那麼在意了。

陸尚只好再交代一句。「屋裡注意要通風，阿婆們只管洗衣、做飯，你們屋裡記得自己收拾，要是實在記不住，索性排個班，一人輪一天。」

都是大老爺們了，被這樣明著說，大家面上也不好看。

等陸尚從院裡出去，他們當即就麻利地收拾起來，連帶床單、被罩也送出去洗了。

從幾處宅子走過後，陸尚這才把陸啟和詹獵戶喊到前面來。

「昨天在觀鶴樓的商宴你們也去了，物流隊馬上又有了新的生意，所以這長工的人數便不大夠用。詹大哥，你看平山村的其他人還要不要來，之前報名的那些要是不來了，我也好盡快招人。再就是嶺南的押送，也問問有誰願意負責這種長途物流。」

詹獵戶一一記下。

陸啟也問：「嶺南我要跟著去嗎？」

陸尚說：「暫時不用，嶺南我會親自跟貨，你留在塘鎮負責日常的送貨就行。」

「好，都聽陸大哥的。」

「再就是中秋快到了，觀鶴樓這幾日歇業，中秋便不用送貨。等晚點我問問新合作的幾家，看看他們是什麼時候開始？我會儘量拖到中秋後，也好給你們放個假。」

中秋能回家當然好，但若是不方便，他們也不強求。

詹獵戶說：「我們都行，全聽老闆您的。」

陸尚又就貨物押送上提點了幾句，無非還是安全和質量上的問題，老生常談罷了。

他沒有在這邊多留，估算著時間差不多了，緊跟著便去了憶江南，也就是張老爺家中的酒樓。

他在酒樓中等了約莫一刻鐘，才到了幾人約定的時間。

三位老闆是一起來的，昨日在觀鶴樓時，相關條款也談得差不多了，今天只是做最後一番檢查，以及做最終的定價。

兩家酒樓是頭一次跟陸氏物流合作，尚有其他顧慮，於貨物數量上還是不多，只要鮮魚和雞、鴨、豬肉，兩天送一趟，給的價格也跟觀鶴樓相差無幾。

醫館收的草藥又多又雜，品質倒是好壞都要，不拘多久送一次，也不管陸尚去哪裡找貨源，只要是他送來的，醫館照單全收。

與其說醫館是要找個物流隊，倒不如說是找個能收整散戶的間人，其實隨便招幾個人也能做，但送上門的買賣，陸尚斷沒有拒絕的道理。

幾家商戶帶來的掌櫃草擬了書契，雙方檢查無誤後，便各自畫了押。

陸尚問及送貨時間，另外兩家酒樓也不差這三、五天，爽快地同意等中秋後再開始。若是陸尚提供的貨物他們不滿意，也可提出更換或合作終止。

因陸氏物流不提供墊付服務，兩家酒樓各預付了二百兩貨款；醫館給的多一些，給了三百兩，但若是碰上什麼老參、靈芝，只怕三百兩也只夠一次的貨款。

陸尚將該考慮的地方都跟他們說清楚，見幾位老闆滿意了，這才說了告辭。

從憶江南離開時，已然過了飯點。

陸尚收好書契，也不想著買什麼東西了，匆匆回了家，吃上一碗熱騰騰的麵條，就覺整個人都舒坦了。

轉過天來，學堂放了假，物流隊也停了工，可不正是準備中秋的好時候？

陸尚和姜婉寧一大早就出了家門，原是想帶上陸奶奶的，但陸奶奶怕自己腿腳不便，反成了累贅，遂拒絕了他們的邀請，還是拎著小板凳去找田家的老太太。

正值中秋佳節，街上的商販明顯多了起來。

一些糕點鋪子、成衣鋪子外也掛了裝飾，進出客人絡繹不絕。

雖說是出來了，可無論是陸尚還是姜婉寧，對買什麼都沒有一個明確的目的。

兩人在街上走了一圈，姜婉寧才想到一事。「既是過節，夫君要給物流隊的長工準備些節禮嗎？」

陸尚恍然大悟道：「是該準備些物品的，只是該給多少好呢？」

姜婉寧問清人數後，琢磨道：「不如就每人兩斤肉、一兩糖，若有吃酒的，還能添上一罈黃酒。我看剛剛經過的酒館，只要十文錢就有一罈，不吃酒的就折成銅板。我是想著，他們畢竟還領著月終、獎勵這些，又跟著夫君做沒多久，這些節禮也夠了。若是過兩年他們還在，幹得也還好，再多給也不遲。」

「那就按妳說的辦。」陸尚一錘定音。

兩人說做就做，先去剛剛經過的酒館訂了三十罈酒，因數量較多，酒館可以送到府，陸尚便留了長工住宅的位置。

再往前走不遠就是一家雜貨鋪，他們又要了十斤糖，一兩糖包成一份，每份的分量不大，加起來也才裝滿一個籃子。

再就是新鮮豬肉了，鎮上的長工加起來不到五十人，他們便買了一百斤肉，同樣是送去長工住的地方，肉鋪老闆另送了兩斤大棒骨，則被陸尚收起來，等回家熬湯用。

這幾樣東西聽起來不多，可中途又要挑選、又要講價，等全部安排好也臨近晌午了。

陸尚想了想，索性再去城門那邊走一趟，帶著姜婉寧一起，給長工們送個節禮，再說一聲放假。

姜婉寧不欲在長工面前出現，卻耐不住陸尚再三勸阻，最後也只能跟著一同前往。

過去的路上，陸尚順便盤算道：「等把長工的節禮送完了，咱們就去買自家吃的東西。難得碰上中秋，團圓宴我可要好好露一手。」

姜婉寧眸光一凝，細聲問：「那……明天一早回去嗎？」

「回哪兒？」陸尚懵了。

姜婉寧道：「不是團圓宴，要回陸家村嗎？」

沒承想，陸尚的腦袋搖得飛快。「不回不回！就妳我跟奶奶，咱們三人也是團圓，就在鎮上，哪兒也不去！」

「這樣呀……」

姜婉寧竭力保持著平靜，可言語間還是無可抑制地流露出一絲欣喜。

陸尚沒有注意到這點微妙，只管碎碎唸道：「妳要是覺得人少不夠熱鬧，那就問問鄰居們，萬一有誰家也是人少，可以湊一桌來吃。」

「不用！」姜婉寧拒絕得飛快。「就你我，還有奶奶就好。」

「好，反正全聽妳的！」

等他們兩人到長工們的住處時，黃酒和豬肉已經送到了。

一群人正圍著板車一頭霧水，遙遙望見陸尚兩人走來，趕緊招呼一聲。「老闆！」

陸尚帶著姜婉寧過去，先叫他們把酒跟肉搬進院子，又付了酒錢和肉錢，然後才跟大夥兒說了節禮的事，最後還說：「夫人念著大家辛苦許久，特意準備了這些。」

話音一落，眾人不光感謝陸尚了，連著姜婉寧也被再三道謝。

兩斤肉、一兩糖、一罈酒，要論價錢，其實並不算貴重。

但眾人還是頭一次碰上過節還送東西的老闆，東西多少，總不耽擱他們高興。

在陸啟和詹獵戶的招呼下，一群人在院裡排成長隊，先後領了東西，便是院子負責洗衣、做飯的阿婆們也沒跳過。

送完最後一人，陸尚拍了拍手。

「行了，東西拿到了，大家趕緊回家吧！中秋給大家放兩天假，回家好好陪陪媳婦、孩子，等後天再來上工！」

「謝謝老闆！老闆中秋團圓，老闆發大財！」

「也謝謝夫人！祝夫人和老闆百年好合──」

一群人大聲嚷嚷著，說什麼的都有，陸尚制止不得，只能隨他們吵。

念著他們還要去採買其他東西，兩人沒有多留，跟陸啟他們打了聲招呼，很快便從此處離開。

晌午兩人也沒回家，只在街邊隨便吃了點東西。

到了下午便是一路走、一路買了，什麼雞、鴨、魚肉、新鮮蔬菜，還有各種點心、糕點、果脯，以及一點都不醉人的甜酒釀。

姜婉寧尚記著陸尚低熱一整晚的事，說什麼也不肯多買，最後只買了一小罈梅子釀，分到三人身上，也就是一人三兩口。

陸尚還從一個小雜貨攤那裡買到了兩包胡椒，研磨成粉後撒在骨湯裡，更添風味。

就這樣採買了大半日，東西總算備齊了。

在外行走了一整日，兩人回家後累得手指都抬不起來，陸奶奶看得好笑，又是給他們遞水、又是給他們做飯，把兩人照顧得舒舒服服了，才打算回房休息。

就在這時，姜婉寧卻叫住了她。「奶奶，您等一下！」

她在桌上的一堆東西裡翻找半天，找出一個銀製的鐲子來，鐲子做工很精巧，但因裡面鏤空，整個鐲子也才三兩銀子。

姜婉寧把銀鐲子給陸奶奶套上，溫聲說：「這些日子辛苦您了，我總在學堂忙著，要不是有您在，只怕吃飯都要顧不上了。今兒也是正巧碰上，就給您買了個鐲子。您看，這上面還篆刻了花紋呢，您可喜歡？」

「這這這……」

陸奶奶何曾戴過這般貴重的飾品？戴上鐲子後，她連動都不敢動了！

陸尚在一旁酸溜溜地道：「這可是阿寧寫字帖賺來的錢，都沒給我買什麼，就記著您呢！」

「我不要，這不行……這也太貴了，我不敢要呀……」

陸奶奶的聲音忍不住顫了起來。

姜婉寧看都不看陸尚一眼，只是對著陸奶奶笑，攙著她往屋裡走，順便細細解釋著。

「這不貴，您不覺得這鐲子很輕嗎？就三兩銀子而已，以後我再給您換更好的。您記得田奶奶手上也有一只銀鐲嗎？這下子您也有了……」

也不知姜婉寧怎麼勸的，最後老太太淚眼婆娑，抓著她的手直誇「好孩子」，即便夜裡睡下了，也捨不得把鐲子脫下來，一定要把手護在身上才能安心。

轉過天來，陸奶奶戴著孫媳婦兒送的鐲子，可是在巷子裡炫耀了一番。

這天，三人一直待在家裡，處理雞、鴨、魚，再把大骨湯給燉上。

哪怕家裡只有三個人，卻也不妨礙陸尚準備了滿滿一桌的菜出來。

陸奶奶倒是有心回家，可見兩人興致勃勃地準備著中秋飯，沒有一點要回家的念頭，思量許久，終究是沒有開口掃興。

月上柳梢，陸家的院子裡卻是燈火通明。

陸尚把飯桌搬來院裡，每人倒了一盞梅子釀，輕輕碰杯。「那便祝我們年年有今日，歲歲有今朝了。」

姜婉寧輕抿酒釀，抬頭望見蒼穹圓月，心中不覺一扭——

也不知爹娘和大哥，現下在何處？又可安好？

中秋之後，姜婉寧的生活節奏恢復了平常，陸尚卻是真真切切地忙碌起來。

中秋後，長工們都回來了，除了原有的近五十人，平山村剩下的那三十多人也過來了，這樣加起來也有了近百人。

還好當初租的宅院夠大，陸啟和詹獵戶負責安置，只用了半天就把人安定下來。

黎家的木料雖是能等，但他答應了姜婉寧最多兩個月，兩個月之間從塘鎮到嶺南府城，快馬走上一趟來回，還是勉強了些。

陸尚無法即刻出發，出發前怎麼也要把新添的三家物流給定下來。

豐源村的蔬菜有限，因又是只要最新鮮的，便只能供給觀鶴樓。

新添兩家的蔬菜還要從另外的地方收購，也虧得陸尚提早考察過，趕緊在臨近的村子裡定好，價格與豐源村一般。

鮮魚則繼續從豐源村拿貨，搭上些貝殼、蝦子，仍是走薄利多銷的路子。

此外就是一些雞、鴨、豬肉，觀鶴樓的肉鴨是從葛家村來的，但當初與觀鶴樓定契時，說好了只供給他們一家。

不過署西村才是正宗的養鴨大村，且過了當初那段日子，陸尚找兩家酒樓的老闆問過，只要能保證鴨肉的品質，便無所謂是從哪裡進貨了。

楊家自失了觀鶴樓的大單後，鴨舍裡的鴨子只能靠散賣，一天賣出去七、八隻都算是好的，賺到的錢堪堪夠幾千隻鴨子的吃食，落到人手裡的寥寥無幾。

以至於當陸尚帶著葛浩南找上門後，待他講明合作，楊家全無還價的意思，當場同意了以二十二文一隻的價格出售肉鴨，還幫著他去旁人家說道，低價訂下了雞肉和豬肉。

就這麼奔走了兩天，兩家酒樓的合作算是定下了。

還剩下一家醫館，陸尚卻是有些為難。

正這時，詹獵戶站了出來。「老闆若是不嫌棄，我們平山村也兼顧採藥的。之前村民主要靠打獵為生，現下村裡的漢子們出來了，留下的人只能在山野周圍採採藥。另外就我所知，塘鎮下屬的村子多多少少都有採藥人，我可以叫村長幫忙，聯繫採藥人，收購草藥。」

陸尚大喜。「此話當真？」得了詹獵戶肯定的回答後，陸尚忙道：「那就辛苦你回平山村走一趟，因為醫館要收什麼藥材也沒說，我也不知該收些什麼，就來者不拒便是。蔡村長肯定懂得比我多，我眼下急著去嶺南，就先麻煩村長了，等後頭從嶺南回來了，我再親自過去跟他老人家談價錢。」

「好，我會把老闆的話帶到的！」

陸尚怕蔡村長年紀大，應付不來，就把蔡勤、蔡勉給派了過去，兩兄弟一直跟著他做工，這次安排回去收購藥草，他也算放心，工錢還是按照長工的給。

這樣既能回家、又能拿錢，兩兄弟自沒什麼不願的，拍著胸脯向他保證。「老闆放心，我倆也是採過藥的，那些壞了藥性的一定給挑出去，不叫您賠錢！」

「好好好，那可就都交給你們了！」陸尚謝道。

匆忙定下這幾單後，陸尚還要挑選能跟他一起去嶺南的人。

整個物流隊裡就沒有一個人出過塘鎮的，此番出門全靠地圖和問路，那便一定要挑身手好、本事強的，這樣真碰上什麼山匪攔路，好歹能闖一闖。

再便是快馬往返需要馬術好，外地行走需要人機靈，這麼多個條件篩選下來，最後真正符合的也就十幾人。

陸尚考量後，選了包括詹順安在內的八人，南下一途，隨行長工的工錢全部翻倍。

後面陸尚又多留了兩天，一來是叫新來的長工們熟悉熟悉流程，二來也是為了到憶江南和另一家酒樓走兩趟，確保他們所選貨物是叫店家滿意的。

好在一切順利，這一眨眼就到了出行嶺南這天。

陸尚幾日都在外奔波，回家全是深夜了，便是姜婉寧還等著，可兩人也說不上幾句話，他原想的安撫也未能實現，直到將走這日，才窘迫地搓著手。

「要不……阿寧妳跟我一起去吧？」陸尚說道。

姜婉寧愣怔住了，半天才回過神，卻是展顏一笑。「不要了。」從過了中秋，陸尚在家的時間越來越短，她心裡的焦慮也越來越深，可隨著那份焦慮達到一個點後，那些積壓的負面情緒卻一下子釋放了。直到今日，她已經能坦然接受陸尚的出遠門。「夫君安心去吧，家裡有我，我會照顧好奶奶的。左右不過兩個月，我等夫君回來。」

「那等下次……」陸尚無端升起兩分愧疚來。「我這次快去快回，等摸清了道路，下次就不著急了，下次我帶妳一起可好？」

姜婉寧還是搖頭。「夫君忘了嗎？我沒有路引呀！」

「路……」陸尚有些茫然。「不是用戶籍就可以通關嗎？」

大昭在不同的州府之間出入是需要檢查路引的，但為了方便商人出行，商籍百姓可憑戶籍通過關卡檢查，而不用特地去衙門兌換路引。

但這一特例只針對商戶，姜婉寧雖是嫁了陸尚，她的罪籍卻不會因為出嫁而隨夫家，平日裡或許看不出什麼限制，可一旦涉及到出行等要用到戶籍的地方，她的罪籍便成了最大的阻礙，會耽擱行程不說，碰上意外情況，被捉拿回大牢也不是沒有可能。

要將罪籍改為良戶，要麼等著皇家赦免，要麼就是洗清罪狀，除此之外別無他法。

且由於姜婉寧先獲罪、後嫁人，即使陸尚改了商籍，若他還要繼續科考，入朝為官者是萬萬不可能要一罪臣女做妻子的，便是做良妾的資格也沒有。

陸尚對其中的彎彎道道了解不深，下意識便要去詢問。

姜婉寧卻不給他探究的機會，把準備了兩、三日的行囊塞給他，轉而交代起來。

「這裡面放了三套換洗的衣裳，還有一些耐放的餅。銀票放了百兩，裹夾在衣裳裡面，夫君換洗時注意些。再就是一些手帕什麼的，東西不多，且帶著吧。對了，最底下我還放了一瓶藥丸，是從醫館買來的，醫館的大夫說，把藥丸點燃可以驅蟲，若在野外被蟲、蛇咬了，吃上一粒也能緩解，之後再趕緊去找大夫。旁的東西……我怕夫君攜帶不便，便也沒有準備太多。夫君看還缺少什麼，我趕緊給你拿來備上。」

陸尚此行只騎快馬，很多東西不方便攜帶，便是銀兩、銀票這些，為了避免被山賊、路匪盯上，也是能少則少。

姜婉寧將要考慮的都考慮到了，陸尚全無補充。

他心頭一片熨貼，喉嚨莫名有些乾啞，半天只吐出一句話。

「……謝謝阿寧。」

「一家人有什麼好謝的？」姜婉寧笑道。

眼看到了約定離開的時間，陸尚不好再拖延，最後抱了抱姜婉寧，遂轉身離去。

只是他到底不放心只留兩個女眷在家裡，走到馮賀家門口時，問了門房，得知他尚在書房裡振筆疾書，又託門房給馮賀帶了一句話，麻煩他幫忙看顧一二。

安排好這些，他才直奔城門而去。

此行陸氏物流出行九人，黎家大少爺又派了一個熟悉路途的小廝過來，以做指路。而塘鎮的生意則由陸啟全權接手，如若遇到實在無法解決的難題，便去陸家找姜婉寧，屆時由她定奪。

辰時一刻，陸尚等人旋身上馬，直奔嶺南而去。

嶺南一行路途遙遠不提，中途還要經過三道群山，也就是在這三道山群裡，乃是商戶遇險的艱難地帶，有些經驗豐富的鏢局都會栽在此處。

陸尚等人日夜疾行十多日，便到了第一道山險處。

黎家的小廝對此多有經驗，提前告知。「經此山險最少需兩日，中途要在山中過夜，白日尚且還好，到了夜裡才是最危險的。」

詹獵戶等人一路觀察著，聞言補充道：「此山多有山林，林間最是容易藏人。我們剛才探了探，山口那裡安全，但出山時有沒有問題就不得而知了。」

陸尚對此了然於心，甕中捉鱉嘛，總要把肥羊放進來才好抓。

黎家的小廝又說：「這個時節的山匪少有活躍，等到春冬才多。陸老闆要是實在覺得危險，也可到旁邊繞路，只是繞路所耽擱的時日，黎家是不管的。喔對了，還有過城的商稅，約莫有二百兩左右。」

只這麼一句話，就徹底打消了陸尚繞路的想法。他一咬牙，道：「所有人下馬休整，待明日大早入山。」

「是！」詹順安應了一聲，轉頭又說：「老闆且安心，不管怎麼說，我們也算是在山裡長大的，連狼群都能應付，只是穿過山群，定能保老闆安危。」

老實說，請獵戶做長工的好處，在此處體現得淋漓盡致。

陸尚抹了一把臉。「且先走這一趟看看吧，如果可行那我們就接，實在危險便算了。賺錢雖重要，到底比不過命重要，我既把你們帶出來，肯定要安全帶回去的。」

眾人休整一夜後，轉日天光大亮，隊伍再次踏上路途。

前半途路有驚無險，詹順安甚至還能帶人將一些易藏人的隱蔽之處探看一下，根據樹木痕跡等，辨出這半段路少有人走動，換言之，也就是沒有山匪。

黎家的小廝以往也跟著鏢局走過，可還是第一次見到這般主動的，心裡更是稱奇。

到了後半程，林間明顯多了一些窸窸窣窣的聲音。

不等林間的人冒出頭，詹順安已然彎弓搭箭，將抹平了箭矢的弓箭射出，正好從林間小賊的臉頰旁擦過，警告意味十足。

眼下世道安穩，山匪只為求財，並不願為此丟了性命，見隊伍中有好手，當即熄了攔路的心思，連首領都不報，只眼睜睜地放他們過去了。

從第一道山險中出來後，黎家小廝佩服得五體投地。

「大少爺果真慧眼識珠，竟能尋到如陸氏物流這般厲害的隊伍！有了陸老闆和諸位俠士在，黎家的木材是有著落了！」

陸尚對這番恭維卻翻不起什麼高興的情緒，只有他自己知道，自從進了山林，這兩天一夜之間，他的衣襟被冷汗打濕過多少次。

詹獵戶他們倒是興奮，交頭接耳著。「這也沒什麼厲害的，還不如去山裡打獵刺激呢……」

陸尚苦笑，只好勸一句。「還是多小心謹慎些好。」

「哈哈，是！老闆放心，我們也就嘴上說說，肯定會小心的！」

過了這第一道險關，陸尚他們也算有了少許經驗，後面的路就順遂了許多。

按理說避開山路，走官道或穿城而行是最安全，無奈從塘鎮到嶺南府城，中間相隔足足十二道城池，商戶入城是要交稅的，十二城走下來，光是商稅就要幾百兩，那也別說什麼賺錢了，不虧都難。

故而商戶才寧願冒險走山路，只在最開始和最後的兩城之間交稅。

詹獵戶等人常在山間打獵，深諳先發制人的道理，以前他們碰上猛獸，若是不好逃走，那就得趁猛獸發起攻擊前，先對其進行威懾。

只要猛獸不是餓極了，往往都會就此離開，而不是衝上來拚個你死我活。

猛獸如此，人更是這樣。

就這樣過了二十多天，他們終於穿過三道險關，後面的村鎮漸漸多了起來。

黎家小廝恭喜道：「後面便沒什麼危險了。大少爺說了，陸老闆要是想沿途了解一下其他城鎮，也可進城參觀一二，而木材的運送道路是在城外，緊貼著城門走的。」

陸尚雖對古代城鎮多有好奇，可他尚記著答應姜婉寧的——早點回家。

他拒絕了入城參觀的邀請，只叫小廝幫忙指點貨物運送的道路，帶著物流隊裡的長工把每一段路都摸清、摸透，絕不放任一點危機的存在。

走了一個多月，眾人抵達嶺南。

來時因要探尋商路之故才耗時良久，等到回去時，約莫半個多月就能返回了，卻是正合黎家大少爺給出的三月之期。

陸尚作主，叫所有人入了嶺南府城，在此停留兩日，復再返程。

他又給了每人二兩銀子，說若是在城裡碰見什麼好東西，也可買上一二，當做離家數日後帶給家人的些許補償。

而他自己更是去錢莊兌了銀票，拿著現銀，找街上百姓問了。「請問您可知哪裡是賣女子脂粉、首飾之類的？」

嶺南府城之大，絕非塘鎮一小小村鎮可比，且嶺南乃大昭商貿之樞紐，素以商貿出名，單是那賣絲綢的鋪子，一條街上就有上百家。

更有胭脂水粉、翡翠玉石等，只要有錢，就沒有買不到的。

眾人入街後恍若劉姥姥入大觀園，一時目不暇給，連手腳都不知如何動作了。

第二十三章

與此同時，遠在千里之外的塘鎮陸家，卻與素日並無差異。

陸尚走後的前兩天，姜婉寧和陸奶奶多有不適。

陸奶奶早膳、晚膳總會多做了一人的分，桌上也擺上三人的碗筷，等被姜婉寧提醒了，才想起陸尚已經出了遠門。

而姜婉寧白日尚且清醒著，到了晚上卻是腦袋發懵了，她屋裡的蠟燭總會燃上半宿，等她趴在床邊驚醒了，才想起今夜無須留門，惶惶然地去熄了蠟燭。

待到第二日，又恢復了平靜表情。

陸奶奶在鎮上住的時日久了，難免會想念村裡。

可是這陸尚一走，家裡只剩下姜婉寧一人，她又要顧著學堂，又要顧著書信攤子，到了下午還有幾個要加課的孩童，隔一段時間還要去書肆送字帖，實在忙碌極了。

饒是有陸奶奶幫忙準備一日三餐，姜婉寧還是肉眼可見地倦怠下來。

見狀，陸奶奶哪裡還敢提什麼回村的事，只能一拖再拖，且等陸尚回來再提了。

而這麼一等，便等過了農忙，等過了秋天，等到天氣越發寒涼起來。

姜婉寧被買來陸家時還是春天，自然沒有什麼冬衣；而陸奶奶也沒想到自己會在鎮上住那麼久，連秋衣都是現買的，冬衣更是沒有。

鎮上的冬衣最便宜的一套也要二兩銀子，陸奶奶只看了一眼，就趕緊拉著姜婉寧出去，附在她耳邊小聲唸道：「這也太貴了……婉寧妳只買自己的吧，我家裡有，等妳不忙了咱們回趟陸家村，我回家拿吧……」

姜婉寧卻記著，陸家這半年來發生了諸多變故，像那王氏被賣做冥妾之事，還是全瞞著陸奶奶的，眼下陸尚未歸，她更不可能把這些事挑破。

她故作為難道：「可是奶奶，您也瞧見了，我實在沒有時間回村裡。這天氣越來越冷，之前的秋衣已難以禦寒了，您再熬著，只怕會寒壞了身子。我先買兩件給您穿著吧，就揀最便宜的那種，等夫君回來了，我們再陪您回去可好？」

「那、那……那我自己掏錢吧，我還有錢，是好久之前尚兒給我的。」

好久之前陸尚是給過她錢，可那是為了添補她的棺材本的，非到萬不得已，怎好叫她再花這份錢？

姜婉寧不同意，根本不肯帶她回家取錢。

她重新把陸奶奶帶回成衣鋪裡，果真選了那件最便宜的灰白色冬衣。

冬衣的尺寸與陸奶奶有些許不符，店裡的繡娘可以當場修改，姜婉寧叫陸奶奶稍等片刻，她去付錢的時候，卻是多添了一兩銀子，輕聲道：「麻煩您往裡頭多添點棉，老太太腿腳怕冷，又怕多花錢，只好在棉花上多做點手腳了。」

對於她的這番安排，陸奶奶全然不知。

只是等陸奶奶拿到改好的冬衣後，明顯能摸出比店裡擺的厚了許多，陸奶奶出了門口還存著懷疑。「這是不是拿錯了啊……」

「沒有沒有，可能是您看錯了吧，這兩件就是四兩銀子，沒拿錯。」

「那、那好吧。」陸奶奶也不多想了，轉而說道：「我買好了冬衣，婉寧妳也快些去買，我看妳手上都生了凍瘡，肯定是早起晚歸太冷了。等尚兒回來了，他瞧見定是要心疼的。」

聞言，姜婉寧忍不住蜷了蜷手指，動作間帶動了關節處的傷瘡，頓時一陣癢痛。

這凍瘡是去歲流放路上染的，後來天熱消了，誰承想今冬一到，這凍瘡也復發了。

且她每日去的學堂裡沒有火爐，又要常碰沙盤和冷水，凍瘡只越發嚴重，就連當初用來塗抹雙手的膏脂都不管用了。

姜婉寧沒有再猶豫，把陸奶奶懷裡的冬衣接過來，帶她又去了另一家成衣鋪子裡。

如今家裡不缺錢，不說用作貨款的銀票，就是她自己從書肆賣字帖拿到的銀子，也足夠添些新衣了。

可陸尚一日不歸，姜婉寧就不敢大手大腳地將錢花出去，便是留在手裡壓底，至少能求個心安。

到了另一家成衣鋪，姜婉寧也是直奔最便宜的冬衣去。這家的冬衣有深色的，那是黑色、棕色這些，她穿著也不怕弄髒。

陸奶奶想叫她去看樣式更新穎一點的，卻被姜婉寧搖頭拒絕了。

下一刻，姜婉寧便挑了一件灰撲撲的冬衣出來，給了錢，她的也就買好了。

陸奶奶還在跟店裡的夥計詢問。「就那件好看的要多少錢呀……四兩銀子?!那、那我家婉寧能穿嗎？能穿喔……」

陸奶奶被帶出成衣鋪，臨走時卻止不住地回頭望，連成衣鋪周圍的鋪子也牢牢記在心裡。

到了第二天，一老一少全換上了冬衣。

姜婉寧買的那件冬襖袖口有些長，她卻正好把手縮進衣袖裡，兩個袖口搭在一起，便把雙手暖暖地藏在裡面，不會再進一點風。

當天晚上，姜婉寧把龐亮等人送走了，才發現陸奶奶不見了。

她當即一慌，轉身就要出去找人，哪想出門時正好跟陸奶奶撞在一起。

陸奶奶懷裡抱了個包裹，看見她後，臉上的笑容一下子就綻開了。

「婉寧，妳快來試試，我也給妳買了冬衣喔！」

姜婉寧有些發愣，陸奶奶卻解開了包裹，只見裡面放了一套襖裙，是最近很流行的杏黃色，襖裙外面還搭了一件斗篷，斗篷是極正宗的紅。

「您……」姜婉寧一時間說不出話來。

陸奶奶笑著把衣裳往她身上比劃。「打昨天我就瞧上這件襖裙了，婉寧妳長得白，穿上一定會好看，我這眼光果然還沒壞……」

姜婉寧實在不忍辜負老人家的一片心意，抬手抹去眼尾的一點水漬，趕忙回房換了襖裙出來，又特意梳了與之搭配的髮髻，才一出門，就聽陸奶奶驚訝大喊。

「好漂亮呀！」陸奶奶圍著她轉了兩圈，越看越是歡喜。「我看婉寧一點兒也不輸給鎮上的大小姐，妳可比她們漂亮多了！可真好看！」

祖孫倆笑得正開心時，又聽門口傳來敲門聲。

陸奶奶怕她弄髒了新衣，攔住她獨自去應門，開門就見是馮賀帶著家裡的小廝來了。

自陸尚出門後，考慮到男女之防，馮賀來陸家的次數有意減少，但他人不來，東西卻是時時不缺的。

就像現在，他進門瞧見姜婉寧後，眼中驚豔一閃而過，但很快就恢復了正常，先對著陸奶奶一拜。「老太太近來可好？」

「哎，好好好！馮少東家怎又來了呀？」陸奶奶對馮賀也很熟了，連忙招呼他坐下。

馮賀進到院裡後，又向姜婉寧打了一聲招呼，先把小廝手裡捧著的宣紙遞上前。「夫人，這是我近日的功課，還請夫人轉交給先生。」

姜婉寧悄聲應下。

然後只見馮賀一招手，門外的小廝魚貫而入，大的有火爐，小的有銀炭，還有些手套、護膝等，全是冬日裡禦寒會用到的，不一會兒就擺滿了院子。

馮賀說：「我還多準備了七、八個火爐，已經送去巷子裡的學堂了，往後每日我都會派家丁過去看火，也省得孩子們受寒了。」

這般情況已然不是第一次發生，姜婉寧深知拒絕不掉，索性也不推託了。

她道了謝，轉而說：「那位先生前不久寫了兩篇策論，是針對明年院試的推論，少東家一會兒帶回去細細讀閱一番，若有什麼不明白的，也好早些提問。」

馮賀面上一喜，對著姜婉寧又是一拜。「辛苦夫人，辛苦先生了！」

天色已晚，馮賀就沒有在陸家多待。

在他走後，姜婉寧和陸奶奶又把院裡的東西歸置了一番，手套和護膝分了分，保證每人屋裡都有一套，火爐也是一屋一個，銀炭則要挪去廚房，防止下雨、下雪給浸潤了。

除了這些防寒物件外，馮賀還送了些冬菜和鮮肉，這些則被掛到了牆頭，高高地吊在了牆面上，外面再扣一個竹籃，防止夜裡有野貓闖入。

將這些都辦好，天色便徹底暗下。

陸奶奶問道：「我看剛剛的肉裡有大排骨，明天我取兩根出來，給妳燉個黃豆排骨湯可好？」

「都行，您看著安排就行。」姜婉寧應著，又把陸奶奶送回了屋裡。

就這樣，時間一晃而過，轉眼到了冬至。

冬至這天學堂也是不放假的，但姜婉寧提前跟無名巷的鄰居們商量過，等這日下了學，就在學堂裡面聚一聚，大人連同孩子一起包餃子，一年到頭也一起吃頓飯。

巷子裡的學堂開了幾個月了，好與壞根本無須言說。

就說田嬸家的兒子，算帳雖還有些糊塗，但已經能幫田嬸記帳了。

還有項家的女兒，一個姑娘家家的，那手字可是整個學堂裡寫得最好的，等再多練上個十年、八年，說不定就能跟女夫子一樣了！

從姜婉寧的學堂裡出去的大小孩童，不說能比得上官宦人家，可比起同齡人，那已然是佼佼者，畢竟能唸書、寫字、碰紙筆的，在尋常百姓家本就不多見。

許是因為有了下午的餃子宴，孩子們上課時多有走神，姜婉寧一個不注意，下面就交頭接耳起來了，她管了兩次沒管住，索性也不再管了。

她放下手中的書卷，轉而問道：「說起冬至，大家可知冬至來歷？」

接下來，她從冬至來歷講到冬至習俗，又講了古往今來大家對冬至的無數描述，甚至還說起一些官宦人家冬至這日的活動，乃至皇室會有的宴饗。

一群孩子們聽得實在認真，直到堂上響起了驚木，姜婉寧拍拍手道：「那今日的課到此就結束了，明日上課請大家交給我一篇冬至有感，不少於百字。」

區區百字，孩子們絲毫不懼。

他們回家後匆匆吃了午飯，連午休都不休了，緊跟著就幫大人把麵粉、蔬菜、肉等抬去學堂，還有什麼麵板、擀麵杖之類的，總之包餃子要用的，全要搬去學堂裡。

到了約定好的時間，大半個巷子的鄰居都出動，全來了學堂。

這時候也不分什麼男女老少、夫子學生了，隨便找地方坐，坐下便是和麵、攪餡、擀麵皮，滿屋子的人在燒得旺旺的火爐旁，忙得一派熱火朝天。

姜婉寧給陸奶奶倒了水回來，坐回去正準備繼續捏餃子時，突然聽見門口有人喊——

「陸夫人在嗎？妳家來人了！」

姜婉寧抬頭一看，是馮賀家的下人，上月來過巷子裡伺候的。

她只好再起身。「好，我這就來。」

她跟陸奶奶說了一聲，又在門口的水盆裡淨了手，等不及擦乾，趕緊出去看是誰來。

然而等她走回家門口，也沒能看見外面站了誰，反倒是有大小兩輛車停在門口，家中的兩扇門都敞開著，車夫正往家裡搬東西。

姜婉寧腳步一頓，心口驀然劇烈地跳動起來。

「就是在這兒了，辛苦兩位幫我搬進來，我還要出去找人，晚些回——」陸尚一邊喊著、一邊往外走，偏偏才踏出院門，就跟姜婉寧的視線撞上了。

陸尚裹了一身淺褐色的大氅，腳踩馬靴，腰間繫著馬鞭，他頭髮亂糟糟的，下巴上也全是鬍碴，不知在外跑了多久，身上竟蓋了一層灰。

他扯了扯嘴角，不覺上前兩步，忽然想起自己的埋汰來，又生生停下。

可是就在這時，姜婉寧有了動作，她眼眶一紅，顧不得尚有外人在，直愣愣地衝過去，又一頭撲進了他懷裡。「陸尚——」

他剛才還嫌自己埋汰呢，可真把人抱住了，便是怎麼也捨不得鬆手。

「哎，我在！阿寧，我在呢！」陸尚反手將她緊緊攬在懷裡，入手的襖裙一片冰涼。

「這麼久沒見我，阿寧可有想我了？」陸尚笑問道。

可他沒得到答案，只聽懷裡驟然響起一聲哀鳴，而後便是竭力壓抑著的嗚咽。

陸尚的笑容掛不住了，他深吸一口氣，驀地把姜婉寧抱起來，只管把她的腦袋按在自己肩上，而後便大步返回家中。

一直到回了屋裡，他方把姜婉寧放下，屈膝半跪在床前，仰頭看著她哭紅了的眼睛。

陸尚心口泛起密密麻麻的酸意來，抬手用大拇指幫她拂去眼尾的淚痕，看著那被咬得蒼白的唇，他竟升起一股衝動。

「阿寧……」

陸尚記不清在心裡唸了多少聲冷靜，方沒做出出格的舉動來。

曾幾何時，他竟敢大言不慚地認為，要把姜婉寧看做一個需要照顧的妹妹，現在他只想質問自己——

你會和妹妹同床共枕半年之久嗎？你會對妹妹思念不已嗎？你會對妹妹……生起那許多不合時宜的情愫，乃至想親吻她嗎？

不過是他自欺欺人罷了。

時至今日，他終於敢直接面對自己內心的真實想法。

姜婉寧於他，是妻子，是喜歡，是這一世的無可割捨。

陸尚輕聲問了一句。「阿寧，我可以親妳嗎？」

姜婉寧倏爾瞪圓了眼睛，彷彿無法理解這話的意思。

然而不待她回神，陸尚已然站起身，居高臨下地扶住了她的後頸，俯身親過去。

從開始至結束，姜婉寧腦中皆是一片空白，即便耳邊響起了熟悉的輕笑，她眼中還是茫然的，只會愣愣地轉過頭，實則什麼也看不進眼裡。

陸尚笑她。「傻了？」

姜婉寧點頭。

陸尚終忍不住，悶聲笑出來，細細摩挲著她的後頸，只想將這人按進骨裡去。

不知過了多久，姜婉寧總算回過神來，她腦海中漸漸浮現了先前的場面，雖沒有說話，可那雙眼睛彷彿活了一般，又是驚、又是喜的，可比她的表情靈動多了。

還有她藏在烏髮中的耳朵，也一點點染上赤色，最後變得滾燙。

陸尚在她身邊坐下，並不帶什麼誠意地說：「好像不小心嚇到妳了，阿寧對不起，但重來一次……我怕還是會忍不住。」

他把姜婉寧藏在袖中的手捉出來，只是才一碰上，便不覺面色一變。

姜婉寧也想起了什麼，猛地將手縮回去。

陸尚表情變了，聲音也不復之前的喜悅。「手怎麼了？我看看。」

「沒、沒什麼……」姜婉寧顧左右而言他，道：「今天是冬至……對，今天是冬至，大家一起在學堂裡包餃子，奶奶也在，奶奶想你好久了，我們去學堂吧？」

說到最後，她言語間都多了幾分哀求。

陸尚偏不為所動，強硬地捉過她的胳膊，將她的手一點點剝了出來。

垂眸一看，只見纖白細長的手上全是黑紅黑紅的凍瘡，凍瘡長在關節處，因沒及時處理好，已經開始影響到關節的活動了。

他不想生氣的，可話一出口，還是無可避免地染上了怒意。「這是怎麼回事？」

姜婉寧不敢隱瞞，老老實實說：「是去年流放路上不小心染上的，我以為已經好了，沒想到上月又犯了……我有小心塗抹膏脂的，夫君你別擔心，很快就會好的。今天是冬至，我跟鄰居們說好一起吃餃子的，還有那麼多學生也在……有什麼事等明天再說好嗎？」

「妳——」陸尚猝不及防地撞進她那雙含了哀求的眸子裡，頓時什麼火氣也沒了。

他在姜婉寧手腕上不輕不重地拍了一下。「等晚上回來我再與妳算帳！」

「那現在……」

「不是說要去學堂包餃子？還不走嗎？」陸尚沒好氣地道。

姜婉寧笑了，主動牽了他的手。「是，那現在便走吧！鄰居們也好久沒見你了，前不久還問你去了哪裡？還有奶奶……對了，我這身襖裙就是奶奶買給我的，我覺得有些貴，其實不想要的，可奶奶自己去買了回來，還說我穿一定會好看……」

陸尚怎聽不出她話語中的炫耀，立即捧場道：「是很好看。」

說話間，兩人到了學堂外，陸尚的到來可是叫一眾人驚訝不已。

陸奶奶更是抱著他又哭又笑，把他拽去自己身邊，一定要時時看著才好。

陸尚則接替了姜婉寧的活兒，只許她坐在旁邊什麼也不幹，但凡姜婉寧要做些什麼，他總要發出點聲音，等把她的注意力引來了，再往她手上瞥去。

姜婉寧無法，只能老老實實坐下，光等著吃了。

雖說吃餃子的人多，但做餃子的人也多，大夥兒一齊忙著，只花了兩個時辰就全部做好了，在巷子裡支起一口大鐵鍋，用鐵鍋下了餃子。

而後便是所有鄰居圍在一起，歡聲笑語間，一起度過這個冬至節日。

大夥兒一起吃過餃子，便各自收拾了東西回家。

陸尚一手扶著陸奶奶，一手牽著姜婉寧。

回家後陸尚又給她們兩人說了說這段期間的見聞，以及帶回來的許多東西。

聽說他從嶺南帶回了冬衣，陸奶奶很高興。「冬衣好！婉寧就兩套冬衣，我早說她該添衣裳了，這下子可巧了！

「還有她手上的凍瘡喲！我都講了好多遍不要碰冷水，這一時看不住，便又用冷水洗手了，我是管不住了，尚兒你可要說說她……」

陸尚瞥了姜婉寧一眼，果不其然，她目光裡全是心虛。

陸奶奶累了一日，下午又是大喜，回家很快就疲乏了，也沒什麼精力看陸尚帶回來的東西，跟兩人說一聲，便回房休息了。

餘下兩人一合計，也不願整理什麼東西，並肩回了房，只留了床頭的兩盞燈。

陸尚奔波多日，只在半月前洗了澡，偏他才認清對姜婉寧的感情，根本捨不得叫她半夜去燒熱水，只簡單擦了擦，便擁她上床了。

時隔多日，兩人可算又躺在了一起。

陸尚拋卻了往日的矜持，反手把姜婉寧攬進懷裡，額頭抵著額頭，與她絮絮說著私語。

陸尚在外期間，大多都是在野外囫圇睡上兩個時辰，還要小心聽著周圍動靜，一晚上不知要驚醒多少次，自是沒有一天安穩的。

如今卻是溫香軟玉在懷，實在無法不鬆懈下來。

就這麼一睡，等隔天他恢復清明，才發現懷裡早沒了人，伸手一摸，就連身邊的位置都涼了下來，屋裡已沒了姜婉寧的影子。

眼下他正是剃頭挑子一頭熱的時候，恨不得睜眼、閉眼全是姜婉寧。

他當即從床上爬了起來，晃了晃暈乎乎的腦袋，麻利地穿上衣裳。他原本想直接去找人，可從梳妝檯前經過時，又瞧見了自己不修邊幅的模樣。

算了，還是先洗個澡吧！

只是出了房間才知道，姜婉寧走之前已經安排好了一切，包括洗澡要用的熱水，梳洗後要穿的衣裳，以及軟爛好消化的早膳。

這些全被她交代給了陸奶奶，只等陸尚一出門，就全轉告給了他。

陸尚整個抑制不住嘴角的笑了，樂呵呵地應下。「好，那我先吃飯，吃完再洗澡！阿寧是去學堂了嗎？」

陸奶奶說：「是呢，這天亮得越來越晚了，她出門時外頭還黑濛濛的。不過婉寧也說了，準備跟鄰居和龐大爺他們商量商量，把上學的時間調整一下。」

「行，晚點我再問問她。」

陸尚是起得最晚的，陸奶奶已經提早和姜婉寧吃過了，他問了一聲，便不等陸奶奶幫忙盛飯，索性站到了鍋臺前，喝了兩碗熱粥，又吃了三個包子。

陸奶奶就坐在旁邊看著，看他食慾變得這樣好，面上的笑就沒落下去過。

吃飽喝足，陸尚緊跟著就去洗了澡，又把鬍碴刮乾淨，仔細收拾了一番，瞧著恢復了之前的清爽俊秀才作罷。

他溜達去梳妝檯前左瞧瞧、右看看，心裡想著，他雖不算什麼數一數二的美男子，可至少也不算醜吧？勉勉強強……也能與阿寧配一配？

懷著這樣的心思，他又整理了一番儀容，然後出門跟陸奶奶打了個招呼，轉身就往學堂那邊去，中途碰上相熟的鄰居詢問，他更是毫不避諱地說：「欸對，是去找阿寧的！」

待他抵達學堂時，裡面的孩子們正在進行小考。

姜婉寧在場中巡視著，轉身就瞧見他在後門鬼鬼祟祟，不禁莞爾，旋即起了幾分促狹，用眼神示意陸尚進來，往後頭沒人的位置坐。

陸尚被她笑得暈乎乎的，根本沒有多想，沒想到他這邊才坐定，姜婉寧就走了過來，藏在背後的手伸到前頭，手中抓著的一張空白考卷也落在陸尚眼前。

陸尚一愣。

姜婉寧並不解釋，又去前頭的書櫃裡拿了新筆、新墨，順帶把墨汁都研墨好，方才給陸尚送來，以氣音說了一句。「陸秀才也試試吧！」

被心上人叫秀才，理應是高興的，可是陸尚看著桌上的試卷，實在生不起半分高興來。且其餘孩子正專心致志做答著，他連出聲婉拒的機會都沒有。

半晌過去，他只能沈重地點了頭。

這份小考試卷並不難，或者說學堂內的小考從來都不會為難人，只是就孩子們某段時間的學習成果進行一個查核，也好方便姜婉寧給他們查漏補缺。

試卷上多是填字和算數，陸尚粗略掃了一遍，好歹沒有不會的。

等小考結束，也到了下學的時候了。

姜婉寧從頭收到尾，收到最後時，孩子們才發現陸尚的存在，只姜婉寧收卷的速度快了些，才沒叫他們發現大名鼎鼎的陸秀才竟也跟他們一起小考。

姜婉寧送孩子們離開，陸尚就去案桌後幫忙整理了書卷，這樣也能節省少許時間。

兩人走在最後，學堂卻是不用落鎖的，再等上一、兩刻鐘，馮賀家的下人就會過來，到時他會把學堂裡的火爐熄了，再行落鎖。

陸尚回頭看了一眼。「我還說這是哪裡來的那麼多火爐……」

姜婉寧笑說：「夫君不在的這段時間裡，馮少東家對我和奶奶多有照顧，隔三差五就會差人送東西來，倒是勞他費心。我不好與他走動，既然夫君回來了，那便辛苦夫君跟他說聲謝吧。」

陸尚點頭。「應該的。」

兩人到家時，大寶、龐亮和林中旺已經回來了，正幫著陸奶奶端飯、端菜。

之前的飯桌上，姜婉寧總會跟幾個小的說說話、問問功課，又或者聽聽他們最近的趣聞，可是眼下陸尚歸家，整個桌上就沒旁人的事了。

之前陸奶奶就覺得，只要陸尚一和姜婉寧說話，就完全插不進去第三個人。

可今天這股感覺尤烈，不光是插不進去人了，便是他們在旁邊都嫌礙事。

反正陸奶奶說不好該怎麼形容，只能趕緊吃了飯，又招呼上幾個孩子，迅速回了房間，好把空間留給兩個年輕人。

偏偏無論是姜婉寧還是陸尚都沒覺出異樣，邊吃邊說著話，從嶺南這一路的見聞，到巷子裡學堂的情況，說話的時間遠比吃飯要長。

一頓普普通通的晌午飯，卻是叫他們兩個吃了足足一個時辰，要不是再拖下去飯菜就要涼透了，兩人還可以聊。

飯後姜婉寧要去刷碗，可手才碰到碗筷，就被陸尚拍在了胳膊上。

她不明所以地抬起頭。

陸尚用下巴點了點她的手。「阿寧是真不記事啊！」

姜婉寧垂首，後知後覺地想起手上的凍瘡，趕忙將手縮了回去。

陸尚輕哼兩聲，忍不住用手指點了點她。「還不快回房暖著，等下午我帶妳去醫館，看看該怎麼治最好。」

姜婉寧自認理虧，吶吶應了是。

她這邊回房沒多久，陸尚也跟著追了回來。

陸尚正是興奮的時候，他不肯歇息，便纏在姜婉寧左右，哄她一起去看從嶺南帶回來的好玩意兒。

那大車小車足足兩輛車的東西，瞧著就不少，即便是除去布疋、冬衣等大件的，零碎的小玩意兒也剩很多，且全是為了姜婉寧才買的。

陸尚不曉得當朝女子的喜好，布疋和冬衣都是託店裡的夥計選的，有兩件價格偏高，但更多的還是物美價廉的。又因嶺南府城店鋪繁多，同樣一件衣裳，換一家店興許就會便宜幾分，一件還沒感覺，可買多了，省下的也就多了。

姜婉寧輕嘆一聲，將那幾件冬衣全換了一遍。

到底是一郡之府城所流行的，那些冬衣的樣式秀麗又不失大氣，格調也甚清明，便是穿去了京城，也不落下乘。

陸尚看得歡喜，又喊她去看一些首飾。

他買下整整一匣子的首飾，沒有什麼貴重的，勝在精緻小巧，花樣也多，光是素釵就有足足七、八支，加上其他環飾，足夠把姜婉寧打扮得漂漂亮亮了。

他每拿出一件，都要問問姜婉寧喜不喜歡。

姜家家道未中落之前，姜父偶有遠遊，也會給家中親眷帶些禮物回來，但姜婉寧還是第一次見禮物可以帶這麼多，又全是為她一個人買的。

她想說不必這般浪費，可抬頭望見陸尚眼中的喜悅，那些喪氣話就全說不出了。

姜婉寧笑道：「喜歡的。」

「喜歡就好！對了，我還尋到一枚玉扳指，第一眼就覺得適合妳，也不知妳習不習慣戴這些？反正妳留著吧，扔在桌上當個擺飾也好。」

陸尚說著，又從匣底摸出一枚玉戒來。

姜婉寧仔細一看，乍一瞧見實在眼熟，直到接過來細細打量了，才知並非她早些年那枚，但這並不妨礙她心生喜歡。

她輕輕比劃著，言語間皆是歡喜。「我之前也有一枚差不多的玉扳指，做工要比這枚好一點，但成色不如它。我戴了好些年，不過後來給弄丟了……這枚扳指……」她抬頭，望向陸尚的眸子裡彷彿在發光。「我很喜歡。」

陸尚咧嘴笑著。「喜歡就好。」

他親眼看著姜婉寧將扳指戴在指上，目光卻忍不住往她的無名指上飄。

……也不知大昭有沒有婚戒的說法？

兩車的東西自然不只有用的，還有些特產吃食，只是因為路途遙遠，只能帶些麵餅、臘肉，用油紙裡外三層封好，這才能放久一點。

光是把這些東西整理好，便花了一個時辰。

小學堂那邊傳來動靜，項敏也推開院門，悄悄鑽進學堂去。

姜婉寧拿出一支素釵，在陸尚直勾勾的視線中將它戴上，又習慣性地轉了轉手上的扳指，這才說：「我去看看他們。」

今日下午有書信攤子要開，但陸尚念著她手上的凍瘡，說什麼也不肯她在外頭受涼了，親自在攤子前守了半個時辰，把那些暫時不急的全勸回去。

還有兩個實在心急的，便由他代勞，反正只是字寫醜了點，小人畫抽象了點，大不了不收錢嘛！

姜婉寧樂得不行，好聲跟來寫信的客人說了抱歉，又依著陸尚的意思，早早收了攤，再一起去醫館裡看手。

凍瘡這種東西非一朝一夕就能根治，便是用藥消下去了，來年還會犯。

醫館的大夫開了兩帖藥後，也只叫姜婉寧少受寒、少碰冷水，等傷瘡不發癢了，興許就好得差不多了，但之後每年還是要多多注意。

出了醫館後，姜婉寧尚未反應過來，陸尚就把手套戴在她手上。

「聽見了？以後妳就在學堂放一盆熱水，用火爐溫著，可不許碰涼水了。還有家裡，我知道妳不好意思叫奶奶做家務，既然這樣，那咱們家也請個婆子來吧，我明天就去牙行看看，招個手腳俐落的大姊來。」

「招婆子？」姜婉寧驚訝道：「會不會有點小題大做了？」

陸尚說：「阿寧，妳知道我還要走的，妳也不想我一路都不安心吧？」

嶺南之行只是一個開始，只要與黎家合作了，那陸尚定是還要出遠門的。

他這才回來一天，姜婉寧不願想那些不高興的，便刻意躲閃這話題，沒想到如今還是提了出來。

她沈默良久，緩緩點了頭。「好。」

陸尚此番回來，卻在家裡待不了太久。

他在家歇了兩天，中途又帶姜婉寧去牙行走了一趟，挑了一個四十多歲的大娘，那大娣不賣身，因此即便是手腳俐落，也無緣進富貴人家去，只能在一些小門小戶之間流轉。而陸尚至今無法接受買賣人口，聽說這位江嬸人勤快，幹活也仔細，便是家中也沒有什麼拖累，很快就定下她。

往後江嬸就去陸家做工，每月休一天，一月一兩銀子，平日就洗洗衣裳、做做飯，再就是幫陸奶奶餵餵雞、鴨，其他便沒什麼了。

江嬸的住處就在書房，陸尚把書房裡的重要紙張都搬去自己房裡，只留了一個空書櫃和一張案桌，再往裡面添一張床，便是一個簡易的住處了。

到底是家中幫工的下人，也沒有什麼慢待不慢待的說法。

再轉過天來，他就趕緊去了長工們居住的宅子，跟著送了兩天貨，跟幾家酒樓的老闆見了個面，又聽陸啟把這一個多月的情況匯報後，花了兩個通宵把帳目記錄核對上。

單是這三家酒樓的帳目，就叫他算得頭暈眼花，結束後忍不住說一聲。「要不叫陸啟也來上學吧？不然就叫大寶教教他爹。他這大小也算個管事了，不能連帳都不會計吧？」

姜婉寧聞言不禁側目，看著他手上那些凌亂的文字，亦不知該如何評價。

陸尚有做帳不假，但他用的是他所熟悉的文字和數字，除了他自己，那是誰也看不懂的。之前姜婉寧也曾質疑過，哪料陸尚對著帳目說得井井有條，徹底打消了她的疑惑。

姜婉寧沈思片刻後說：「那夫君看著安排一下吧，正好下午家裡也有人，叫陸啟過來一起認認字、學學記帳也不是不行。」

「唔……」陸尚也只是有這個想法，能不能實行還需仔細考量。

又過一天，詹順安他們回來了，還帶了蔡勤、蔡勉兩兄弟，一問才知，兄弟兩人在一月裡把塘鎮下屬的村子走了個遍，只要是採藥的人家，他們全部親自拜訪了一遍。

蔡勤說：「秋冬山上的草藥不多，我們也沒能收上什麼，不過有戶人家採到了山參，年數有些短，好在山參絲毫未損，也能賣上個七、八十兩。」

「好好好！」陸尚大喜。「辛苦你們了！藥草一事你們先跟進著，既然秋冬山上草藥不多，那就索性等開春再給醫館送，正好我最近也忙不過來，剩下的還要辛苦你們。

「只要是你們覺得好的藥草都可以先記下來，價錢拿不準的就先等等，左右也不是什麼緊急事，且等我回來。

「再就是蔡村長的工錢，我想了想，不如就跟你們一樣，這樣可好？」

蔡勤、蔡勉連連擺手。「不用不用，爹說了，能給老闆幫上忙，他已經很高興了，絕不可收錢的！且我們兄弟倆本就在您這兒做工，已經承了很大的情了，不可再貪得無厭。」

陸尚也騰不出時間去平山村，聞言不好再勸，只好暫時先應下。

等把物流隊這邊都處理清楚了，接下來便是最重要的黎家了。

馮賀得知他回來，很快就在觀鶴樓設了宴，宴上只他、陸尚和黎家大公子三人，再就是福掌櫃作陪，實際多是陸尚和黎大公子在說話。

黎家派去的小廝說是帶路，實際也是在觀察陸尚等人。

就這麼兩、三天時間，那小廝已經把這一路的見聞分毫不落地告知了黎大公子，無論是詹獵戶等人高超的身手，還是陸尚的小心謹慎，都叫黎大公子極為滿意。

於是在這天的接風宴上，黎家與陸氏物流正式定下合作。

隨著簽下與黎家的書契，這也預示第二趟遠行將要開始了。

倘若年前出發，下次回來便是三、四月了，無法留在家過年。

但黎家這批貨催得實在急，甚至願意為此多付一成的僱人運輸費，還因此承諾，只要這趟木料完好準時送達，之後至少一年裡，黎家的木料生意全歸陸氏物流。

陸尚實在無法拒絕這樣大的誘惑，再三糾結，終究還是答應了下來。

按照他與黎大公子的約定，臘月初一物流隊就出發，先去府城黎家拉上木料，然後就前往嶺南。

此行貨物頗多，黎家可提供車馬，只押貨人手需由陸氏物流出。

陸尚仔細考量後，決定由四十人押貨，除了上次一起去嶺南的八人，還要另選出一批，這一批要求可以稍微降低一點，但身手好是絕不能降低的指標。

這四十人選出後，他們便得了幾日假，等出發前再回來。

至於其他人則還是按著月休的法子走，具體怎麼安排，就全交由陸啟負責了。

待諸事皆定，只剩下最後一件事，也是叫陸尚最棘手的——

該如何跟姜婉寧說，無法跟她一起過年了？

前不久他還攬著姜婉寧幻想，等過年時可以去府城，聽說府城的年節可是極熱鬧，大年夜那天還會有煙花施放。

陸尚在家待了兩日，瞧著沒什麼變化，可姜婉寧還是敏感地察覺出他情緒上的波動。她觀察了兩日，見陸尚情緒實在低落，只好主動問：「夫君是有什麼話要跟我講嗎？」

陸尚面上閃過一絲驚訝。「怎麼這麼說？」

姜婉寧坐過去。「我看夫君這兩日神不守舍的，昨晚練字時都寫差了好幾行，我提醒了也不見改，那便是心思沒落在習字上了。

「還有，這幾天你夜裡睡得遲，清晨醒得也早，偏是注意力凝不起來，不知在想些什麼。」她沈吟片刻，挑明道：「是因為夫君又要去嶺南了嗎？」

陸尚苦笑。「什麼都瞞不過妳。」

大概是早有心理準備，姜婉寧的情緒還算穩定。「什麼時候走呢？能等到下個月過完年嗎？還是這幾天就急著去？一樣兩個多月就可回嗎？」

陸尚握住她的手，小心避開了關節上的瘡疤，小聲道：「等不到過年了，臘月就走，兩個多月也是回不來的，這次有貨，往返最少三、四個月，年關那幾天碰上封城的話，可能還會更久。我跟黎家大公子推估的是四月中才能回來。」

話音一落，姜婉寧肩膀一震。「這麼久？」

時間過得很快不假，但一年裡又有多少四個月？

光是他離開的這兩個多月都叫姜婉寧覺得度日如年了，如何又長了一倍？

陸尚更覺為難的是：「因是給東家送貨，路上肯定是要以貨物優先的，我原想著帶妳一起，現在看大概也是不能了。還有妳那路引……我問清楚了，也不太好辦。」

姜婉寧清楚，她隨行的阻礙太大，而叫陸尚放棄這單生意，不說他願不願意，便是她都覺不甘心。

她面上表情幾經變化，好久才吐出一口氣。「沒關係，我都理解。夫君去吧，我等你回來便是。」

陸尚捧起她的臉，果不其然，就見姜婉寧一臉的平靜，唯有眼尾泛著不正常的紅色。

「阿寧……」

姜婉寧扯了扯嘴角，反安慰起他來。「家裡一切都好，之前不也安穩過來了？再說，現今家裡還有江嬸在，我和奶奶是徹底輕鬆了。夫君眼光真好，江嬸幹活是真的勤快，她還很會說話，常把奶奶哄得合不攏嘴，便是做飯都顧及著所有人的口味，連幾個孩子都照顧到了……」

後面的話她沒能說出來，蓋因陸尚垂首吻住了她的唇，鼻息間只剩灼熱的呼吸。

陸尚是經歷過一次白手起家的，但如這般羈絆不斷的感覺，還是頭一回體驗。

直到今日，他才深刻意識到，為何總說美人鄉，英雄冢。

接下來的日子，陸尚未再出過門，他每日都留在家裡，要麼是陪陸奶奶說話，要麼就是跟著姜婉寧去學堂，從早到晚恨不得黏在她身上。

反是姜婉寧早早接受了現實，一邊上著課，一邊給他重新收拾行裝。

物流隊出發前一晚，幾人懶於做飯，索性一家人出去吃，就去了觀鶴樓，點了店裡最出名的招牌菜，配著兩壺小酒，也算歡快了。

臘月一到，陸尚如期出發。

他離開那日，學堂也放假，姜婉寧親自把他送到城門口，兩人又躲去旁邊說了好久，多是陸尚在絮絮叮囑，大事小事都能說上兩句。

若非詹獵戶他們催促，陸尚還能繼續說下去。

隨著陸尚的離開，陸家一下子又冷清了下來。

但他只是出趟遠門，日子還是要照常過的。陸奶奶有江嬸照顧著，倒是省了姜婉寧不少心，就這麼一晃，又是一個月過去了。

塘鎮連下了兩場大雪，大雪的降臨也意味著年關將至。

江嬸在年前找姜婉寧告了假，要回老家陪家人過個年，一直到正月十五之後才會回來。

江嬸走後，家裡又只剩下姜婉寧和陸奶奶兩人了。

因姜婉寧給好多孩子上課，學費收得又是極低，許多人家感念她的情，過年之前也往她家中送來節禮，便是樊三娘都跟著龐大爺的車親自來了一趟。

姜婉寧沒有推拒，只是回了等值節禮。

隨著越來越多的人來送節禮，陸奶奶的心也跟著浮動起來。

她想回陸家村已經不是一天兩天了，可這幾個月來，要麼因為忙而拖延，要麼就是被陸尚打斷拐去別處，這一來二去的，她也隱約明白了——孫兒不想叫她回去。

因為各種各樣的原因，她確實沒有再提，鎮上的房間裡也添了越來越多的新衣，添了越來越多的家用，跟自己在村裡的小屋也沒甚差別了。

可她到底還記著，她在陸家村還有兒子及孫子、孫女呢！

既然陸尚不在，又是過年，是不是該回陸家村了呢？

陸奶奶猶豫了好幾天，終於跟姜婉寧提起回陸家村住幾天的事。

過年本該回家團圓的，但姜婉寧卻說：「我留下守著家吧。」

陸奶奶幾次勸說無果，想到陸家村裡一大家子人，總不缺她一個老太太，可她要是真回去了，鎮上可就只姜婉寧一個了，誰家過年是一個人過的？

這樣一對比，該如何選擇，便是不言而喻了。

陸奶奶很通透，只糾結了不到半天就下了決定。

而江嬸回了老家，陸奶奶做了兩日飯又漸漸找回了手感，看姜婉寧一回家就能吃上熱飯，反找回自己在家中的用處來。

姜婉寧都已經想好，要是陸奶奶堅持，她就託龐大爺把陸奶奶送回去。

哪想幾天下來，陸奶奶再也沒提過回陸家村的事，還把田奶奶邀請到家中來，跟田奶奶討教鎮上都是怎麼過年的？兩個小老太太一起上街，又是買窗花、又是買對聯。

姜婉寧每天回家，都能看見家中細微卻明顯的變動，略顯清冷的宅子也慢慢溫暖起來。

對於這番變化，姜婉寧與陸奶奶皆是心照不宣。

眼見過了二十七，大小學堂都放了年假，黃老闆的書肆也要關門了。

姜婉寧交完今年的最後一趟字帖，從黃老闆那裡又領了二兩的賞錢，算是對她每句都能按時交帖的獎勵，也是過年的一個好彩頭。

這二兩的賞錢也給她提了個醒，她又專程去物流隊長工們的住處一趟。

也是趕巧，但凡她再晚來一天，長工們就要放假了。

年關乃是大昭最重要的節日之一，等到了年三十、初一，街上便沒有任何商販了，像什麼酒樓餐館，自然也會停業幾天，與之相對的，便是不用送貨了。

姜婉寧跟長工們不熟，只認得陸啟一人。

她叫來陸啟細細詢問一番，聽說他們的工錢要等陸尚回來才有，心下有了決斷，又問：「那除了送貨這些，夫君有交代其他事嗎？」

陸啟一頭霧水。「還有要交代的嗎？」

姜婉寧了然。「那你叫大家先等等，你跟我回家一趟，我把所有人的工錢先結了。還有，之前是不是說過，逢年過節會有節禮的？夫君不在的這些日子也辛苦你們了，剩下的便讓我作主，你只管聽我安排吧。」

「這、這……」陸啟一時愣住了。

姜婉寧卻不給他反駁的機會，抓緊時間帶他回去取了錢，又匆匆趕了回來。

長工們上工的時間都是有記錄的，姜婉寧算數的速度又快，往往陸啟才唸出時長，她就算好相應的工錢了，連著月終獎一起，分毫不差地付給長工們。

長工們本以為年前是收不到工錢了，如今峰迴路轉，自是樂得不行。

而這還不算完，姜婉寧又說：「最近這段時間辛苦大家了，年關將至，本該給大家包些節禮的，只是夫君不在，我又是才想起這回事，只怕準備不及，便將節禮折成現銀，辛苦你們自行採買了。

「除了節禮之外，再就是年終獎，考慮到諸位最長的也只做了半年工，這回就連著節禮一起，每人給一兩銀子。

「再有什麼其他安排，夫君也未曾告知我，只能等他回來再談。我在這裡也給大家拜個早年，辛苦諸位了。」

話落，姜婉寧拿出早準備好的紅封，親自遞到每個人手裡，就連在院裡洗衣、做飯的婦人們也沒落下。

有人覺得碎銀不夠爽，那就給他們換成十吊錢，滿滿當當一大口袋的銅板，光是聽聲音都叫人高興，沈甸甸地拎在手裡，只覺這半年的辛苦都值了！

還有那些跟著陸尚去了嶺南的長工，姜婉寧沒有算他們的工錢，只等回來後一起結算，但該給他們的節禮和年終獎是不缺的，仍是一人一兩，叫同村的人先帶回去。

等把長工們都安排好，這一天便過去了。

工人們拿了錢，也不知在誰的鼓動下，竟一起跪了下去，一定要給姜婉寧磕個頭才肯走。

姜婉寧阻止不得，最後只能躲進屋裡去。

便是這樣也沒能消減長工們的熱情，一時間屋外全是拜年聲。

到最後只剩下陸啟陪著她，姜婉寧笑了笑，拿出另一個紅封。「你的工錢我就不管了，只等夫君回來叫他給你結算。這陣子你多是費心，我便多給你包了二兩，過年圖個吉祥。還有這些……」她從另一個小包裡拿出幾個較小的紅封。「這是給大寶、亮亮和中旺的，他們放假早，我也沒記起這回事，便辛苦你多跑一趟，也是我這個做老師的一點心意。」

要是換成平常時候，陸啟怎麼也不會收這些。

但年關什麼都能和吉祥吉利掛勾，又是為人師者的心意，他怎麼也拒絕不得。

陸啟擦了擦手，雙手接過。「好好，多謝夫人，多謝夫人了！」

陸啟把所有宅院檢查後鎖上，又送姜婉寧回了家，這才從塘鎮離開。

趕在街上商販關門前，姜婉寧和陸奶奶買足了食材，還湊熱鬧買了兩捧煙花，等著過年那天放。

三十這天，祖孫倆簡單吃過早飯，便開始操持年夜飯。饒是只有兩人，也是雞、鴨、魚肉樣樣齊備，不肯有一點的含糊。

在一片熱鬧聲和對遠方人的思念中，年關悄然而逝，新的一年又到了。

第二十四章

正月十五一過，江嬸重新上工，物流隊恢復了送貨，學堂的孩子們也被押著收心。過年雖有辭舊迎新之意，但到了尋常百姓家，年前年後也沒什麼兩樣。

馮賀過年是回了府城的，卻不想他早早地回來，給陸奶奶拜了個晚年，又找姜婉寧說：「夫人見諒，我詢問府城同窗，知今年三月三日將開院試，我欲上場一試，還請夫人代我問那位先生，不知我可有上場機會？」

姜婉寧有些奇怪。「之前不就是想著趕今年的院試，夫君當初沒與少東家說嗎？」

馮賀一驚，旋即狂喜。「是是是，是我疏忽了！那敢問夫人，這最後一月，我又該如何準備？」

姜婉寧耐著性子說：「無須慌亂的，之前半年少東家已打下基礎，之後一月將以鞏固押題為主，其餘便是少東家放鬆心態，坦然赴考罷了。」

話雖如此，馮賀卻無法真的平靜下來。

他頗有些手足無措地問：「可是、可是我可以嗎……我還是有些不敢，真的不用挑燈夜讀，最後拚一個月嗎？」

姜婉寧忍笑。「少東家不信自己，難道還不相信我……我是說那位先生嗎？不過也無妨，先生留了新的功課，需少東家在三日內交出答卷，是兩道經義、兩道策論，還請少東家抓緊時間。」

馮賀一開始還沒明白她的意思，可等拿到了題目，忽然就明白為何姜婉寧說無妨了。

卻見那幾道經義、策論題皆是妙極，他前不久還覺自己學問精進了些，現在一看，彷彿覺得自己簡直就是個傻子。

之後一個月裡，馮賀每天都生活在水深火熱中。

要麼是為答題抓耳撓腮，要麼是被答卷上的批註訓得面紅耳赤，他白天夜裡光想著背書、答題，根本沒有多餘的心思為院試而焦慮。

一直到院試前兩天，姜婉寧收了他的功課，沒有再拿新的題目來，而是說：「距離院試僅剩兩日，少東家可以回府準備著了。」

馮賀愣了好半天，終於意識到時間的流逝。

他回去後又是一陣兵荒馬亂，趕緊收拾了東西回府城，回去後剛睡了一晚，又著急忙慌地趕去考場，中途還險些找錯位置，等再回過神，已然是院試結束了。

馮賀走出考場，被家裡的小廝迎上馬車，感受著身下的顛簸，他後知後覺地感出兩分緊張來，而院試都結束了，再緊不緊張的，好像也無甚大礙了。

直至此刻，他才領悟到姜婉寧最後一個月安排的精妙之處來。

院試如何，只與馮賀一人有關，姜婉寧把他送走了，尚有一學堂的孩子要教呢！

她心態上沒有任何起伏，仍是家、學堂、書信攤子三點一線，偶爾再去書肆走一趟。

陸奶奶找到了新的活兒幹，正在家裡和江嬸收拾院子，連同菜圃、葡萄藤一起，一定要在開春前打理出來，每天都忙得腳不沾地。

就這樣到了三月十五。

姜婉寧是去書肆送字帖時，聽見店內有書生說今日院試放榜了吧？她這才想起，原來院試結果已經出來了。

院試結果只有府城能看到，她遠在塘鎮，並無法第一時間知道結果。

對此她只是一笑帶過，要說全然波瀾無驚不至於，但要說緊張，大概也是沒有的。

與此同時，府城馮家。

家中小廝一路跌跌撞撞，飛一般地闖入堂廳，他顧不得廳內的客人，氣喘吁吁地道：

「恭喜老爺！少爺他院試過了！」

「什麼?!」馮老爺一驚。

連下首的客人也望了過去。

小廝是從放榜的告示欄處一路跑回來的，他抹了一把額上的汗，撲通一聲跪下去，給馮老爺結結實實地磕了個頭，復說：「少爺院試過了！還是院試第一！少爺是今年的府城案首！」

馮老爺雙目放空，幾乎不敢相信自己聽到了什麼。

自家兒子的本事，他這做爹的嘴上不說，心裡卻還是清楚的。去年馮賀鬧騰了半個月，又是交接手裡生意，又是搬去塘鎮住，還找了個什麼先生，他可是發了好大的火。

雖然後來也是同意了，但對於馮賀能通過院試當上秀才，他並不抱什麼希望。

便是前些天院試結束，馮賀信誓旦旦地跟他說「這回的題皆在先生意料之中，多是我刻苦鑽研過的，想必此番定能過了院試」，馮老爺嘴上說著好，心裡卻不以為然。當時還想著，哪怕馮賀能在榜尾，都是馮家祖墳冒青煙了。

誰承想院試結束不過半月，竟有這般驚喜砸在頭上。

府城院試第一？

他根本無法想像，這該是何等的榮譽！

下首老友起身賀道：「恭喜馮老爺、恭喜馮公子，這可是大喜啊！」

「大喜、大喜……」馮老爺手都在發顫，好半天才找回自己的聲音。「賀兒過了院試，實乃馮家家門之光，我要為他設宴三日，宴饗全城！還有府上所有人，一律發賞！」

底下的小廝又是一番叩謝，剛要領命下去，卻聽馮老爺忽然改口。

「不！不是宴客，是恩師，是賀兒的恩師啊！來人呀！快快備禮，我要親自帶他去叩謝恩師！」

待馮賀從外頭趕回來，馮老爺已經備齊厚禮，就等他一起出發了。

馮賀尚沒有從案首的震驚中回過神來，一進門又遭了來自親爹爹的重擊，馮老爺直衝他奔來，大掌「啪啪」地砸在他肩上。

「我兒好樣的！我兒好眼光！竟不知我兒能認得這般舉世高人，硬是能在朽木上雕出花來，哈哈哈！」

咱就是說，話也不必如此直白吧？馮賀緩了緩，慢半拍地瞧見地上的諸多箱匣，疑惑地開口問道：「爹，您這是要做什麼？」

「當然是帶你去叩謝恩師啊！」

「喔，叩謝恩師啊……等等！我何時說過要去拜謝先生了？」馮賀的腦袋突突地疼了起來。

先不說他有沒有這個拜謝的資格，便是真認了老師，他這位老師的身分，只怕也根本無法大張旗鼓地上門叩謝啊！

馮老爺不知其中的諸多不便，聞言驀地大怒。

「放肆！你何時變成了這般不知感恩之人？若無你那位先生，你以為你真能成為府城案首嗎？算了，我懶得同你說，你愛去不去！你只管告訴我，你那恩師現在何處？我先代你送過謝師禮，不能叫人家說咱們商戶沒有家教，等回來我再收拾你！」

馮賀吭哧吭哧地說不出話來。

馮老爺見狀，一時心急，索性去找馮賀身邊伺候的小廝來問。「六順你說！你這半年一直跟著少爺，少爺的恩師是哪位？」

「不是，爹啊，根本不是您想的那回事！」馮賀趕忙攔住他，揮揮手叫廳內的下人全部退出去，這才說：「爹您光是想去謝師，您怎麼就不想想，人家還不肯收我做徒弟呢！」

「啊？」馮老爺愣了。「不、不是徒弟……也能教出個案首來嗎？」

馮賀不禁苦笑。「您忘了我去年拿回來的那本《時政論》了嗎？您覺得能註解出那等大作的，又豈是凡俗之人？區區案首，在人家看來根本不值一提。

「先生指導我半年，卻從未以真身相見，便是鐵了心不想與我有牽扯，爹您這樣直接上門，豈不是壞了先生的規矩，叫我難做啊！」

馮老爺識得幾個字，卻並未精研學問，聞言也是似懂非懂。「那、那就算沒有收你做徒弟，可老先生對你有這等大恩，還不值得你我父子親自拜謝嗎？」

馮賀搖搖頭，面上露出幾分頹喪。「哪裡不值得？只要她願意，便是叫我認她做乾娘，我也不會有半點遲疑的。可現在我與她並無私交，貿然上門，豈不是給她添麻煩？」

馮老爺忽然意識到某些不對來，心裡一下子翻騰起來。「你剛剛說認什麼？乾、乾什麼？」

馮賀後退半步，撩開衣襬跪下去。「孩兒莽撞，不曾告知於您，孩兒那位先生並非什麼老先生，而是一位女先生。」

馮老爺眼前一黑，再度生出幾分荒謬來。

三日後，今春院試的結果也傳到了各地縣鎮。

馮賀在諸多讀書人中並不是亮眼的那一個，偏生他成了最大黑馬，甚至壓過了奪魁希望最大的鹿臨書院顧言奚顧公子，雖然只是府城案首，可也是驚掉了一眾人的下巴。

素日與馮家有生意往來的全奔去馮府拜訪，誰知只有馮老爺精神萎靡地與人寒暄，並不見馮賀出面見客。

松溪郡的許多縣鎮也對此多有談論，隨便走進一家書肆，都能聽見有書生在談論——

「這位馮賀馮案首我竟是不曾聽過，可是哪個世家培養的公子嗎？」

「我倒是聽說這位馮案首乃是商戶之子，只是將戶籍掛在了遠房親戚家……」

「商戶之子能考出這樣好的成績？高兄你可別騙我！」

這話說得多了，連一些百姓都有所耳聞，而商戶地位低下更是眾人皆知的，今年猛一下子冒出一個商人家的孩子做案首，可不更是稀奇了。

到最後，連姜婉寧的書信攤子前都有人在說：「夫人聽說了嗎？今年的府城案首是個商戶之子呢！」

姜婉寧抬頭，眼中閃過一瞬的詫異。

但她還是很快恢復了表情，笑道：「商戶之子也好，世家之子也罷，既是能考上秀才，那必是於學問上下了苦功夫的，又是堂堂案首，那豈不是更加說明了，學問一途並無高低貴賤之分嗎？」

「夫人說得是，人家能考上案首，定是有真才實學在身的，以後我家要是能發達了，也把孩子送去學堂唸書，不求跟人家一樣做案首，便是當個秀才也是光宗耀祖啊！」

姜婉寧莞爾，復又埋頭到書信中去。

馮賀成了案首雖有些出乎她意料，但也不算太過離奇，他又不曾再到陸家來，等這波風聲過去了，姜婉寧也不再多想了。

沒想到，院試張榜半個月後，馮賀竟又找上門來。

不光是他，還有馮老爺、馮夫人，馮家一共三個主子，竟是陸陸續續全住進無名巷子。

一開始姜婉寧還不知道這事，她只是聽說馮少東家的那戶宅子裡住進一對上了年紀的夫婦，也是衣著富貴，不似凡人。

她還以為這是馮賀考上秀才後把宅子賣出去了，可當天晚上，這對夫婦就找上門了。

此時姜婉寧才把幾個孩子送走，回到院裡看陸奶奶和江嬸剛打理好的菜畦，她雖不懂種菜整地，卻是會想會說。

「我看夫君更喜歡脆生生的菜，等天暖和了能種些生菜嗎？」

「生菜好啊，生菜長得快又好打理，到時一定記著分出一塊來！」江嬸應道。

陸奶奶又問：「那婉寧喜歡什麼？這塊菜畦可不小，種完生菜還剩下好大一塊地，尚兒他天天早出晚歸的，在家吃不上幾頓飯，咱不管他！妳看妳喜歡什麼，奶奶給妳種！」

「這麼好呀？」姜婉寧想了想，說：「那便再種些黃豆吧？剛生出來的黃豆苗又嫩又脆，到時候用熱水一燙就能吃了。我記得有些人家喜歡吃火鍋，就是一家人圍在一起，邊吃邊往調好的湯鍋裡涮菜涮肉，撈出來再裹上蘸料，也是極香的。」

「竟還有這種吃法？」陸奶奶驚奇道。

「正是，奶奶要是感興趣，過兩天咱們就試試。趁著現在天氣還沒熱，等天熱了再圍鍋吃飯就不好了。」

「好好好，那咱們也試試！」

正說著，就聽門口傳來敲門聲，姜婉寧並未多想，只當是哪個鄰居來。

但她一開門，便見一對面生的夫婦衝她笑著，他們約莫是想展現兩分和藹的，但因不熟悉和拘謹，笑容實在牽強，反展現出許多生硬來。

姜婉寧愣了愣。「二位是？」

「我們是——」

不等馮老爺自我介紹，卻見兩人後面又冒出一個人來。

馮賀側著臉。「夫人……」

姜婉寧心中驀地浮現出些許不妙的念頭。

馮老爺把兒子按回去，樂呵呵地望向姜婉寧。「在下馮有財，聽說小兒在無名巷多受陸夫人照顧，特攜夫人來拜會一二的。」

姜婉寧沒有應，只是看向最後頭的馮賀。「少東家？」

馮賀無法，只好再到前頭來，靦顏道：「不知夫人是否方便，叫我等入內一敘？」

門口的動靜已經惹來陸奶奶和江嬸的注目，門口經過的鄰居也投來疑惑的目光。

姜婉寧半晌才點頭，側開身子。「馮老爺、馮夫人，請。」

「哎，好好好！叨擾了、叨擾了……」馮老爺趕緊進屋。

馮夫人和馮賀亦是緊隨其後。

陸奶奶和江嬸站在院裡，見狀更是疑惑。「婉寧，這兩位是？」

馮老爺頓時自我介紹起來。「老太太好，我是馮賀的爹，最近和夫人搬來無名巷住，這不來拜會鄰居了！想必您就是小兒說的陸奶奶吧？」

「啊？是、是……」陸奶奶不善與人交際，磕磕巴巴地應了一聲，便不知說什麼了。

姜婉寧輕嘆一聲，只好開口說：「馮老爺和馮夫人遠道而來，不如入內一坐？寒舍頗小，未有待客廳堂，眼下只有一稚子學堂，還請您二位莫要嫌棄。」

「不嫌棄、不嫌棄，都聽夫人的！」馮老爺連忙應下。

姜婉寧先是給他們指了學堂的位置，又走到陸奶奶身邊說：「奶奶，我來招待就好，您跟江嬸吃了飯就先回去休息吧。」

「那行，那我就不等了？」陸奶奶問。

「不用等。」姜婉寧又招呼江嬸。「江嬸，妳陪奶奶先吃飯吧。」

說完這些，她才走進小學堂。

此時馮家幾人還沒坐下，因為小學堂裡多是矮桌，馮老爺和馮夫人坐到這上面太過促狹、不雅，只好先站一站。

姜婉寧進來後先表示了歉意，又請他們去圓桌那邊坐。

馮賀沒臉坐下，只站在爹娘身後。

而姜婉寧則坐在他們一家對面。

片刻，馮老爺率先開口。「陸夫人……這是在家裡辦了學堂？」

姜婉寧在巷子裡辦學堂的事雖沒有宣揚，但也並沒有隱瞞著，多往巷子裡走兩趟也就知道了，於是她也沒有刻意辯駁，只說：「教孩子們識識字，算不得什麼。」

「識字也好、識字也好……」馮老爺看她沒有多言的意思，不禁有些尷尬。

他求助地望向馮夫人，希望她們女眷之間可以好好交流一些。

馮夫人便接過話頭。「我之前一直在府城，並不曾來塘鎮走動，竟不知這縣鎮中還有陸夫人這般的才女，也是叫我好生欽佩呢！」

姜婉寧想了想，索性直白問：「區區小事，不值一提。不知幾位所來何事？」

「啊……」馮夫人也受了挫，遂重新把困難拋給馮老爺。

他們商賈之家，素擅交談的，可只要一想到這是把家中獨子教成案首的女先生，他們好像就失去了言語的能力，說什麼都覺輕俗。

馮老爺無法，只好開門見山道：「是這樣，夫人約莫也是聽說了，今春院試，犬子僥倖奪了魁首。犬子的能耐我和夫人還是曉得的，能這般一飛沖天，歸根結底還是得了良師的指導。我們聽說夫人與那位先生相識，不敢貿然叨擾先生，只好來見一見夫人。

「馮家自祖上行商，看似家境殷實，實際也只有銅臭，便是想重謝先生，也不知該拿些什麼，我與夫人再三思量，實在尋不出合適的謝禮，最後只能俗氣一些。」說著，他拿出袖中藏了好久的銀票，銀票上包了紅封，但露出了數額。

姜婉寧垂眸一看，足足萬兩。

馮老爺還在繼續說：「一點薄禮，還請夫人轉交給那位先生。我等知先生不欲引人矚目，也不好抬重禮前來，只好拿銀錢來，既表達了心意，也不叫先生為難。」

馮老爺說完，馮夫人又補充道：「我們也是才知道，原來夫人還開了學堂。夫人家宅本是寬敞的，現下卻因學堂顯得擁簇了些，夫人若是不介意，不如由我給夫人尋一處寬敞的宅院來吧？」

馮老爺眼前一亮，對妻子的補充頗為贊同。「是是是，夫人要是還缺什麼，儘管開口提，我夫妻二人一定給夫人辦妥！」

他們字字句句都說著先生，可視線始終落在姜婉寧身上，更是祈盼著她的意見。

姜婉寧忽然有些厭倦了。

就是明明雙方都知道實情，卻又要因為那些無謂的世俗看法而各自演著戲，藉著一個並不存在的「先生」，來達成這場所謂的鄰里拜會。

馮老爺和馮夫人都是長輩，姜婉寧的家教叫她無法對兩個長輩說出什麼苛責之語。

如此能叫她發洩一二鬱氣的，顯然只剩下一個——

「少東家。」姜婉寧叫道。

始終縮在爹娘身後的馮賀站出來，一面對上姜婉寧，更是覺得臉上一陣火辣。

當初陸尚再三與他叮囑，只說「先生」不願出世，對他最多是書面教導。

而他卻私自打聽，挑破了「先生」的身分，更是藉著距離之便，幾番上門請教，尤其是到了院試前一個月，他幾乎每日都要來陸家，甚至是常有失言，直接向姜婉寧請教。

如今他又頂不住爹娘的壓力，把爹娘帶到了姜婉寧的面前來。

馮賀雖不懂什麼家國大道理，但言而無信還是明白的。

他重孝道，攔不住爹娘，到頭來反忘了尊師重道，把壓力全轉移給了恩師。

瞬息間，馮賀心裡閃過許多念頭，他抬頭望見姜婉寧眼中的薄怒，心下一跳，脫口而出。

「夫人只管依著自己的心思來，您若是不願收銀票，我這就拿回去，今日之失禮，明日必來賠罪！您若是能賞臉收下，那也是您不計前嫌。不論如何，我都不敢忘卻夫人的大恩！」

說完，他羞愧地垂下頭。

馮老爺和馮夫人未曾想過情況會變成這樣，一時有些手足無措。

正當局面陷入僵持之際，房門被敲響，屋外傳來詢問聲——

「我可以進去嗎？」

在旁人尚未反應過來時，唯姜婉寧直接站了起來，她顧不得失禮，轉頭就向外奔去，拉開屋門，果然見到了熟悉的身影。

陸尚面帶淺笑，他沒有朝裡面看，只牽起姜婉寧的手，悄聲問道：「阿寧可想我了？」

上一次他從嶺南歸來，問了同樣的言語，當時姜婉寧沒有回答。

這一次，姜婉寧卻忍住了眼眶中的溫熱，她捂著嘴，重重地點起頭。「想，我想！」

陸尚眼中的笑意越發深，他強忍著攬人入懷的慾望，只把她拽去身側，這才看向小學堂內。「我聽奶奶說家中來了客人，不知這兩位是？」

姜婉寧斂了斂情緒，只聲音還有些喑啞。「這兩位是馮少東家的爹娘，少東家月中高中，今日隨馮老爺和馮夫人來拜會了。」

陸尚一聽就明白了其中意思，他轉頭看了看姜婉寧的表情，卻是看不出什麼。

姜婉寧剛才還是生氣的，但再多的情緒，在見到陸尚後，也只剩下欣喜。

如今她只是有些埋怨，馮賀一家怎還不走？就是因為他們不走，才耽擱了她與夫君團聚。

她微微低著頭，看不出什麼表情。

陸尚想了想，在她背後輕撫片刻。「我給妳帶回一身湘藍刻絲水紋玉錦春衫，聽說極為嬌氣，也不知這一路有沒有損壞，那春衫已送回房裡了，阿寧去看看可好？」

「那這邊……」

「這邊有我呢！」陸尚道：「奶奶說是我的朋友來拜訪了，那我回來了，自然該換我來招待，嗯？」

姜婉寧全然沒了跟外人打交道的心思，點點頭，應了一聲好。

她最後跟馮老爺、馮夫人說了一聲，然後絲毫不留戀地轉身，沒一會兒就躲回了房間裡。

隨著她合上屋門，陸尚眼中的笑意散去些許，他望向馮賀一家，和氣地問道：「夫人不善處理這些，接下來，不如叫我跟幾位聊聊？」

「哎，行行！想必這位便是陸秀才了吧？果然一表人才……」馮老爺心中忐忑，嘴上還是寒暄著，受了陸尚禮讓後，才敢重新坐下。

陸尚屈指敲了敲桌面，目光移向馮賀，微揚下巴。「少東家也坐吧。」

要論面善與否，明顯是姜婉寧更好相處一些，可不知怎麼的，馮賀在她面前並不敢輕言，換成了更有距離感的陸尚，反輕鬆許多。

他依言坐下，長嘆一聲。「是我壞了事……」

得中案首，這該是何等高興的大事，誰知竟鬧成這個樣子。

陸尚微微頷首，只問道：「夫人是最怕麻煩的，少東家也知道的吧？」

半個時辰後，馮賀一家從陸家離開，幾人面上表情多是複雜，似有難堪，又似有慶幸。

但他們的情緒顯然並不為姜婉寧所關心，他們一家才走，她便忍不住出了房門，站在臺階上，遙遙望著送客的陸尚。

隨著大門被關上，姜婉寧輕聲喊道：「陸尚！」

她的聲音不高，很快擴散到空氣中，陸尚還是捉住了最後一點餘音，驀然轉身。

他是臘月走的，卻是到了四月初方歸，這還是因為他拋下物流隊，只把木料送到，歸程全權交由詹獵戶，自己提前快馬趕回來的結果。

情愫才定，便要面對這樣久的分別，陸尚對姜婉寧的思念一點也不比她少。

他三步併作兩步，快步走到姜婉寧跟前，連一句話都等不及說，就拉她返回屋裡，房門一關，直接將人壓在門板上。

「唔——」熟悉的氣息撲面而來，姜婉寧不禁閉上眼睛。

等兩人真正分開，已然是一刻鐘後了。
姜婉寧坐在床邊，雙唇泛著不正常的紅潤，嘴角的位置更是隱約瞧出兩絲血痕來。
陸尚將她雙手仔細看過，見上面已經沒了凍瘡的痕跡，心下更是滿意，他問：「阿寧可瞧見那件春衫了？那是我去嶺南徐家送貨，徐家少夫人送的，我又請嶺南府城的繡娘給改了尺寸，估計是適合妳的，也不知妳喜不喜歡？」
玉錦昂貴，哪怕只是一件春衫，也能賣到二、三十兩，何況這件春衫的做工更是精細，刻絲水紋叫其價格翻了一倍不止。
饒是陸尚這趟賺了不少錢，可要他一下子拿出上百兩只為買一件春衫，他怕也要猶豫好久。
而人家徐家的少夫人，輕易就把春衫送了人，這等財力，實在叫陸尚咋舌。
上次去嶺南時，他未與城中世家富紳打交道，這回有幸去徐家走了一趟，他才意識到這古代的富貴人家生活如何。
之前他還想著，能叫姜婉寧衣食無憂、生活富足便足矣，現在卻是改變看法。
不說跟徐家的少夫人一般出手闊綽，可至少也要買得起昂貴新衣吧？
姜婉寧並不知陸尚心中所想，而他所說的那件春衫，她只是淺淺看了一眼，剩下的時間全在等著陸尚回來。
她雖沒看春衫模樣，但既是陸尚心意，她也不會說不好，只笑道：「喜歡的，什麼都喜歡。」

陸尚問：「那上面繡了什麼紋？」

姜婉寧愣住。

陸尚失笑。「我早該猜到的，阿寧根本沒仔細看。」

姜婉寧微哂笑，轉而問道：「夫君一路趕回來可吃了晚膳？正好我還沒吃飯，不如先吃點東西墊墊肚子吧？」

陸尚一聽她還餓著，當即不問別的了。「那我去燒飯，阿寧幫我燒些熱水，等會兒我洗個澡吧。」

「好。」

夜深人靜，陸家的東西臥房也熄了燈，只東廂還是時不時傳出兩聲輕呢，側耳細聽，其中間或夾雜著幾息輕笑，復又歸於輕重不一的喘息。

陸尚將姜婉寧緊緊箍在懷裡，感受著她明明又懼又怕，可還是小心翼翼湊過來的模樣，還有那微涼又柔軟的雙唇，時不時從下顎處蹭過。

就像一隻膽怯的小動物，一點點試探著獵人的底線，直至將自己送入獵人手中。

天知道，陸尚是用了多少自制力，才強迫住自己不再繼續下去。

「睡吧。」他眸光暗沈，用食指壓在姜婉寧唇上，細細摩挲著小巧的唇珠，又掩耳盜鈴一般擋住了她的眼睛，在她額角落下親吻。

久別重逢，兩人卻不知道該聊些什麼，自熄了燈便只緊緊糾纏在一起，耳鬢廝磨。

轉日姜婉寧提前醒來，她還以為是作了一場美夢，睜眼卻發現自己腰間橫了條手臂，側目一看，熟悉的容顏叫她心口難以自抑地劇烈跳動起來。

這個時候她該更衣、洗漱了，這樣才能吃上早飯，再準時抵達學堂。

這樣的生活節奏對於她來說已經熟悉到不能再熟悉，之前無論什麼時候，便是陸尚臨行前日，也未能將其打斷，直到今日。

姜婉寧動了動手指，並沒有要起床的意思。

既已勤勉了這麼久，偶爾有一次例外也沒什麼吧？

她很快就作好了決定，又慢吞吞地往陸尚那邊挪了挪，抬手環住他的手臂，閉眼入夢。

於是，這天的學堂，因夫子缺席而被迫中止，一群人等了小半個時辰還不見姜婉寧過來，最後一討論，派出項敏和龐亮來陸家找。

卻不想陸奶奶就守在大門口，聽他們講明來意後，笑咪咪地哄道：「你們夫子今天生病了，身子不舒服，學堂就停一天吧！好孩子，耽擱你們了，麻煩你們兩個再去跟其他人說一聲，快快回家吧！」

項敏點頭後又問：「夫子病得厲害嗎？我去給夫子叫大夫。」

「哎——不用不用！好孩子，妳有心了。你們夫子就是太累了，好好休息一天就好了。阿敏一會兒也先回家，可好？還有大寶、亮亮和中旺，也叫他們去妳家玩吧？」

「好。」項敏小大人一般繃著小臉。「奶奶放心，我會照顧好他們的，絕不叫他們來打擾夫子休息！」

「哈哈，好、好，阿敏可真乖！趕明兒你們夫子好了，妳來家裡，奶奶給妳煮甜湯圓吃！」

許是有了姜婉寧的前例在，陸奶奶對女娃入學接受度佳，又見項敏個子小小，人又乖巧，對她更是多了幾分偏愛。

只不知陸奶奶若見到項敏帶著一幫小弟打群架後，還會不會這般想。

把最麻煩的學堂給安排好了，陸奶奶也就去了一大塊心病。

她拎著小板凳回到院裡，沒一會兒等到江嬸回來，她趕緊迎上去，往江嬸的籃子裡看。

「老母雞可買來了？快快去燉了，等婉寧醒來了才好趕緊叫她補補！」

「哎，好！老太太放心，一定誤不了事！」

兩人對視一眼，不約而同地露出慈笑來。

姜婉寧和陸尚對外面兩人的臆想全然不知，等他們再次醒來，已經日頭高掛了。

陸尚睡得有些懵，先是把姜婉寧撈過來親了一口，而後才想起問：「什麼時辰了？今天學堂放假了嗎？」

姜婉寧只回答了他前半句，隨後就坐了起來。

陸尚反應了好一會兒才明白其中涵義，將頭抵在姜婉寧的小臂上，得意地笑出聲。

姜婉寧有些羞赧，不輕不重地推了他一把。「快些起來吧，奶奶都唸你好久了！你昨兒回來後可有好好跟奶奶說話了？」

陸尚搖搖頭。「只說了兩句，沒多言。我也是到了府城才聽說馮少東家得中案首，料想他可能會找來家裡，沒想到還真被我撞見了。」

提及馮賀，姜婉寧眉頭微蹙。

陸尚說：「昨天我跟他們一家都說了，問了，聽了他們一家的想法，無非是感念妳的指導，想要好生感謝妳。他們原是想要大辦宴席，在宴上感謝的，只是馮賀摸不準妳的意思，這才趕緊阻攔了，好說歹說，也只是他們一家人帶著銀票過來。

「我也不知妳心裡想法，便沒有一口應下，只解釋其中利弊，以及最一開始說好的，妳不管面授，只透過書面指導，是馮賀先違了約，惹了妳不悅。」

姜婉寧眉目並不見舒展，低聲說了一句。「不是違不違約的問題，是……」

話到嘴邊，她卻不知該如何表達了。

她是有些不悅的，但又不完全是因為馮賀打探她的身分，又將她的身分揭露給家人的緣故，她好像更加厭煩，明明是她做的事，最後卻偏要歸功於一個並不存在的老先生頭上。

而這所有一切，只因為她是女子。

但凡她能換個性別，莫說只是罪臣之子，便是罪臣本身，只要有真才實學，只怕也有數不清的人上門求教，而非像現在這般遮遮掩掩，全然被束縛在女子之身上。

可是，求學的本意不是為了上進嗎？又為何要在意男女之別？

就說她之前在京中認識的一些閨中密友，哪個不是自幼熟讀詩書？更甚者，她們比書生還多學了琴棋書畫，甚至學了管家、做帳，又或者什麼廚藝、針繡……

真論本事，還說不準誰更勝一籌呢！

她賭氣道：「不是要謝師嗎？我應了便是！如今馮家二老也知道了，沒有什麼老先生，就是個籍籍無名的女夫子，他們要是還願意設宴謝師，那我就去，總歸他們不嫌丟人就行！」

陸尚先是一愣，而後卻說：「阿寧是不是誤會了什麼？」

「嗯？」姜婉寧扭頭，臉上還有未散去的薄怒。

陸尚好像明白她的想法了，欣慰過後，又不覺有些心疼了。

若是姜婉寧生在另一個時代，依她的才學，定能有一番大作為，只可惜……

他笑著把對方拉過來，跟她手貼手、腿貼腿。「我剛剛不是說，他們要大辦宴席嗎？那時候馮家二老就知道妳的身分了。他們也是糾結過的，但最終還是忽略了妳的女子身。

「阿寧沒聽說嗎？百姓們提起馮少東家，第一反應就是『商戶之子也能得中案首』？這偏見就和『女子無才便是德』一般，在太多人心裡根深蒂固了。

「眼下馮賀壓了許多學子一頭，可是叫馮老爺揚眉吐氣，既然商戶之子都能高中，是老先生或女夫子又有什麼關係呢？

「馮老爺都想好了，等到了謝師宴上，他一是要大大誇讚女夫子的才學，二來還要炫耀他們商戶人家也有爭氣的。他要讓大家知道，就是大多數人都不看好的女人、商人，也能叫他們改變觀念。

「人家二老本意不是要送錢答謝的，全是被馮少東家給誤導了，到最後也沒能跟妳講個清楚，反叫雙方都誤會了。幸好我挑明問個清楚，不然只怕要結了怨。」

「啊……」姜婉寧愣住了。

陸尚笑問：「那我去給馮家二老說，妳答應赴謝師宴了？」說著，他作勢下床。

姜婉寧一個激靈，趕忙拽住了他。「不是！我不是那個意思，我剛剛是亂說的，我以為他們……」也嫌她上不得檯面，只肯私下送些銀錢罷了。

陸尚捏了捏她的指尖。「馮夫人說了，今晚還想上門一趟。」

姜婉寧沈默片刻。「……那我去見見馮夫人吧。」

「好，都聽妳的。」陸尚點到為止，並不干涉她的決定。

簡單說完這事，剩下的就全是歡喜了。

陸尚喜氣洋洋地跟她算了一筆帳，黎家這趟木料的總價值在三千兩左右，按照說好的兩成間人費，到他手裡的便足足有六百兩，就算抵去商稅，還能剩下五百多兩。

這些錢足夠將買宅子、租宅子、租車馬的錢補上，之後再有什麼花銷，就全是從自家拿錢了，再也不用怕提前挪用了貨款，事到臨頭補不起的情況。

陸尚說：「間人費要等物流隊都回來才能拿到，這一批押貨的長工累了四個多月，回來後少不得要放幾天假。再就是他們這段日子的工錢也一直押著沒結，等我過兩天再算算。」

說起工錢，姜婉寧趕緊道：「之前年關時我給長工們發了節禮，只是沒注意時間，到最後太倉促，我一人又顧及不來，只好把節禮兌成了銀子，每人分了一兩。」長工一年的工錢也不過三兩，就算加上月終獎、全勤獎等，也不超過五兩去，光是過年就能白得一兩，其實是很多了。「原本我沒想著給他們這麼多的，只是當時聽了他們的上工情況，你不在時也未見懈怠，每日上工仍是勤勉，這又是頭一年，索性就多給了點。還有跟你出去的那些長工，節禮銀子我也託人給他們捎去家裡了。」

陸尚聽後的第一反應卻是擔心地問：「那妳手裡還有錢嗎？」

他這物流隊少有厚利，多是薄利多銷，一個月也就只能賺個七、八兩，就算加上姜婉寧寫信、寫字帖的外快，到年底時，約莫也只能存下百兩。

姜婉寧說：「維持家用還是夠的。再說家裡不是還有酒樓預付的貨款？真碰上什麼急事，無非就是繼續挪用罷了。」

陸尚粗略心算一番，大半年下來雖沒賺太多，但也沒有虧損，勉強剩下個十兩、二十兩還是有的。再說這只是頭一年，收買了長工們的心不說，等後面陸氏物流的名聲打響了，還有得是賺頭。

就光說黎家這一單，已然能填補上所有缺漏。

他算得差不多後，又說：「阿寧做得很好，我光顧著黎家的木料了，反忽略了鎮上的長工。只要不虧就好，剩下的慢慢來便是。」

「我沒辦壞事情吧？」

「當然沒有！」陸尚湊過去親了親她。「多虧有阿寧呢！」

這一轉眼兩人又是說了大半個時辰，外頭的太陽都掛到頭頂上了。

陸奶奶雖是能等，卻也怕兩人真出點什麼事，因此躡手躡腳地聽了聽門後，敲門喊道：「尚兒、婉寧，可起了？」

「起了起了！奶奶，我們這就出去！」陸尚大聲應道。

姜婉寧還是頭一次被長輩喊起床，當即不敢再磨蹭，趕緊下床梳洗。

就在她洗臉的工夫，卻見陸尚把昨日剛帶回來的那件春衫拿了過來，又在她的梳妝檯上翻找半天，尋了一桌的首飾出來。

然後他直勾勾地盯住姜婉寧，也不說話，就這麼盯著。

姜婉寧實在受不住，無奈地道：「知道了、知道了，我換新衣便是。」

饒是兩人同床共枕甚久，她還是不太習慣當著陸尚的面換衣裳，因此接過那身春衫，就繞去後頭更換，等全部穿整好了，方才站出來。

這下子，陸尚看她已經不單是直勾勾了。

姜婉寧看得好笑，沒有第一時間詢問，而是坐回梳妝檯前，先後戴了耳飾、額飾，又配了一個銀鐲，最後梳了髮，從桌上挑揀出合適的髮簪、素釵。

家裡沒有備胭脂水粉，只有幾片口脂，她也不嫌簡陋，仔細染了唇色。

她這大半年養得好，恢復了少女的靈透，且隨著年紀增長，她的面容也漸漸長開來，眉眼間已露出兩分風情。

姜婉寧已經記不清有多久沒有這般認真打扮過了，待一切收拾齊整後，她望著銅鏡中模糊的面孔，一時有些恍惚。

片刻後，她笑著回頭，巧言問道：「好看嗎，夫君？」

陸尚吶吶半晌，只覺得自己的詞彙太貧乏，看了半天也只會說一句。「好看。」

姜婉寧啞然失笑。

光是從梳妝檯到門口，幾步路的距離，陸尚便扭頭看了她好幾回，越看越是驚豔。

等出了房門，不等陸奶奶她們出現，陸尚已然大聲喊道——

「奶奶快來！給您看仙子！」

陸奶奶沒聽清，慌慌張張地跑出來，等看見姜婉寧的模樣後，卻是出現了與陸尚如出一轍的反應，呆滯許久才吐出一句。「好看……」

這一回，便是姜婉寧和陸尚一起笑了。

午膳就是陸奶奶特意交代過的老母雞湯，因她沒表露什麼，姜婉寧和陸尚也沒多想，只聽她說叫學堂的孩子們提早下學，更是心無牽掛了。

陸尚道：「等下午我們出去一趟吧，看看有沒有要採買的。」

「好。」姜婉寧應下。

反是陸奶奶和江嬸一時間滿頭霧水，不住地用眼神交流——

那個啥了一晚，這麼快就恢復好，能出門了？

夫人瞧著不似那個啥之後啊，是不是我們誤會了？

一家人吃過午飯，碗筷等自有江嬸刷洗，兩人就沒有久留。

陸奶奶目送他們回房，忍不住說：「我越看越覺得，應該是我們想岔了！」

江嬸贊同地點了點頭。

陸奶奶拍了拍自己大腿，心下很是惋惜。「我的玄孫喲，這又沒影了！」

第二十五章

姜婉寧的一身打扮美則美矣，出門卻是不大合宜的。

這還是因為塘鎮太小，鎮上又多是尋常百姓，哪怕是幾戶有名的商賈之家，也不見得會打扮得這般精緻，更別說以姜婉寧的模樣，出門本就容易引人注目。

陸尚看她很快換了便衫，又是可惜又是滿足。

可惜是看不見美人阿寧了；滿足則是美人阿寧只有他能看到！

姜婉寧全然不知他心中想法，收拾好後在他眼前擺了擺手，召他回魂。「走啦！」

「啊……走走走！」陸尚猛然回神，出門也不忘牽著她，美其名曰怕走丟。

這趟出門，姜婉寧先去了書肆一趟，交了三張字帖，換得了三兩銀子。

黃老闆也是許久沒見過陸尚了，閒聊間得知他去了嶺南，不覺感慨道：「之前只聽說陸秀才在做生意，這才過了多久，竟把生意做得這般大了，果然有本事的人啊，幹什麼都出彩！」

「黃老闆謬讚了。」陸尚謙虛道。

雙方拿了字帖、收了錢，又稍稍寒暄兩句，很快分開來。

反觀陸尚和姜婉寧，說是採買些家用，可家裡其實並沒有缺少什麼的，與其說是出來採買，倒不如說就是想一起走走轉轉。

就這樣走了一個多時辰，兩人手上也沒拿東西。

還是看時辰不早了，馮夫人興許要過來，陸尚才提出回家。

兩人看了看自己的雙手，又看了看對方，相視一笑，轉去附近的菜市場裡，挑了些新鮮蔬菜和豬肉，轉身見有人在賣剛宰不久的小羊羔，又買了三斤羊排。

等他們到家時，馮夫人果然已經在等著了。

陸尚只跟她打了個招呼，便陪著陸奶奶去了廚房，將院子留給姜婉寧和馮夫人。

今天沒有馮老爺和馮賀在，兩人說起話來也輕鬆許多。

馮夫人受了陸尚指點，坦誠道：「其實我們也沒想太多，真的是真心感謝夫人的。昨兒陸老闆也說了，夫人絕非那等貪圖錢財之人，之前願意指導賀兒，還是因陸老闆想與賀兒交好，請賀兒多多引薦商戶，若是論及報酬，陸老闆已經獲利了。

「可話又不是這麼說的，陸老闆是通過賀兒結識了其他老闆不假，但我也聽說，陸氏物流送貨又快又準時，還有那什麼包賠服務，就算沒有賀兒，做大做強也是早晚的事。反是賀兒考上秀才，又是高中案首，這才是求也求不來的。」

姜婉寧微微斂目。「夫人言重了。」

馮夫人想了想，慢慢拉住姜婉寧的手。「我跟老爺又仔細談過了，最終只選出兩個稍微合適一點的方式，也請夫人聽一聽。

「這第一種，若是夫人願意露面，馮家就在府城和塘鎮設宴邀請賓客，屆時請夫人上座，您認賀兒做學生那便是拜謝恩師，不肯收他那就是拜謝夫子。

「這第二種，若是夫人實在不願惹人注目，我們便只對外說是受了高人指導，絕不給夫人帶來一點麻煩。

「但不管是哪一種，夫人於我馮家都有大恩，錢財也好、謝禮也好，只求夫人莫要再推辭了，當是我們夫妻倆的一點心意吧。」

之前馮賀住在無名巷時，就常打著「心意」的名號，往陸家送各種東西，這換成了長輩，還是不肯虧欠半分。

姜婉寧並非識不得好壞，沒了之前那些誤會，聞言也有些動搖。

她猶豫好久後，輕聲問道：「那依夫人和馮老爺的意思，少東家還要繼續考嗎？」

馮夫人一怔，隨即眼中迸發出不可思議來。「夫、夫人是說……夫人還願指導賀兒嗎？」

姜婉寧搖搖頭。「談不上指導，再說鄉試也遠非院試可比的，參加鄉試的秀才中多有青年才俊，便是案首也有數人。下屆鄉試在兩年半後，恕我直言，兩年半時間，只怕少東家……」

馮夫人並不在意這些。「我曉得、我曉得，賀兒能做了秀才，我和老爺便滿足了！他還要不要往上考我們管不了，只聽他自己的意見。眼下還是看夫人，可願參加日後的謝師宴？」

「謝師宴可去，但您剛剛說的當眾謝師便罷了，我身分多有不便，還是不宜招搖。」

「好好好，全聽夫人的！」馮夫人欣喜不已，緊緊握住姜婉寧的手。「那等我回去了，便和老爺把謝禮送來，夫人放心，這事最多只巷子裡的鄰居知道，我們絕不外傳。」

「好。」姜婉寧總算不再推辭。

馮夫人喜過了，面上又浮現些許窘意。「其實還有一件事，老爺叫我不多說，但我就忍不住想問問夫人……我娘家家中子姪也有讀書人，今春院試不幸落榜，最近來馮家找賀兒討教經驗呢！還有與馮家交好的幾個商賈之家，也有人來問我，就是說……夫人是否有意多帶幾個學生呢？」說完，她不好意思地笑了笑。

姜婉寧忍俊不禁。「夫人這是替旁人求學來了？」

「欸——」馮夫人想反駁，可她說得又沒錯，索性認下。「夫人大才，我既有幸識得您這般的妙人兒，當然也想給家中子姪謀福利了。夫人要是願意，我馮家可以操辦所有學堂事宜，還有束脩學費等，也全按著府城書院的標準來，就差夫人的意思了！」

經歷了這麼一檔子事，姜婉寧的心態也有了些許變化，這回她沒有直接拒絕，而是思慮良久。「您讓我再想想。」

「想想好！是該好好想想！夫人您就想想私塾建在哪兒方便？招幾個學生合適？束脩學費又該收多少？」馮夫人故意曲解了她的意思，興奮道：「夫人想好了就只管告訴我，這些瑣事交給我就好！」

「哎，不是——」

「這時辰不早了，我也在夫人家待了有一會兒了，就不耽誤夫人吃飯了。那我就先走了，等過兩天再來啊！」

馮夫人走出兩步又回頭，把手上的鐲子摘了下來，不由分說地塞給姜婉寧，親切地說道：「這是我戴了好些年的鐲子，樣式可能不如這幾年的新穎，但也很好看，還望夫人不要嫌棄。」

說完，她不再給姜婉寧推卻的機會，快步離開了陸家。

姜婉寧看向手中的翡翠鐲子，鐲子只有一個簡單的素圈，但通體碧透，是最好的冰透種，價格昂貴不說，更是有價無市。之前她曾見過一對差不多材質的耳飾，小巧的兩只便要二百兩，這樣一只翡翠鐲的價值更是難以估計。

她要是認不出來也就罷了，既然認出來了，那就怎麼也無法坦然收下。只好先拿去屋裡放好，等下次見面再還回去了。

晚飯做了三菜一湯，其中一道菜是煎得又酥又嫩的小羊排，蘸上秘製的香辛料，叫人滿口留香。

陸尚又用剩下的兩根羊排燉了一鍋羊排湯，先用熱水煮沸，再加調味料去腥，最後小火慢燉，直到將骨頭裡的骨質全熬出來，羊排湯也變得醇白，這湯便算熬好了。

姜婉寧更喜辛辣一點的菜，這羊排湯鮮則鮮矣，可在她眼中與雞湯、鴨湯也沒甚區別，遠不如煎小排來得有吸引力。

她吃飯時鮮少說話，陸尚卻是時刻注意著。

見狀他忍俊不禁，只好把她手邊的湯水端過來，又將自己的那份煎小排給換過去，還不忘叮囑一句。「羊肉火氣大，還是少吃為好。」

「唔——」姜婉寧嘴上應了，行動上卻不見半分收斂。

陸尚看她實在喜歡，又想著煎炸羊肉這些也不常吃，偶爾放縱一回應無傷大雅，索性不再勸阻了。

晚飯後陸奶奶出去找田奶奶打絡子，江嬸也收拾完後早早回了房間，只剩下陸尚和姜婉寧待在院子裡，找了個避光的地方坐下，沒說兩句話又湊到了一起。

陸尚一邊把玩著姜婉寧的手指，一邊聽她說起馮夫人提及的私塾之事，對此，他還是保持一貫的態度。「阿寧願意嗎？」

姜婉寧既是提及了，那就是動了心，她猶猶豫豫地說：「我感覺也不是全然不可，私塾不比學堂，又都是些富貴人家的公子，也不失另一賺錢的門道，而且……」

「怎麼？」陸尚知道，她看重的絕不只是賺錢。

果然就聽姜婉寧說——

「其實我也是想看看，當他們知道教書的是個女夫子後，這些人家又是什麼態度？倘若也跟馮老爺、馮夫人似地接受良好，是不是說，以後也能有更多女子來教書呢？就算到不了這麼遠，光是這些人家，也能想到家中女眷吧？就像阿敏一般，學上些字，多唸一些書，也不失為日後的一條出路，總比只能靠著家中父兄，靠著婚後的丈夫要好。」這只是她腦海中的靈光一閃，並未細細琢磨，也就是在陸尚面前，才肯說出來。可隨著言語出口，她的思路也越發清晰起來，說到最後，卻是尋出另一條道路來，也越發堅定了心中所念。「商戶之子也好，無知婦孺也罷，誰就能說他們永遠都是最底層的呢？」

就像馮賀，便是憑著自己的本事得中了案首，但外人提及也從來不會說他多用功、多努力，只會將關注點放在他的出身背景上，連帶地貶低一番商賈。

就像她，就是因為知道女子授課太過離經叛道，只能打著陸尚的名號給稚兒啟蒙，又藉著老先生的名義予人授課，哪怕教出案首來，也因女子之身，無法堂而皇之地接受本該屬於她的榮譽。

陸尚這回是真的驚訝了。

他轉頭看向對方，黯淡的月光下只能瞧見她依稀明亮的眸子，宛若殘星，微小卻璀璨。

大昭的許多民風習俗，在陸尚眼中是極落後愚昧的，可整個大環境如此，他也不覺得自己有能力改變，便是面對姜婉寧時，除了多顧護一二，也沒想過改變她的認知觀念。

愚昧之人生在愚昧時代，或許不覺得哪裡不對，可要是思想超前出去，卻又無力改變，那才是痛苦的。

陸尚不欲叫姜婉寧陷入這般痛苦中，卻不知是什麼觸動了她，竟叫她自己走出這一步來。

「阿寧……」

「夫君，我想開私塾了。」姜婉寧的話音還是輕飄飄的，但語調偏向堅定。

無論是從情感還是理智上講，陸尚都不願她走上這樣一條艱難道路的，因為這條路無論成敗，都注定坎坷，可……

他反手將姜婉寧的手握進掌心中，胸腔中發出沈悶的笑聲，許久才道：「只要是阿寧想的，便只管去做，無論何時，我都在妳背後。」

兩日後，馮夫人再次登門，她只抱了兩疋綢緞，但就跟那只翡翠鐲子一樣，瞧著不起眼，實際上全是難得的寶物，即使轉手賣出去，也能得一筆不菲的報酬。

姜婉寧請她去到學堂中，連同前日的翡翠鐲子一起退還回去。「夫人不必如此。」

馮夫人以為她這是拒絕了之前的提議，面上不免浮現失落之色。

只下一刻，就聽姜婉寧道——

「您之前說的私塾一事，我仔細考量後，卻覺有可為。」

「夫人再想……什麼？」馮夫人正要開口再勸，卻愣住了。「夫人這是同意了？」

姜婉寧微微點頭。

私塾一事茲事體大，姜婉寧不願草率為之，便只與馮夫人說，等謝師宴後再細細商量。而無論是下屆院試還是鄉試，都是兩、三年之後的事情了，也不差這一月、兩月的，只要能說服姜婉寧任教，其餘都不重要，因此馮夫人更不敢催促，只連聲應著好。

馮家的謝師宴一拖再拖，無論是等著道喜，還是探尋高中的秘笈，早有許多與他家交好的生意夥伴詢問催促。

終於，在四月月中，這場宴辦出來了。

謝師宴一共辦了兩場。

一場安排在塘鎮，不光陸家人和馮家的好友、生意夥伴，連帶整條無名巷子的百姓都受到邀請，就在無名巷裡擺設流水席，席上由馮老爺和馮賀親口承認，此番高中，全因受了姜夫子的教誨。

這還是姜婉寧第一次不被以「陸夫人」相稱，沒用夫家，只她自己。

旁人的震驚暫且不提，巷子裡的鄰居們得知後，第一反應就是竊喜，全為把自家孩子送去學堂唸書而慶幸，明明當初是隨波逐流，現在也成了慧眼識珠。

「我就說嘛！我一看姜夫子就是個厲害的，這才把我家大娃給送來的！」

「哎呀，這馮公子才搬來不到一年，就考上了秀才，那咱家孩子跟姜夫子學上個十年、八年的，豈不是能當舉人老爺了？」

「什麼舉人老爺？眼界放開點，要考個狀元才不會墜了姜夫子的名聲嘛！」

「哈哈哈……」

有那心思深的，當場就動了叫孩子拜師的念頭，可是再一打聽，才知姜夫子只收了龐亮一個小徒弟，剩下的項敏、馮賀之流，也只算記名而已。

姜婉寧也婉拒了。「在學堂學也是一樣的，都是一視同仁，沒甚差別。」

拜師這條路走不通，還有第二條路：送女娃兒上學！

看人家項娘子多有遠見，早早就把姑娘送來了，免了學費不說，更是得了姜夫子親口承諾，以後學成就叫她去書信攤子上，賺多賺少，好歹是有了個穩定營生。

除了巷子裡的鄰居們外，鎮上一些其他參宴的人家也心思浮動起來，只還顧及著姜婉寧的性別和年紀，一時間定不下來，但總有那百無禁忌的，就等謝師宴結束後，要去搶占個先機。

塘鎮的流水席結束後，陸家門庭若市了幾天。

姜婉寧實在應付不過來這麼多人，最後只能連學堂都暫停了，跟著陸尚先去府城避難幾天。

馮家的第二場謝師宴，就安排在府城本家。

這場謝師宴的賓客就少了許多，都是與馮家家世相當的商賈之家，又或者是合作多年的生意夥伴，這些人對於馮家，說句知根知底也不為過。

這次的謝師宴就正式了許多，馮家備了重禮，先向恩師獻禮，再由馮賀叩首謝師。底下人就等著一睹名師真容，可真看見馮賀拜謝的是個年紀輕輕的姑娘後，只懷疑自己是不是瞎了眼？

然馮家三口人卻是一口咬定。「沒有錯，賀兒就是受了姜夫子教誨，方有幸得中案首的。」

謝師之後，馮夫人陪在姜婉寧身邊，為她介紹了娘家子姪，以及一些其他婦人。

這些人都是自己或親眷有心科考的，不論信不信姜婉寧，先把關係打好，也算以防萬一了。

姜婉寧身邊多是女眷，陸尚就沒待在她身邊，但他去了旁處也跟著沾光，又結識了好幾家老爺、公子，口頭合作應了十幾個。

這麼兩場謝師宴下來，得益於馮家的囑託請求，參宴的人深知什麼該說、什麼不該說，外頭並未傳出什麼風聲，可同樣也有好些人知道，馮賀的案首是怎麼來的了。

多少人家為這一女夫子糾結不已，偏偏在風頭中心的姜婉寧一如往常，該去學堂就去學堂，該去代寫書信就去代寫書信，只是後來在陸尚因勞成疾後，才閉門不出半個月。

陸尚從府城回來後，抓緊時間去了物流隊一趟，跟陸啟核對了這幾個月的帳目，又到各個供貨農戶家親自查驗了一遍，符合要求的繼續合作，另有兩家豬肉不達標的取消。

還有長工們，該賞的賞，該罰的罰。都是一起做工的，誰幹活勤快、誰愛偷懶，那麼多人看著，總是逃不過的。

另外，他不在的這幾月，因物流隊常在鎮上出入，又日日拉著貨物給酒樓餐館送貨，也叫其他商家看到了便利，有好幾家小餐館找陸啟來問，能不能也給他們一起送。

陸啟說：「我只把這幾家記下了，陸哥不在，我也沒敢答應，只跟他們問了問價格，可以按照觀鶴樓的走，就是量太小，一個月也不如大酒樓一天的量。」

陸尚想了想。「可以接，剛好我正想著把長工們給分配一下，有專門負責駕車的，有專門負責上貨的，等到了鎮上就換下一批人，再分別送到相應的商戶手上，大概就是分成四、五部分。」

這也就相當於添加了轉運站，又有專門的取貨員、送貨員，每人長期負責同一任務，既能增添熟練度，又能最大程度地提高效率。

陸尚仔細講了一遍後，陸啟也明白了。

陸尚又說：「不過取貨、送貨、拉車等的工作量不同，工錢自然也有差異，像取貨、送貨比較累，工錢就多一點，拉車不費什麼力氣，一天也就三、五文，等晚點你先問問，看有沒有人要選，我也好有個大概成算。

「除了這種一鎮範圍的短途配送外，還有像嶺南這樣的長途配送，等後面生意合作多了，也會改成專人專職，取貨的只管取貨，送貨的只管送貨，押運的也只管押運。

「現在生意還不多，等以後生意多了，這百十來人肯定還是不夠。就是現在這些人都不願選拉車等工錢少的也沒事，以後再慢慢招人就是。你也可以挑些機靈的試著培養，你縱覽大局，但取貨、送貨這兩部分，還要有各自的管事，就算小管事了。」

陸啟聽明白了，又有些忐忑。「陸哥，我縱覽大局，那你呢？陸哥你不管我們了嗎？」

「想什麼呢！」陸尚笑罵道。「我當然還管，但就像這回去嶺南，我一走走幾個月，難不成物流隊要癱瘓嗎？」

「喔喔喔，那就好、那就好，那我就安心了！」陸啟傻笑道。

又過幾天，詹獵戶帶著剩餘人從嶺南回來。

他們不急著趕路，把貨送到後又在嶺南府城多留了兩天，因有陸尚提前發放的工錢，也能在異鄉捎帶些特產。

陸尚找詹獵戶細細問了返程，得知一切順利後大大鬆了一口氣，之後便是按照約定，給這批長工放了足足半個月的月假。

而後他與黎家大少爺見面，拿了應得的報酬後，又約定了下一批木料的運送時間，提前簽好書契。

黎家大少爺也聽說了馮賀於一女夫子手下唸書的事，對陸尚更是多了許多好奇，他甚至直言不諱地說：「其實我有個疑問，到底是陸老闆受了尊夫人教導才考上秀才的，還是尊夫人受了陸老闆教導才有了這番才學？」

陸尚一愣，旋即失笑。「就不可能是兩不相干嗎？不過我的才學是遠遠比不上夫人，這是毋庸置疑的。」

黎家大少看向他的目光更是驚訝了。「我倒是很少見到會這般坦然承認，自己不如家中妻子的。」

對此，陸尚只是笑而不語。

跟黎家大少告別後，陸尚又專程去了平山村一趟，這趟是為了擱置已久的草藥生意的，也就是醫館有固定草藥來源，散貨多少並不是很看重，不然這般拖延半年，只怕要誤了大事。

到了平山村後，陸尚又被狠狠驚訝了一次。

原來蔡家兩兄弟和蔡村長召集了全村人，趁著開春上山，將外圍的草藥全採摘起來，順便提前去鄰近村子預約一下，周邊這十里八鄉的，農家採摘的草藥基本上全被他們收了。

陸尚不知這些藥材的價值幾何，卻能認出其中的山參、靈芝，咋舌許久，當場拍板道：「無論這些藥草值多少錢，除去成本後的盈餘，我皆與你們對半分！

「日後蔡勤、蔡勉，你們兩個就只負責草藥這一塊，從收貨到送貨全由你們負責，如果一年內質量把控完美、不出問題，那等下一年我就只抽一成利，剩下的全歸你們所有。收貨、送貨時的車馬就去鎮上找，陸啟會安排好的。」

藥草一事陸尚實在出不了什麼力，又多是瑣碎，不如全權放手，也當賣個人情了。

蔡家人受寵若驚，只把陸尚看作財神爺，要在家裡給他供奉起來呢！

這又是物流隊、又是黎家、又是草藥的，聽起來事情好像不多，可真做起來了，也是把人忙得暈頭轉向。

將草藥送到醫館，又結算好銀兩後，這大半個月的忙碌總算暫告一段落，而就在當天晚上，陸尚半夜忽然發起了高燒。

姜婉寧守了他半夜也不見高熱褪去，只能趕緊找了大夫過來，診斷後才知是積勞成疾，又因身子基礎不好，一下子爆發了出來。

陸尚高熱連日不退，人也跟著糊塗起來，每日清醒的時間不超過兩個時辰，往往才餵完粥，不等餵藥，一回頭他便又睡下了。

為此，陸奶奶急得整宿整宿睡不著覺。

姜婉寧與他同屋照顧著，某日撞見陸尚全無情緒的眸子，更是連續作了兩日噩夢。

夢裡的陸尚沒有靈堂詐屍，她為夫君守靈七日後，便被王氏拖回家中，每日只能睡一個時辰，其餘便是做不完的家務，王氏還在鎮上接了洗衣的活兒，每天都是十幾盆髒衣服，全要她來洗，從早洗到晚，偶爾耽擱了，更是少不了一頓毒打。

後來王占先還是染上賭癮，處處求不得錢後，便將主意打到了姜婉寧頭上，她成了第二個王氏，被賣給富商做冥妾，被生生逼瘋在柴房中，至死也未能與家人團聚。

這般慘澹的結局叫姜婉寧面上血色全無，強打著精神給陸尚換了衣裳後，終忍不住將臉埋在他掌心裡，淚水蜿蜒而下。

就在這時，陸尚動了動手指，指尖輕輕拂過她的眼尾，喉嚨裡發出嘶啞的聲音。

「別哭，阿寧……」

這日之後，陸尚的病情有了好轉，在姜婉寧和陸奶奶無微不至的照顧下，終於在七日後好得差不多了。

姜婉寧記取這次教訓，特意去醫館裡掛了診，以後每隔一個月都有大夫上門，一家三口全都算上，都要請脈，有什麼毛病及早發現。

便是陸尚徹底康復了，姜婉寧仍沒放他出去，說什麼也要歇足一個月，最好力壯如牛了再出門。

陸尚哭笑不得，卻也沒再堅持出去。

他跟著姜婉寧的作息，早睡早起，一天兩套健身操，晚飯後還要散步半個時辰，其餘時間就是掃掃院子、打打水、唸唸書、寫寫字，興致來了再做上一大桌美食。

這麼堅持了一個月下來，還別說，陶冶了性情之餘，他的身體也健壯了不少。

陸尚還是進出廚房時發現的，門框好像低矮了一些，之後再一量，竟然又長高了，還有胸口、大臂上，都長出一層薄薄的肌肉。

不光他，就連姜婉寧也拔高個子，出落得越發亭亭玉立。

眨眼入了夏，陸奶奶終於忍不住提及，想要回陸家村一趟，這次不管誰說，都改變不了她要回去的念頭。

陸尚和姜婉寧對視一眼，無奈地答應了。

第二天一家人借了龐大爺的牛車，陸奶奶收拾了包裹，可到了上車時卻被陸尚騙走，等出了塘鎮才發現，包裹被丟在家裡了。

陸尚一副混不吝的模樣。「您非要來陸家村就來，反正今晚回家時我們還是要把您給帶回去的，往後塘鎮就是您的家。」

「你——」陸奶奶被他氣得不行，求助地望向姜婉寧。

誰料在陸奶奶眼中孝順、能幹的孫媳，也跟大孫子口徑一致。

姜婉寧態度溫婉地說：「再過兩個月夫君又要去嶺南了，奶奶您就忍心叫我一人在家裡嗎？」

「……不是還有江嬸？」陸奶奶遲疑地反駁。

「可江嬸是外人呀……」姜婉寧垂眸輕嘆道：「沒關係的，奶奶您要是不願意，那便只留我一人在鎮上好了，我、我不怕……」

陸奶奶徹底沒話說了。

時隔半年多，幾人又回了陸家村。

陸家一切照常，陸老二帶著兒子下地種田，馬氏帶著兩個姑娘在家洗衣、做飯，可就是這樣平常的畫面中，偏瀰漫著一股死氣。

陸老二整個人都蒼老了許多，看見陸尚他們後只重重哼了一聲，連陸奶奶也不理，回房摔上了房門。

很快地，陸奶奶就從陸顯口中得知了家中發生的一切。

陸尚也是才知道，原來早在去年冬天的時候，王占先用賣姊的錢還了賭債，把剩下的錢又投進賭坊中，毫無疑問，輸得分文不剩，再借再輸，陷入了死循環。

他才娶沒兩年的媳婦兒跟著其他漢子跑了，臨走時偷走了家中所有銅板。

而王占先因遲遲還不上賭債，被賭坊的人弄瞎了另一隻眼，沒過半月又敲斷他的四肢，從此再也不能離床。

他那八十的老母受不了打擊去世了，親爹連自己都顧不上，更是管不了這個沒用的兒子，葬了老妻後就離開了陸家村。

沒過半月，王占先就被村民發現死在家中，連屍首都臭了。

三人在陸家吃了一頓飯，陸尚看見了陸啟那已經確定看不見東西的女兒，不知怎的，忽然想起天生瞎了一隻眼睛的王占先。

陸尚沈默良久，半晌才道：「過兩天我叫人來接你，你跟我去鎮上幹活，趁著孩子還小，看看還能不能治？」

陸顯和馬氏不約而同望過去，驚訝之後便是感激。

陸家已經沒有他們的房屋了，原屬於陸尚和陸奶奶的房子被當作了雜物間，滿佈灰塵不說，還堆了許多雜七雜八的東西。

最後幾人沒有在陸家村過夜，趕在天黑之前回了鎮上。

回鎮上後，陸奶奶沈默了好幾天，直到陸顯被物流隊的人送過來，說好給陸尚打打下手，她才算勉強恢復了幾分精神。

時光流轉，五年一晃而逝。

這天姜婉寧從私塾回來，一進家門就瞧見了陸尚的馬車，她腳步一頓，跟院子裡打理花草的陸奶奶問：「夫君又逃學了？」

果然就聽陸奶奶說：「可不是！晌午剛過就回來了，說是塘鎮的管事們要來報帳，他得在場。管事們剛走不到半個時辰，尚兒卻是到現在都沒出書房。」

要叫陸奶奶說，唸書可比做生意重要多了，商人不一定能當官，但那些當官的總沒有會缺錢的。

可換一種說法，要是沒有陸尚經商賺錢，他們家也不會從陸家村搬去塘鎮，如今更是搬來府城，換了一座三進的大宅子。

五年來，陸氏物流的生意越做越大，先是用兩年時間包攬了半個多塘鎮的物流運輸，又逐漸向外擴展，直將商隊開滿整個松溪郡，便是松溪郡之外的一些地區，也設了物流轉運處。

就說黎家木料往來的嶺南府城，這一路設了足足十二個轉運區，每個區域設置兩名管事、十二名長工，又有臨時招募的短工數人，除了定期押運黎家木料外，其餘時間則接些散活，或是給周邊區域送貨、或是給私人寄送一些物品，偶爾也會接幾單護送客人的活兒。

而陸尚前幾年提過的分區定職也實行開來了。

比起物流隊最初的送貨流程，現在不同的人負責不同的工作，就拿塘鎮觀鶴樓的單子來說，從取貨到送貨，中途需要至少三批人經手。

第一批是散落在各村的取貨員，他們提前將蔬菜、肉類打包準備好，再統一運送到村口儲貨倉，等著第二批運貨員到儲貨倉點貨、取貨，運到塘鎮城門轉運點，到了轉運點第三批送貨員就會接手，將貨物送到顧客手上。

每一階段都會有管事帶著理貨員清點數量、檢查品質，同時對每日的收支、工人上工情況做好記錄。

取貨員、運貨員、送貨員多是本地人，並以三比一的比例配置短工和長工，長工下工後可到當地設置的員工宿舍居住，短工則不提供居住地點。一定數量的長工保證了物流的穩定運轉，短工則是對當地情況了解更多，在一定程度上提高了工作效率，工錢亦根據實際情況各有差異。

管事則是由陸顯初篩，陸啟復篩，陸尚抉擇，最後派遣。大多是從最初的一批長工中挑選出來的，這些人對陸尚有著絕對的忠心，又曾長期從事物流工作，牢記每一步流程的要求。

而理貨員就更是神奇了，都是些十三、四歲的半大孩子，雖然年紀小，可全能寫得一手好字，算數、記帳的本事更是不遜於帳房老手。

若是有心打聽則不難發現，這些孩子都是從一條巷子裡出來的，曾在一家無名學堂裡唸書，出師不過一年，就全安排進入物流隊中，而陸氏物流的好待遇，那可是整個塘鎮都知道的。

物流隊這兩年不招長工，百姓們便搶著去做短工，要是誰家漢子能進陸氏物流，上門說親的媒婆都要多幾個呢！

幾年下來，陸氏物流的運營模式已經與陸尚上一世的經營趨於一致，頂多是運輸速度和運輸工具有些差別，另外便是只涉及陸運，尚未發展出海運和空運，但這全是受限於時代發展，遠非陸尚短時間內可以改變的。

按理說，陸尚全心發展陸氏物流，怎麼也跟逃學扯不上關係。

說起逃學，這便又是另一回事了。

當今聖上登基六年有餘，卻是始終子嗣單薄，多年來膝下只有一個小公主，直到前年年初，皇后誕下皇子，聖上龍心大悅，大赦天下，除流放之地犯官、死罪犯人外，各郡縣罪籍一律赦免。

同年春闈，聖上欽點三甲，瓊林宴上首次提出商戶參考一事，朝堂爭執一年之久，終於在去年年初推行科舉改制，允商戶之子參加科考。為防官商勾結，入朝者需屏棄家族生意，若有插手家族商事，皆按貪污論罪。

換言之，當官還是經商，只能選其一。

彼時姜婉寧的私塾已經開了四年，教授學生多是塘鎮和府城的大戶，每旬集中授課一次，其中男子十九人，女子六人，初始十九名男子中已通過院試的僅有包括馮賀在內的兩人，其餘人則以通過院試為目標。

區區院試，自然不在話下。

在姜婉寧的教導下，這十七人雖未能再出案首，但也一同過了院試，名次最高者排行第八，最差者也在百名之內。

龐亮已到了參加院試的最小年紀，以區區十歲稚齡榜上有名，雖是綴在榜尾，可也轟動一時，殊不知，這乃是他在姜婉寧的要求下，故意藏拙的結果。

但不管怎麼說，經此一試，無名私塾的名號徹底在讀書人中打響了，多少人欲將家中子弟送至無名私塾，可要麼是為高額的學費束脩所勸退，要麼就是因沒有引薦人，尋不到入學的門路。

就像無名巷子的學堂一般，姜婉寧也沒有給她的私塾取名字，可越是這樣模糊不清的，傳出去越添神秘色彩。

不知何時起，府城傳出一個極為誇張的說法——

只要是能進到無名私塾中唸書，癡兒也能中秀才！

松溪郡的其他城鎮也有聽聞，只是因未與無名私塾有接觸，了解不深，加上不願承認自己寒窗十年不如私塾兩年，只當這是說大話。

而那些有幸進到私塾裡唸書的人家則不以為然——

你說那私塾中只一個女夫子？哎哎哎，眼皮子淺了吧！你管他是男夫子、女夫子還是鬼夫子，你就說沒有人家，你家兒孫能考上秀才嗎？

直到科舉改制，送家中兒郎去無名私塾唸書的浪潮又捲了起來。

做官和經商二選其一，陸尚毫不猶豫地選擇了後者。他雖恢復了秀才身，可全然沒有更進一步的想法，連帶秀才能拿的月俸也不要，跟舊日的商戶全無兩樣。

反而是他經營陸氏物流這些年裡結識的生意夥伴，不知從哪裡打聽到，那無名私塾就是他家中夫人開的，紛紛為了一個入學名額求到他頭上來。

陸尚對此很費解。

「您家中財產不說富可敵國，可也能保家中幾代子孫衣食無憂，為何要叫嫡子去參加科考？這沒考上便是白白浪費時間，考上了更是從此與行商無緣，如何就能保證做官比行商滋潤呢？多少清官兩袖清風，連口香米都吃不起呢！」

「哎，陸老闆此言差矣。士農工商，商戶從來都是最末位，這眼見著有了正經向上爬的途徑，誰家不想改一改階級？這也就是朝廷不許捐官，要是能花錢買官做，我們便是散盡家財，也是願意搏一搏的！

「再說了，只有入朝為官者不可行商、不可插手家族生意，那我只叫我兒考個秀才、考個舉人，有個見官不拜的特權總行了吧？

「這商戶參考的路子一開，只怕往後出門做生意，除了要問家底，還要問一問家裡有沒有秀才、舉人呢！現在先學、先考著，考不考得上，等以後再說嘛！且麻煩陸老闆向尊夫人問一問，如何才能入無名私塾唸書呢？」

話糙理不糙，陸尚答應了，心思也不覺活絡了起來。

等他回去把這話跟姜婉寧一說，姜婉寧思量後也點點頭。

「若說秀才、舉人行事，確實比平頭百姓要方便許多，就說這到了衙門裡，衙吏對舉人老爺都要客氣許多。」

陸尚恍然大悟，這不就跟朝廷有人好辦事同樣道理！

這麼被各方影響著，陸尚也動了考舉人的念頭，不小心跟家裡人透露出口後，從陸奶奶到姜婉寧，皆是歡喜讚許。

陸奶奶怕他意志不堅定，更是拿姜婉寧舉例。

「尚兒你看，婉寧教書這麼厲害，你這做人家丈夫的，也不能差太多吧？奶奶聽說婉寧祖上都是做大官的，你看你是不是……」

陸尚一陣激靈，忽然有了唸書的動力。

有姜婉寧這樣現成的夫子在，他合該比旁人進步更快才是，奈何陸尚的雄心壯志連一個月都沒能維持，又被鄰郡永寧郡的生意吸引去了，他忙著開闢新商路，對識字、唸書越發敷衍，寫字時睡趴在宣紙上都是常態，更別說寫出的鬼畫符如何如何了。

最後氣得姜婉寧直接摔了書，放言再也不教他了。

陸尚自知理虧，認錯無門後，在馮賀的建議下，找了家書院入學，以表他對唸書的認真態度，這才叫姜婉寧轉了晴。

正巧陸氏物流的主要生意轉移到了府城，又聽說府城的鹿臨書院乃是松溪郡最好的書院，書院內授課的夫子皆是舉人，院長更是進士出身，幾年前告老還鄉，才擔任了此間書院的院長。

一家三口一合計，索性在秋天入學前搬了家，在府城置辦了新的宅子。

塘鎮的宅子也沒賣，暫借給陸顯夫妻倆住，也方便他們給孩子醫治眼睛，免除來回奔波之苦。

沒承想，家是搬了，可方便的只有陸尚的生意，什麼唸書、識字、考科舉……總歸下次科舉又是一年後了！

這不，陸尚去年秋天進入鹿臨書院唸書，入學半年裡，請假的時間多達三個月，這並不是說他在剩餘的三個月就老老實實上學了，而是他在書院假請不下來，索性趁著夫子不注意，直接逃學了！

就像今天，明明不是書院休沐的日子，他的車馬卻停在了院裡，姜婉寧都不用見到他人，便猜出他又逃學了。

在陸尚看來，忙生意那絕對是正當的請假理由，但到了陸奶奶眼中就不是這麼一回事了，她勸不動大孫子，只好暗戳戳地給姜婉寧上眼藥。「婉寧，妳可要多勸勸他喲！尚兒這心啊，可就不在唸書上！」

陸奶奶這幾年跟著陸尚和姜婉寧一起住，家裡有下人，什麼累活、重活也用不著她做，沒事就是種種菜、澆澆花、勾勾線團，再不就是被姜婉寧和陸尚帶著去街上買買、看看，幾年下來，小老太太不光沒見老，連面上的褶皺都舒展了幾分。

姜婉寧已經徹底無奈了，她輕嘆一聲，過去看了看新開的花。「我等會兒一定說說他。奶奶，您種的這什麼花啊？瞧著可真好看。」

陸奶奶頓時被轉移了注意力。「這是風信子！晚點兒我給妳摘幾束下來，妳擺去妳屋裡，等過幾年迎春也開了，會更好看呢！」她得意地介紹起花圃裡的花。

姜婉寧歪著頭細心聽著，不時問上兩句，把陸奶奶問得成就感大增，又領她去看了菜圃、新架好的葡萄藤，還有後院裡圈的一群小雞、小鴨。

陸奶奶笑說：「等到秋天這葡萄藤就長得差不多了，婉寧妳再來下面看書。」

當初塘鎮的宅子，就是因為姜婉寧喜歡院裡的葡萄架才買下的，但葡萄架養起來沒一年，他們就搬來府城住了。

當時陸奶奶大費周章地遷了葡萄藤來，陸尚和姜婉寧還不明白，如今看了與塘鎮如出一轍的葡萄架，姜婉寧心中淌過一股暖流。「好。」

祖孫倆在家裡繞了一圈，陸奶奶的火氣也散得差不多了，這時聽見裡宅傳來腳步聲，抬頭瞧見陸尚，陸奶奶也只冷哼一聲，扭頭就走了。

家裡三套院子，一套分給了陸奶奶，一套留給陸尚夫妻倆住，剩下一套則是客房和傭人房。

江嬸嫌府城太遠沒有跟來，家裡只好重新雇人，這次是雇了兩個婆子、兩個長工，長工偶爾會跟著陸尚出門，大多時候還是在家裡幹活的。

三人都不是那等苛刻的主家，工錢也不比其餘人家少，婆子和長工在這兒做得高興，幹活兒也更用幾分心。

等陸尚走過來，陸奶奶已經走遠了。

他深知對方是為什麼生氣，先不說他根本放不下辛苦經營起來的生意，單是叫他坐在學堂裡面對密密麻麻的聖賢書，也叫他頭皮發麻，聽著先生講課更是昏昏欲睡了。

陸尚摸了摸鼻子，討好地看向姜婉寧。「阿寧今日下學早了……」

隨著陸家搬來府城，姜婉寧的私塾也跟著轉移到府城來，私塾裡的學生都是家裡不缺錢的，本家就在府城的不提，其餘不在的，要給家中子弟在府城置辦一間宅子也非難事。

而無名巷子學堂中的孩子也相繼出師，又各自有了賺錢營生，這間學堂便算完成了任務，隨著最後一個孩子的出師和陸家的搬家，那間以庫房為授課地點的學堂也關了門。

只剩下龐亮、項敏四人跟著來到府城，白日隨著姜婉寧去私塾，晚上就住到客房裡，而家裡的客房共有三間，足夠他們四人住下了。

既然學堂關閉了，這私塾的授課時間便跟著延長，再說眼下科舉改制，這屆科考人數定會暴增，私塾裡的學生都是要參加這屆鄉試的，巴不得多學一點。

姜婉寧無奈嘆息。「是早下了半天，明日私塾裡有考校，我便放他們回去溫習功課了。夫君什麼時候從書院走的？」

雖然陸奶奶說他是晌午之後才回來的，可這並不代表陸尚是今天才離開書院。

果然，陸尚哂笑兩聲。「昨、昨天晌午就走了。昨兒書院小考，先生們要批閱考卷，下午只叫學生自習。阿寧，妳知道我的，這又趕上各地管事查交帳本，我就回來了。」

「那昨天去哪兒了？」姜婉寧又問。

「就在馮家！」陸尚想也不想就賣了同盟。「馮家的貨款用光了，我給馮老爺送了帳本去，正好碰見馮賀，便在他那兒住下了。阿寧，這可不是我故意瞞著妳的，我以為馮賀去私塾後會跟妳說的，誰知道他不安好心，竟然挑撥我們夫妻間的關係！」

姜婉寧並沒有被他的義憤填膺影響到，只沒好氣地瞥了他一眼。「夫君想必是跟馮少東家說，一早就會回學院了吧？」既然是回了學院，馮賀當然也不會多嘴告他的狀。

「嘿嘿……」陸尚被戳穿也不尷尬，上前兩步勾住了姜婉寧的手。「這不好長時間沒回來，我想妳和奶奶了。」

姜婉寧敷衍地點了點頭。「是是是，足足有三天了呢！」

家裡做活的曾婆婆過來餵雞、鴨，見兩個主家在，站在遠處不好過來。

姜婉寧一向注意維持陸尚在外人面前的威嚴，見狀也不再多說什麼，只用眼神示意他回房再說。

陸尚逃過一劫，面上不覺露了笑。

等回到房間後，姜婉寧的氣也散得差不多了，且她對陸尚了解更多，曉得他對書本的厭倦和對生意的在意，只最後說一句。「夫君自己把控好度就好，別等秋天馮少東家都考上舉人了，夫君還要繼續留在書院裡。」

陸尚一噎，頓時洩了氣。

不過他的頹喪也沒維持多久，他等姜婉寧換了輕便的衣裳回來後，趕緊把她拉去窗下的案桌前，先給她打了個預防針。「阿寧，妳還記得我去年派了一支北上的物流隊嗎？」

北上！姜婉寧當即打起精神。「是詹大哥帶的那支小隊嗎？」

陸尚始終記著姜家眾人，這兩年物流隊穩定下來，他便也試著跟從北地來的商人打探消息，但正如姜婉寧當初說的那樣，北地遼闊，人又稀少，若要找人無異於大海撈針。

陸尚問了好幾批人都沒能得出有用的信息，又看姜婉寧實在失落，索性找了詹順安來。

詹順安常年負責長途物流，幾年間走南闖北，曾幾次遭山匪搶劫，卻憑高超本事，不光從山匪手下逃離，更是護住全部貨物，已然是陸尚手下的得力幹將。

陸尚跟他挑明是想去北地找人後，詹順安根本沒有半點遲疑地回他「老闆您說找什麼人、什麼時候去、要做什麼，我這就點人出發」。

詹順安牢記平山縣狼群之困，對陸尚始終懷著報恩之心，此番領了命令後，直接在物流隊中點了十個好手，收拾了行裝後即刻北上。

他們沿途宣傳陸氏物流，又幫陸尚談成了兩單大生意，直到今年年初，他們入了北地，這才失了音訊。

如今才進五月，他們終於又傳了消息過來。

姜婉寧接過書信，一目十行。

原來是北地通訊不便，他們尋不著驛館，只能從北地出來後才得以傳遞消息。他們深入北地三月有餘，雖未能找到畫像中的人，卻聽說西北大營多了一個小將，也是腿腳不便，卻憑著一手出神入化的神箭術，得營中將領看重，疑似姜婉寧畫中的兄長。

信到此處，便沒有後續了。

姜婉寧將信紙翻來覆去看了好幾遍，饒是沒有確實定論，可還是止不住地心頭一片滾燙。

陸尚看著她略微泛紅的眼尾，無聲拍了拍她的後脊，隨後才說：「我原是想著，等有了確切消息再跟妳講的，也省得空歡喜一場。但後來又想，妳只怕等得太久太久了，能有一點好消息總是好的。

「詹大哥他們已經在回程路上了，等他們回來，我便叫他們來家中，讓妳親自詢問。若是消息確切，我便親自北上，無論尋不尋得到人，儘量在年前回來，這般可好？」

姜婉寧從信中抬起頭來，不覺張了張嘴。

事關家人，她真的不想放過任何一點可能，但若叫陸尚親自北上，這其中變數又太大，但凡有一點意外，都是她無法承受的。

就說陸尚這身子，幾年來好好壞壞，好的時候跟常人沒有一點異樣，換了幾家醫館看診，大夫都說沒有任何問題。

可他每年必要病上一次，有時是在跟長途物流回來時，有時是在夏秋換季時，有時什麼異樣也沒有，說病倒就直接病倒了。

什麼高熱、吐血、咳疾，多麼嚴重的癥狀都有，偏偏病好了，這些癥狀也跟著消失。要不是親眼看見了陸尚臥床時的虛弱，姜婉寧都要懷疑，莫不是他在裝病？

但他病重時的脈象是騙不了人的。

就像大夫們看不出他的真實情況來一般，姜婉寧其實也想不明白，就這麼一個比她高出一頭，胸腹皆有肌肉的人，為何每年都會有一段時間變成病秧子，彷彿隨時都會死掉一般。

姜婉寧思考良久，終於還是垂下頭。

「我不同意你北上。」

家人重要，可陸尚同樣重要。

「沒事，我會注意身體的。再說還有詹大哥他們……」陸尚清楚姜婉寧的擔憂，開口勸慰道。

哪想姜婉寧直勾勾地看過去，黑沈沈的眸子裡看不清真實情緒。

「夫君忘了嗎？你是要參加這屆科考的，這只剩不到半年時間，夫君一走走半年，是想臨陣脫逃，還是想回來後直接上考場，去考場上交白卷呢？」

陸尚愧疚不已。求求妳，別說了。

要不要親自北上還有待考量，反而是八月底、九月初的秋闈迫在眉睫。

科舉改制來得太突然，從宣佈科舉改制到下一屆科考僅有不到兩年時間，再減去陸尚中途糾結遲疑的工夫，便只剩下一年了。

私塾裡的學生們尚用功唸了三、四年，姜婉寧又在科舉改制後對他們進行了加強訓練，便是上場一試也未嘗不可。

唯獨陸尚……

姜婉寧抬頭看著他，實在是不忍想像秋闈場上會是個什麼畫面。

陸尚既是逃學回來的，顯然無法在家中待太久，陪著姜婉寧吃了晚飯，便又灰溜溜地返回鹿臨書院。

第二十六章

鹿臨書院作為整個松溪郡最負盛名的研學聖地，向來只招收兩類人：一是年紀在十歲以下卻能識得上百字的童子；二是年紀在二十五歲以下的秀才。

去歲雖有科舉改制，但商籍出身的子弟少有埋頭苦讀的，而去年秋天的院試參考人雖多，但真能考過的卻沒有一個商戶，唯獨陸尚早些年考得了功名，又卡著最後的年齡期限，成了書院裡唯一的特例。

書院分甲乙丙丁四個班，丁班全部由未上過考場的幼童組成，原本班上只有二十來人，但經歷了改制後，去年又新入學了一批商賈出身的學生，大多都是八、九歲，家裡早早請了西席的，原是想學幾個字好方便日後接管家業的，現下卻撿了大便宜。

這些孩子滿足書院的入學要求，聖上下旨時又曾鼓勵一視同仁、有教無類，鹿臨書院作為在大昭都排得上名號的大書院，自然要支持聖上新政。

可新學生招進來了，並不代表真能受到全然一致的對待。

除去丁班外，剩餘三個班就全是年齡在二十五以下的秀才了。

班內學生都是通過入學考試後分的班，每月一小考，每年一大考。若連續三次小考不合格者，會降至下一等第，五次不合格者會勸退，而大考不合格者則是直接做退學處理。

當然，若是在小考、大考中表現出眾的，也有升入甲班或乙班的機會。

近三年來，三班總人數始終維持在百人以內，其中甲班人數最少，僅有二十人左右，乙、丙班各有四十人。

陸尚有秀才身不假，可這功名也並非他親自考來的，便是當初能通過入學考試，還是因為有姜婉寧考前半月的加強衝刺，這才混了個吊車尾，全無意外地進入到丙班中。

旁人在丙班，那是恨不得頭懸梁、錐刺股，爭取早日進入到甲班，接受院長的親自授課，也好一舉中第，光耀門楣。

但換成了陸尚在丙班……

丙班的管事夫子是個七十多歲的小老頭，姓白，人如其名，留著一把花白的鬍子，脾氣不似其他夫子那般嚴厲，只要不是太過分的，他基本上都是睜一隻眼、閉一隻眼放過去了，便是陸尚隔三差五的逃學，若不是被他逮個正著，過後也不會多說什麼。

至於陸尚本人，他胸無大志，只求五次小考裡能合格一回，省得真被勸退回家，他倒不嫌丟人，就怕會被氣急的姜婉寧掃地出門，那就不值得了。

昨日的小考正是入學以來的第五次，陸尚逃學回來了，才覺出兩分緊張來。他從後門偷偷摸摸地進去，瞧見夫子還沒來，忍不住跟左邊的同窗問：「小考成績可下來了？」

謝宗盛默默地看了他一眼，並沒有回答。

正當陸尚準備換個人打聽的時候，卻聽學堂裡一下子安靜了下來，抬頭一看，正是白夫子進來了。

白夫子抱著考卷落坐，理了理衣冠後，無視堂下眾人緊張忐忑的表情，笑咪咪地問：「小考成績已出，各位心中可有定數了？」

此話一出，本就安靜的學堂更是死寂一片。

連陸尚都受氣氛影響，不知不覺地屏住了呼吸。

白夫子沒有叫學生們煎熬太久，抖了抖手上的考卷，不緊不慢地捻起一頁，瞇著眼睛唸道：「謝宗盛，甲等。宗盛這是第幾次甲等了？是不是能升到乙班去了？」

陸尚左手側的人從座位上站起來，走到前面，雙手接過考卷。「回夫子，已是第五次甲等了，再有一次方可升入乙班，謝過夫子。」

「好好好，再接再厲啊……」白夫子拍了拍他的肩膀，等他回去後，繼續唸下個人的名字。

按照以往的慣例，小考會分為甲乙丙三個等次：甲等為優，屬上乘答卷，每次只選前三人；乙等為中，無功無過，整個丙班約莫有一半的人會評為乙等；丙等為合格，便是需要更加勤勉了。

若三個等次都沒有，不好意思，便是不合格。

丙班的學生要是放到外面，也稱得上一句聰敏好學，可來到鹿臨書院，在一眾天才的襯托下，他們就只能算資質一般了。

這不合格者，每考都會有二、三人。

不過自陸尚來了後，原有的不合格人數上總要加一。

班上的學生先後被唸到名字，不一會兒便只剩下四、五人未被唸到，陸尚越聽越是心涼，恍惚間彷彿瞧見了自己被掃地出學院的畫面，可他明明認真復習好幾天了啊！

正當他想著怎麼跟姜婉寧和陸奶奶辯解的時候，就聽白夫子唸道——

「陸尚，丙等，合格。陸尚是吧？我記得你已有四次不合格了吧？這回竟是合格了？」

仔細聽著，他言語間滿是遺憾。

陸尚卻不管他心裡怎麼想，一瞬的愣怔後，險些從座位上跳起來。他慌忙收斂了表情，努力保持著一副謙遜羞愧的樣子，快步走到白夫子身前。

「回夫子，學生愚鈍，入學以來幾次小考不過，好在學生奮力追趕，終於稍有進步，這才能繼續在夫子門下學習，謝過夫子。」

白夫子沒應，只是將陸尚的考卷從頭到尾又看了一遍，旋即恍然大悟。「原來是這次小考多了些算學題啊，幾道算學你答得倒是不錯，其餘……仍是一塌糊塗喲！」

陸尚稍窘，匆匆道了謝，領著考卷回去座位上。

在他之後，剩下幾人就都是不合格了，但最差的那個也只是三次不合格，倒沒有如陸尚這般，將將踩在被勸退邊緣的。

隨後白夫子點評了一番小考成績，等講經義的景夫子過來，他便從學堂裡離開了。

景夫子向四周環顧一圈後，遂翻開書冊。「今日我給大家講……」

天色漸暗，書院裡仍是書聲朗朗，丁班的孩子們在院裡齊背《大學》，丙班的夫子又在臺上講著《中庸》。陸尚本就是吃飽了飯才來的，又解了被退學的危機，四面全環繞著唸誦聲，沒一會兒他就泛起了瞌睡，腦袋一點一點的，趕著最後一抹殘陽，一頭栽倒在案桌上。

是了，鹿臨書院不光有早課、有正課，還有晚課！

從寅時至酉時，會有不同夫子前來授課，可以說，除去吃飯和睡覺那兩、三個時辰外，院中學生皆在刻苦讀書，也就只有陸尚這般純為應付而來的，才會抓住一切機會逃學、逃課。

就在陸尚伴著唸書聲昏昏欲睡之時，陸宅中的人也準備就寢安眠了。

姜婉寧照慣例去孩子們的屋裡轉了一圈，問了他們近日是否有缺什麼，又隨機檢查了一點功課。

幾年下來，幾個孩子不說進步神速，可也全超出了他們初入學時的預期。就拿龐亮來說，他原是個性子膽怯的，這幾年不似小時候那般怕生了，卻是朝著小古板的方向發展。

姜婉寧自認沒有給他灌輸太多「之乎者也」，也不曉得他如何越發老成起來，也不跟大寶鬥嘴了，下了學不是在看書，就是背著手跟在同窗們後面，小臉繃得緊緊的。

若說其他人總是叫姜婉寧操心功課，那對龐亮，她反操心起是不是學得太多，太累了？

龐亮畢竟是她收的唯一一個小徒弟，說一句看著長大的也不為過，除去功課，孩子的成長同樣重要。

再說其他人，大寶和林中旺原本只想學好一點字、一點算數，要論用功，他們比不上龐亮，要論聰敏，他們又比不上項敏。好在五、六年的學堂不是白唸的，如今隨便他們去哪個鋪子，當個帳房先生都是足夠的，無非是年紀尚小，不是那麼叫人信服罷了。

不過陸尚打早就把兩人定下了，等他們跟著姜婉寧再學兩年，就要去陸氏物流做工，到時各地物流隊的帳本匯總來，就由他們兩個匯總核算，也能叫陸尚輕省不少。

項敏的聰慧更是從小便可見得的，對於唸書一途，她雖不排斥，卻也不如龐亮那般執著，後來她又在學堂裡認識了幾個富庶人家的小姐，也不知怎麼哄的，竟叫幾家小姐出資，她出人、出力，開了一家裁縫鋪子，只出售半成品的衣裳，在買家看來要比成衣實惠些，真實利潤卻是做了才知道。

且她那家裁縫鋪子裡兼顧了代寫書信，也是字畫相組合的，雖不如姜婉寧那般栩栩如生，可勝在價格低廉，在姜婉寧搬來府城後，很快頂替了她原本的書信小攤，還借此給裁縫鋪吸引了大批顧客。

要叫姜婉寧說，項敏跟陸尚比較像，只是她把唸書和生意平衡抓得更好，兩者都喜歡，沒什麼牴觸。

從幾個孩子的院裡出來後，天色實在不早，姜婉寧便沒有繼續流連，回房安寢了。

轉天清早，姜婉寧在小院裡做了一套健身操，方才回屋吃了早飯，又更換衣裳準備去私塾。

出門前她問了一句，才知今日城東開了花市，陸奶奶很感興趣，一大早就帶了一個長工出門去了。

這兩年姜婉寧和陸奶奶已經適應了陸尚不在家的日子，不說姜婉寧本身就忙，便是陸奶奶也培養出了自己的興趣愛好。以前陸奶奶就愛在塘鎮的小院裡擺弄花花草草，來到府城後更是打開了一片新天地。

松溪郡生產牡丹，府城更是衍生出專門的養花匠，每隔五年的賞花宴上會比選出花王，一盞花王可賣得上千兩白銀。

陸奶奶初次聽聞，便兩眼放光，當即說「那我也種」。

現在的陸家已經不缺錢，雖比不上家底豐厚的商賈之家，可要拿個小幾千兩出來還是很容易的，但錢這種東西，誰又會嫌多呢？

以前在塘鎮，那是一家人共用一個院子，不好施展，如今三進的大宅子，除了宅院後面的小花園，陸奶奶還有她自己專屬的小院，可不就想種什麼便種什麼？哪怕把小院擺滿了花架，也沒人會多說什麼。

而姜婉寧和陸尚只會鼓勵讚許，直叫陸奶奶越發有幹勁了。

知道老人家身邊有人看護，姜婉寧就放了心，又看時間不早，便趕緊往私塾趕去。

私塾坐落於瓊林大街，是學生家裡一起選的，為的便是討瓊林的彩頭，企望家中子弟也能有幸參加瓊林宴，而且這邊私塾商鋪林立，多開一個無名私塾也不會引人注意。

當初私塾的位置選好後，陸尚出錢把地方買了下來，這樣跟學生家裡分割清楚了，才好多收束脩學費，省得到時叫人以私塾為由，徒增爭端。

至於私塾裡面的桌椅書櫃，也是統一打的，為了對得起高額束脩，陸尚特意挑選了松木，打好後外面刷上一層紅漆，格調一下子就上來了。

先不說夫子教得好不好，就說這樣好的環境，值一個月十二兩學費了不？

是了，無名私塾收費極高，每人每月十二兩，每月休一天，年關前後共休一個月，這樣一年下來，便是一百三十二兩，這還只是夫子授課的錢，唸書期間一應書本筆墨，則需自行採買。

當年巷子裡的學堂純粹是在做慈善，現在以科考為最終目標的私塾可就不一樣了。

束脩標準也不一定卡死這十二兩，像是項敏、龐亮等，便是不花錢直接來的。另有一些女學生，一月只要十兩，剩餘人才是十二兩。

這主要還是因為能找來無名私塾的都是富貴人家，誰家也不缺這幾百兩銀子，至於有人說交多交少不公平，那你家孩子要科考，姑娘們難不成也能上場考試嗎？

姜婉寧沒那麼在意旁人的看法，實在不樂意的，那就慢走不送了。

待她抵達私塾，學生們已結束了早課，她的案桌上也奉好了熱茶，旁邊還有淨手的軟帕等。

今日乃是小考，她在重申考場紀律後，便將試題分發下去，除了最後一道題需學生表述自身看法外，其餘多是對過往功課的考察，只換成另一種說法，也算鍛鍊學生們的思維了。既已不是啟蒙學堂，每次小考都是為最後的上場做鋪陳，定是不會過於簡單的，而學生們水準不一，作答難易也各不相同。

試卷發下去兩刻鐘，有人已經寫完一道題了，有人還在構思第一題的作答思路，當然也有粗略掃過一遍後徹底擺爛，趴在卷上長吁短嘆，立志做個自己答不好也不叫同窗答好的攪屎棍的。

姜婉寧搖搖頭，不再緊盯著他們看。

這場小考結束，今天的課也就結束了。

無論是私塾還是書院，學生們考完試後都是同樣的頹廢沮喪，只有極少數人胸有成竹，但在聽了旁人討論後，也不禁對自己的作答產生一二疑惑。

龐亮正收拾紙筆準備回家，一眨眼身邊就圍了一圈人——

「龐師兄還記得第三題的答案嗎？我寫了又拿不準，請師兄指教啊！」

「師兄，還有第二題！第二題！可千萬要答對啊，不然我又要不及格了！」

龐亮在眾人之間雖是年紀最小，但私塾裡還是更講究先來後到的，他是姜婉寧的第一個弟子，那便是所有後來者的師兄，幾年下來，即便是馮賀也跟著改了稱呼。

且他能以十歲稚齡成為秀才，必有過人之處，最近的幾次小考他更是次次拔得頭籌，憑著自身本事贏得了所有人的信任，每回考校後，他定會被同窗圍上一、兩個時辰，問清所有答案才會被放走。

姑娘們不好意思跟男子擠在一起，便遠遠站在外圍，卻也是專心地聽著小考的答案。

私塾只有上午授課，下午可以留下溫書，也可以去做自己的事。

姜婉寧每隔兩天會留下答疑一回，其餘時間便只叫他們自行討論。

她將小考試卷收上來，便準備回家了。

正這時，卻聽有人喊——

「夫子，外面有人找！」

姜婉寧抬起頭來，沒多久就見窗子外出現了生人，是個留了兩簇鬍子的中年男人，隔著窗子衝她拜了拜，又指了指外面，示意借一步說話。

她微微點頭，叫來項敏幫忙收拾案桌，而她只拿了試卷離開。

無名私塾分內、外兩部分，內部有兩間學堂，一間是平日授課用的，另一間則是給留堂的學生休息，裡面除了案桌外，還另添了幾張上下床，既縮減了占地，又能多躺下好多人。

外部則是一個很大的堂廳，平日多是各家小廝、書僮在等著，後來見沒有用得到他們的地方，他們也不來了，只偶爾有車夫進來避雨，也是很快就離開。

至於說非學生的訪客，這位郭老爺還是頭一個。

姜婉寧和郭老爺互通了名姓後，在圓椅上坐下，她直接問道：「請問郭老爺來此是？」

說起這個，郭老爺精神可就來了。

他頓時挺直了腰板，雙手緊張地按在膝蓋上，因為激動，說話都帶了幾分磕巴。「姜夫子，我、我是從塘、塘鎮來的！我想給我家大兒求學！」

姜婉寧並不意外他的來意，只不免多問了兩句。「不知郭老爺是從何得知我這私塾的呢？」

卻見郭老爺又洩了氣，撓了撓腦袋，半天才說：「不敢欺瞞姜夫子，其實打好幾年前，在府城馮家的公子高中那時，我便知道姜夫子的名號了，當時還有幸參加了馮家的謝師宴，遠遠見過姜夫子一回，那時人多，夫子許是不記得我。」

能參加馮家的謝師宴，那麼找來無名私塾也就不足為奇了。

但姜婉寧想了想，又問了一句。「敢問貴公子年方幾何？」

「我兒今春剛及弱冠，已參加過三次院試，許是學藝不精，三次皆未能上榜，家中換了無數西席，也不見改善，我實在沒了辦法，只能求到姜夫子頭上，請夫子收下犬子！對了！不知姜夫子知不知道回春醫館？那家醫館便是我家名下的，打五、六年前就跟陸老闆達成了合作，從陸老闆那裡收了好幾年的藥材了。只可惜我家不從商途，未能與陸老闆多些合作，但內子家中是世代從商的，幾代下來也算小有底蘊，若是犬子能入夫子門下，我願促成岳家與陸老闆的生意！」

姜婉寧並未言語。

郭家世代行醫，名下醫館無數，而醫者在大昭並不在商人之列，連著醫館也不算商稅，更用不著入商籍，自然也是於科考一途無礙的。

原本郭老爺是看不上無名私塾的，先不論私塾的教書先生是個女夫子，就說這女夫子的夫家，也是個幹物流生意的商人，女人、商人，二者地位本就不高，這般出身的夫子又能厲害到哪裡去？

至於馮家出的案首，誰知道是不是瞎貓碰著死耗子——趕上了？

與一眾糾結的世家不同，郭老爺從頭到尾都沒考慮過讓大兒來這裡，直到無名私塾中的學生一一考上秀才，今上又改科舉制度，叫商籍子弟得以上場，反觀被他寄予厚望的大兒，卻是屢次不中。

這往後參加科舉考試的人越來越多，他兒還能考得上嗎？

如此這般，郭老爺才急了，跟家中夫人商量許久，終於還是決定賭上一把，也把孩子送來無名私塾，先學上個兩年、三年，要是中了最好，不中也能重新換家書院。

這些上不得檯面的想法，郭老爺當然不會明說，而他又不好解釋為何拖了四、五年才想起把孩子送來，只能趕緊轉移話題，繼續數說大兒的好來。

「姜夫人有所不知，我兒雖不善科舉，卻是寫了一手好字，這些年教他的西席都說，光是憑這一手字，他的試卷也能往上走一等！」說著，郭老爺拿出隨身攜帶的卷軸來。

饒是他沒有說明拖延至今的隱情，姜婉寧也猜得八九不離十了。

好在她並沒有先入為主的習慣，只要學生品行不壞，家裡又出得起高額束脩，誰來都是一樣。她定了定神，便起身觀摩起郭家大公子的字來。

坦白講，無名私塾裡的學生中並沒有天賦異稟的，院試考了七、八次不中的大有人在，便是馮賀在其中，水準都只能算得上是中等，且這些人的年齡擺在這兒，書法如何大致都是定了的，再叫他們苦心練字也不現實。若是能來個憑書法就可以博得閱卷官青眼的，那也不錯。

然而，等姜婉寧瞧見卷軸上的字後，第一眼先是震驚，第二眼便是懷疑了。

郭老爺見她久久沒有說話，心裡也打起鼓來。「夫子瞧這字……是不行嗎？」

姜婉寧從卷軸中抬起頭來，緩緩問道：「請問郭老爺，貴公子這字是師從哪位大家呢？」

「嗐，犬子沒有這福分，沒能拜大家為師，這字是他自己臨摹字帖，一日日練出來的。實不相瞞，我有一遠房親戚，經營了一家書肆，店裡常常會收些貧寒學子的字帖，這便是其中一人的。」

聽到這裡，姜婉寧已經明白了什麼。

誰知郭老爺又說：「我出了百兩一幅的高價，叫這位書生只將字帖賣給我家，幾年來也攢下了百十來幅。犬子靠著這些字，加上日夜勤勉，也算小有成就了，可惜只習得其形，未得其骨。」

聽完這些，姜婉寧卻是沈默良久，然後她去前面拿了一支筆、一張紙來，看了一眼卷軸上的字，提筆落字，不出片刻，便寫出一幅別無兩樣的字來，且不多不少，正正好比其多了些風骨。

郭老爺看愣了。

姜婉寧又說：「說來也巧，前些年家中窘迫，我便試圖去塘鎮尋些補貼家用的活計來，幸得書肆黃老闆賞識，不光叫我使用好紙好墨，還願以一兩一帖的價格買我的字帖，這一貶眼，也寫了五年了。」

郭老爺下意識地掰手指數，從他拿到第一幅字帖，到最後一次，也是正好五年。

姜婉寧又道：「怪不得黃老闆後來叫我只寫這一種字，原來是郭公子有用。我記得還有些其他字跡的字帖，可是也在郭老爺家了？」說著，她又在空白處寫了另外幾種字。

郭老爺定眼一看，可不正是他最初收過的幾種！

他一時不知是否要感慨緣分，嘴裡說出的卻是：「可我不是一直以百兩的價格買的嗎？碰上逢年過節，還會包一紅封，少說也有三、四十兩，這些……可到了姜夫子手裡？」

姜婉寧無奈地搖了搖頭。「一直是一兩一帖的，年節時倒也有賞錢，最多一年是五兩，至於郭老爺說的那些，我卻是不曾見過的。」

怪不得書肆的黃老闆對她這般熱切，到後面兩年太忙時，她一句也就能寫一張帖，姜婉寧覺得愧對黃老闆託付，欲結束合作，對方卻說一月一帖也行，直到她搬來府城才算結束。

那時她還覺得黃老闆人怪好的，合著好的不是人，是銀子呀！幾年下來，只怕黃老闆從中吃的回扣也有上萬兩了，家財萬貫，也虧得他還願意開間小書肆。

像陸尚替人採買貨物，從中也是吃回扣的，只是他的回扣都是按幾文算的，哪裡比得上黃老闆，一次就是二、三百兩。

糊塗了許久的字帖之事，卻是一下子清晰明瞭了起來。

姜婉寧忽然想起，好多年前陸尚曾對她再三叮囑，說黃老闆可不是什麼好人，要離他遠點。雖不知陸尚何出此言，可眼下也算一語成讖了。

郭老爺又氣又窘，過了好久才重重一拍桌子。「我這就去找黃霖問個清楚！這些年我給他的銀票少說也上萬兩了，姜夫子且放心，我全替妳討要回來！」

對此，姜婉寧只是勾了勾唇角，沒說好，也沒說不好。

過了片刻，又聽郭老爺忐忑問道：「那請問姜夫子，犬子入學一事……」

姜婉寧請他重新坐下，而後又將私塾裡的束脩和規矩講了一遍，其中最重要的，便是入學後無論是否高中，皆不可大肆宣揚私塾，最後才說：「還請郭老爺跟郭公子細細講明，若能做到，下月一號便來入學吧。」

郭老爺喜出望外，連聲應下。「好好好，我一定會叮囑犬子牢記的！那拜師？」

姜婉寧說：「我只是私塾裡臨時授課的夫子，不做師徒，要不要拜師，且看以後的緣分吧。」

聽了這話，郭老爺反而心頭一鬆，對著姜婉寧又是再三拜謝，方才從私塾裡離去。

這會兒，內間的學生們也開始往外走了，姜婉寧估算了一下時間，索性又多等了會兒，待項敏幾個孩子出來，才跟他們一起回家。

從私塾到陸宅距離不算遠，走路只需兩刻鐘便夠，中間還會經過一個小菜市，裡面的菜價、肉價稍微貴上兩文，但品質遠比其他市場好，姜婉寧有時便會在裡面捎些菜肉。

正好項敏他們的紙筆快要用光了，姜婉寧又帶他們去買了紙筆。

府城物價遠非塘鎮能比得的，便是最粗糙的宣紙，都比塘鎮要貴上一文。

當初姜婉寧提出把幾個孩子帶來時，幾家全是猶疑不已，除了捨不得孩子外，更是害怕無法承擔在府城生活的費用，還是姜婉寧提出可以援助後，才勉強打消了幾家的疑慮。

而她幫忙養孩子，並非是全然不要報酬的。

就像大寶和林中旺，離開私塾後要給陸尚做滿十年工，前兩年就是打白工，後面才會給工錢；而項敏則是要在姜婉寧手下幫忙至少三年。

只有龐亮，因他打算走官途，誰也說不準他的未來如何，看在他是姜婉寧徒弟的分上，便不講這些見外的話了。

這些交換要求聽起來有些苛刻，但實際受益的，還是在幾個孩子身上。

從外面轉了一圈，幾人再到家時，陸奶奶也已經回來了，她又買到了兩盆成色極好的牡丹，正給它們換土，等適應了環境，好做嫁接了。

姜婉寧去她院裡把老太太叫出來，一家人吃了飯，到下午又是各忙各的了。

轉日姜婉寧公布了小考成績，不出意外，龐亮又是優。若非姜婉寧想定一定他的性子，又怕他這個年紀中舉太過惹人眼紅，其實他今年就可以參加秋闈了。

雖然龐亮還要等下一屆科考，私塾裡的其餘人卻不打算再等了。

三年前的那屆科舉，馮賀和另一個秀才因自身根基不深，只去考場感受了一番氣氛，實際根本沒有作答，自是名落孫山，這又再苦學三年，今年要跟著大家一起上場。

私塾裡，姜婉寧板著臉。「諸位就打算以這等水準去參加秋闈嗎？我就不說你們最後一道時政題了，就說第三題！我是不是已經講過兩次了？為何還有這麼多人答不出？

「高以林，你笑什麼呢？你以為你答得很好嗎？你且瞧瞧你那字，也就是我才肯給你仔細看，等到了考場上，你還想叫閱卷官對著蠟燭給你看嗎？」

高以林站起來，低頭看著試卷上蚯蚓一般的字，蔫頭蔫腦地道：「夫子，我錯了……」

私塾裡的學生都知道，姜夫子脾氣很好，平日講學時總是溫溫婉婉的，與他們印象中的大家閨秀全然相符，唯獨小考過後——

簡直！就是換了一個人！

每回小考後，私塾裡一半多的學生都要被批得狗血淋頭，不禁懷疑自己是不是真的太差？不光辜負了夫子的殷勤教誨，更是愧對家人、愧對自己，真是太羞愧了！

姑娘們不會挨罵，那全是因為姜婉寧才點了名，不等下一句，她們就已經紅了眼眶。

「夫子，對不起，我會好好複習糾錯的，您罵我吧……」

姜婉寧無奈。「……罷了，妳坐下吧。」

最叫人難過的是，小考每月一次，出成績後就是休沐的那天了，眾人拿著這樣一份答卷，又帶著夫子的批評，即便難得休息一天，也是全沒了心思，只恨不得讀死在書上，哪還顧得上花天酒地啊？

因此有子弟在無名私塾唸書的人家都驚訝地發現，家中孩子不光學識進步了，就連跟酒肉朋友沾染的壞習慣都改了不少，越發勤奮刻苦了。

一舉兩得，可是讓眾人越發堅定了送孩子來唸書的心。

這日下了學，哪怕明日就是月假，學生們也不見有多少高興之色。

而姜婉寧就與他們恰恰相反了，不上班的日子總是美好的，再說私塾放假，書院當然也有月假，等到晚上，約莫就能等到陸尚回家了。

雖說陸尚逃學回家的次數越來越多，但這樣光明正大的休假，姜婉寧的情緒還是不一樣的。

果不其然，當天晚上吃飯時，陸尚就回來了。

其餘人明智地沒有太過打擾，早早離開餐廳，把空間留給兩人。

陸尚明日要回塘鎮一趟，又不願跟小妻子分開，便想帶著姜婉寧一起。

說起這個，姜婉寧放下筷子。「夫君還記得書肆的黃老闆嗎？」

「記得啊，怎麼了？」

姜婉寧將白日郭老爺來訪的事說出來，講完後不禁輕嘆一聲。「要是早知如此，當初還不如直接把字帖賣給大戶人家，不說賺上百兩，但總會比一兩要多些吧？」

當年陸家貧苦，黃老闆的字帖確實叫家裡的生活改善了不少，便是時至今日，姜婉寧對他還是存了感激的，然而感激與氣憤，並非不可以共存。

陸尚也是咋舌。「我以為黃老闆賺上三、五兩已經夠多了，這哪是吃回扣啊……」

姜婉寧搖搖頭。「罷了，且看郭老爺如何處理吧。這不僅是我被苛扣了報酬，郭老爺那邊應是更氣憤。無論結果如何，這事就這樣吧，畢竟我也從黃老闆那裡拿了好幾年的錢，多少不提，總歸是夠了日常吃用，也當存兩分感謝了。」

陸尚點點頭。「都聽妳的。」

說起郭老爺家的醫館，陸尚又道：「物流隊是跟一家醫館有合作，不過當年簽完書契後，我便把醫館的生意交給平山村的蔡家做了。醫館收的藥草太瑣碎，我也沒那麼多時間四處問，後來就直接全部託付給了蔡家，我只管出人幫忙運運貨，只收運費錢。

「正好明天去塘鎮，咱們順路去平山村一趟，把蔡家人接來，也好把醫館的書契改一改，我便不參與收購了，蔡家要是還需要物流隊運貨，就只跟他們簽一份長期運送單。」

對於物流隊的生意，姜婉寧從來都是只聽不說，這時也只是點頭表示聽到了。

兩人又各自喝了一碗綠豆湯，吃好喝好後便一起回了房。

姜婉寧先去沐浴，不想等她從屏風後面出來，陸尚也在院裡沖完涼了。

姜婉寧腳步一頓，忽然意識到了什麼。

陸尚熄了門口的兩支蠟燭，只留了床頭的一支，又拿來乾毛巾幫她一點點地擦乾頭髮，動作間不經意碰到她的耳尖和後頸，時不時引她顫動。

陸尚只當不知道，唯有擦拭的動作更急切了些。

小半個時辰後，姜婉寧的烏髮已經被徹底擦乾，陸尚隨手拿了一條髮帶，潦草地幫她綁在一起，連床也沒下，反手把濕毛巾丟到地上。

姜婉寧心有所感，微微低下頭去。

下一刻，便是薄涼的唇蹭在耳後，又一點點下移，擦著耳骨，直至頸後，至此流連。

不知何時，屋裡的喘息聲變得斷續沈重起來。

陸尚壓著聲音，細聽還隱含幾分委屈。「阿寧，已經有兩個月了……」

不知他碰到哪裡，姜婉寧驀地腰肢一軟，下意識地揚起脖頸，露出細白纖長的天鵝頸，雙眸亦很快漫起一層水霧。

陸尚說：「阿寧不說話，我便當妳是答應了……」

話音才落，姜婉寧的嘴巴便被堵住，徹底失去了拒絕的機會。

當天夜裡，主院臥房的蠟燭直至後半夜才熄滅，陸尚先去打了熱水，可屋裡並未能因此沈寂下來，過了一個時辰後，他又出來打了第二次水，不小心露出的虎口上，印了兩枚深紅的牙印。

偏他一點都不覺疼，瞧了一眼後，反倒美滋滋地親在牙印上，回房後又是一陣低聲輕哄。

原定好的回塘鎮，因陸尚一時放肆，被迫推遲到午後。

陸尚知他是太過分了些，因此一大早就跑去廚房獻殷勤。

家裡請的兩個婆子是兼顧做飯的，她們之前是在大戶人家伺候人的，但上了年紀，被新人頂替下來了，輾轉被介紹到陸家來，這還是第一次見到會親自下廚的主家老爺。

而這還不是最叫人驚訝的，更難得的是，一個會唸書、會經商的老爺，一手廚藝竟比她們高超多了。

考慮到姜婉寧晚起的胃口不好，陸尚先給她調了一碗山楂飲，提前拿去水井中冰著，等她醒來溫度正正好，不會太涼傷胃，又能解一解暑氣。

飲品做好了，接下來便是開胃小菜。

這只姜婉寧一人吃的，陸尚卻還是搗鼓了三道涼菜出來，每道分量不多，七、八口就見底，主要是擺盤精緻，一朵蘿蔔都能雕出花來，其中又兼顧了多種口味，香拌三絲、蘿蔔蕨根粉、蒜泥茄子，總有一個合心意的。

主食則是一碗蒸得香糯的米飯，搭配兩葷兩素，葷菜是花膠雞和椒鹽蝦，素菜有油煎豆腐和小炒油菜，若是這些都不喜歡，那還有一份爽口的涼拌雞絲麵預備著。

這些吃完了，還有一份混了七、八種水果的果盤，果子全是剝皮削塊好的，彈灑一點清水，再用另一個海碗扣上，避免過早接觸空氣而氧化了。

饒是陸尚是做飯的好手，也架不住樣式多，幾樣菜全做完，便是一上午過去了。

他還在做飯的間隙中常往主院跑，隔著窗子聽一聽屋裡的動靜，見姜婉寧還睡著，這才放心跑回去，繼續準備他的賠罪宴。

陸尚將時間算得剛剛好，他才指揮婆子們把菜餚擺到主院的石桌上，就聽屋裡傳來聲響，匆匆跑進去一看，正是姜婉寧坐了起來，不小心打掉床頭的小盞。

「小心！」陸尚趕忙衝過去。「阿寧要什麼？妳別動，放著我來。」

姜婉寧將雙臂從薄被下伸出來，兩隻手臂上如今卻是慘不忍睹，從手腕到臂彎，全是大大小小的紅點，若是把袖口掀開往上看，比這只深不淺。

她閉了閉眼睛，張口時聲音還啞著。「陸尚，你是瘋了嗎？」她根本不敢回憶昨夜的荒唐。

曾幾何時，她一度懷疑陸尚是不願碰她，直至十八歲生辰那年，陸奶奶和江嬸被支出家中，她被帶著走遍臥房的每一處角落，牢牢記住了床頭櫃邊角的顏色及形狀。

三年來，她親眼見陸尚扒下溫雅的外衣，卻不想原來在外衣之下，連人皮都是可以扒掉的。

陸尚深知，這種時候絕不能狡辯，認錯就對了！

他半跪在床邊，替她細細按摩著小腿，又不時碰碰她的手，一舉一動間全是小意討好。

「對不起，阿寧，我昨晚是昏了腦袋，妳別生氣，我下次一定不會了。」

「還下次?!」

「……那也總不能沒有下次啊……」陸尚沈默一瞬後，還是沒忍住地嘀咕了一句。

姜婉寧無語。「……你別在這兒了，我瞧見你就難受。」

說著，她就要推陸尚離開，卻不小心牽扯到腰脊，當即「嘶」了一聲，動作生生止在半空中。

而陸尚就抓住這時機點，趕緊去旁邊的衣架上把衣裳拿來，熟稔地抬起姜婉寧的手臂，先把內衫給套上，快速繫好衣帶，再是外衣和下裙，繁瑣凌亂的衣帶在他手下漸漸理出條理來。

他溫聲說：「昨晚我給妳認真清洗過了，身子應是清爽的……又或者阿寧還有哪裡不舒服嗎？」

姜婉寧當然記得昨晚清洗過，也記得在浴桶中又發生了什麼荒唐事。

至於她哪裡不舒服……

姜婉寧儘量耐著性子說：「夫君從我眼前離開，便是最舒服的了。」

「……那對不起了，我許是還要叫妳不舒服好久。」

趁著姜婉寧自我開解的時候，陸尚又去門口拿條濕帕子來，替她簡單地淨了臉跟手，再半扶半抱地把她帶下床，蹲下換好鞋襪，想了想又問一句。「院裡應是沒有別人了，我抱阿寧出去可好？」

對此，姜婉寧只撐著床頭站起來，身子前後晃了晃，半天才穩住身形，無聲地表示了抗拒。

見狀，陸尚也不再堅持，只管護在她左右，陪她出了房門。

主院不算太大，出門就能看見院裡的所有光景，自然也包括南邊的石桌、石凳，以及上面擺得滿滿豐盛的食物。

陸尚討好道：「阿寧一定餓了吧？飯菜都是才端來的，現下應是還熱著，快快來吃一點。」

見了這一桌的美食，姜婉寧便知道都是出自誰之手。

但她心裡憋著氣，才拿起筷子，又不順地重重放下去，忍不住刺了一句。「你這個時候想起賠罪了，昨晚叫你停下的時候怎麼就能裝聽不見呢！」

何止是裝聽不見？

那時她哭得淚眼婆娑，細細喊出的破碎話語不光沒能叫陸尚迷途知返，反叫他更受蠱惑，掩耳盜鈴般擋住了對方的紅唇，只顧在她耳後廝磨。

一夜風流後，如今他只得伏低做小，哄她喝了兩口山楂飲，趁她胃口好一些了，再添一筷子雞肉、一筷子蝦仁。不言過程如何，最後這一桌也吃了七七八八了。

一頓飯下來，姜婉寧的氣也消得差不多了。

她轉頭看到陸尚還蹲在旁邊，因蹲著的時間太長，右腿不受控制地輕顫著，而這也沒能影響陸尚挾菜、端飯的手，連面上的笑容都沒見改變分毫。

姜婉寧微微斂目，終是輕嘆一聲。「夫君也吃點東西吧。」

此話一出，陸尚頓時明瞭，他也不扭捏，一屁股坐到緊挨她的石凳上。「我做飯時就吃過了，還不餓。阿寧還有不舒服的地方嗎？要是實在不好，我們就去醫館。」

姜婉寧搖頭。「沒什麼大礙，過兩天就好了。夫君不是說要回塘鎮一趟嗎？」

「不是什麼急事，不差這一天兩天。現在正是莓果、桃子成熟的季節，我原是想帶妳去鄉間轉轉的，一不小心就耽擱了……我明兒不去書院，阿寧要不也多歇一天？」

姜婉寧撩起眼皮。「又逃學？」

「不是逃學！」陸尚大聲否認。「我這回可是正式跟夫子請了假的！這還是因為我這次小考有了進步，課上的表現也好了一些，好不容易才磨得夫子給我假的。阿寧也多歇一天吧？我們下午出發，在塘鎮住一晚，等明天下午再回來，好不好？阿寧還記不記得大寶家的桃樹？他家今年除了桃子，還種了草莓和枇杷，我們自己去摘，邊採邊吃，一定是最新鮮的，他家的果子都是專供給觀鶴樓，品質皆是頂好的。還有葛家村的魚，聽說村裡的養魚戶引進了一種小銀魚，只手指大小，卻是爽脆可口，涼拌滋味尤佳……」

姜婉寧被他說得心動，不知不覺就點了頭，等再回神，已然被陸尚一把抱住，她眉間也不禁染了笑。

第二十七章

因是臨時起意出門，姜婉寧來不及告知私塾的學生，只能跟龐亮說一聲，又給他們安排了功課，叫他們明日自行溫習，待後日下午，她再將缺的課補起來。

聽說他們是要回塘鎮，項敏心念一動。「夫子，我能不能也回家一趟呀？」

項敏的請求也給其餘幾人提了醒，除了龐亮外，大寶和林中旺也說想家，再一想，他們上次回家已經是三個月前了，也就陸啟偶爾來府城給陸尚匯報生意時，能匆匆跟大寶見上一面。

陸尚他們乘坐的馬車較大，多帶上幾個孩子也是無礙的。

姜婉寧又去問龐亮的意見，他卻仍是搖頭。

「我就不回去了，等今秋鄉試之後我再回家吧，謝謝老師，謝謝師公。」

姜婉寧看看他，又默默地瞧了陸尚一眼——

該說不說，人與人的差別，怎就這麼大呢？

陸尚只當看不懂她的目光，招呼其餘三人趕快去收拾，等再過半個時辰馬車來了，他們就出發。

而陸奶奶忙著照顧她新買來的牡丹，多離一個時辰都是會擔心的，且陸家村那一幫子已沒什麼叫她擔心的，回不回去的，已經沒什麼差別。

最後，便只有姜婉寧夫妻倆和三個孩子一起上了車。

說起這次去塘鎮，卻是陸尚託牙行幫忙留意的山有了著落，南星村有戶人家急用錢，又不願賣家中田地，糾結好久，才決定把祖傳的山給賣了。

說起山野，這又跟物流隊最開始的酒樓合作有些關係。

這幾年物流隊涉及的領域越來越多，常見的、不常見的生意中常會出現陸氏物流的身影，但陸氏物流發家的酒樓菜品採買，卻是始終不曾斷過，除了塘鎮的幾家酒樓餐館，還有鄰鎮也跟他們簽了書契。

這樣一來，僅靠塘鎮下屬的村子就很難滿足貨物數量上的要求了。

饒是陸尚隔三差五就去周邊考察，也發展了塘鎮之外的村落，但隨著合作的酒樓餐館越來越多，他還是覺出幾分力不從心，而要再往外圍發展，蔬菜、肉類這些不比其他，中間多耽擱一天，損耗也就越多，需要賠償的金額也就越大，運輸途中的成本將升到一個難以承受的範圍。

陸尚琢磨了好久，才想到或許可以自己養豬、養鴨，種菜、種水果，從源頭解決問題。

陸家的那十幾畝田地本就不多，如今又全由陸老二在管理，陸尚也沒那個心思跟他爭搶，而百姓把田地看得跟命根子一般重要，若想買農戶的田地，也很難大片採購。

還是姜婉寧提醒了一句「我記得塘鎮周圍的山村也不少，有些不高的山都是百姓家中私有的，好好打理一番，興許也是可做耕田的」，陸尚再一打聽，百姓家裡的山根本都是任其荒廢，最大的用處就是種些樹，一年四季有免費的柴火。

問及原因，則是因為山路多顛簸，山上也是高低起伏不平，很難種莊稼，養家畜也容易跑丟，實在無法，這才只能閒置荒廢。

陸尚頓時大喜，尋常百姓不知如何在山上種果樹、種莊稼，難道他還會不知道嗎？梯田呀！

這不，他把想法跟姜婉寧說過後，兩人一商量，覺得其中大有可為，這才託牙人給留意些，最好是在塘鎮周圍的山，出了塘鎮範圍的就不考慮了。

陸氏物流的根基都在塘鎮，一些能主事的管事也都是塘鎮出身，若把這山買在塘鎮周圍，一來是方便調動管事，二來也可以招收管事的親戚家人，免了進一步篩選的工夫。

物流隊需要身強力壯的男人，種地養畜牲就沒那麼多挑剔了。

正相反，一些上了年紀的老人於種地一途更有經驗，而婦人飼餵家禽也更用心。

去往塘鎮的路上，陸尚把山野的事跟姜婉寧說了說。

距離最開始萌生想法的時候已經有一年多了，久到姜婉寧以為這事要不了了之，原來是現在才尋到合適的山野。

陸尚說：「今天我們先住在塘鎮，也好跟牙人問個清楚，等明天去看山的時候，再順路到陸家村和葛家村走一趟，吃好玩好再出發。」

姜婉寧點了頭，又跟三個孩子說一聲。「我們明天或許會去摘果子、撈小魚，你們要一起嗎？」

幾人想了想，項敏和林中旺都拒絕了。

只有大寶還是那副大剌剌的性子，素來喜好玩鬧，當即就說：「我想去！老師您明天是要來我家嗎？我幫您摘桃兒、採莓果，您帶我一塊兒去撈魚可以嗎？」

不等姜婉寧說話，陸尚先應了。「不用我們，你爹明天也跟著，叫你爹把你捎上。」

「好！」

申時末，馬車抵達塘鎮。

趕巧城門口龐大爺的牛車還沒走，陸尚趕緊下車把人攔住，一番寒暄後，又把大寶和林中旺託付給他，辛苦龐大爺把兩個孩子給捎回去。

而他們要去無名巷子，就順帶把項敏送回家了。

無名巷的宅子現在是陸顯一家居住，他們使用陸奶奶原來的房間，另外三間則閒置著，除了陸尚和姜婉寧的房間不許人進，其餘兩間也充做客房，有時陸光宗和陸耀祖來鎮上，便是住在這裡。

兩人到家的時候，陸顯他們才吃完晚飯，看見兩人回來很是驚訝，趕忙張羅著給做些吃的。

陸尚擺手制止了他，趁著天色還沒徹底暗下來，又去外面找了個小童，叫小童去牙行請牙人到觀鶴樓一敘，他和姜婉寧也一同把晚飯用了。

傍晚時分，觀鶴樓正是生意繁忙的時候。

在這些年裡，陸尚經常來觀鶴樓談生意，又有馮賀的關係在，酒樓便特意為他留了一個雅間。

福掌櫃迎他們進來，又親自把他們送去雅間，無須詢問他們的需要，已自行安排好菜色，還有兩盞果酒，一涼飲、一熱飲，搭著茶水一起送上來。

沒過多久，牙人趕了過來。

福掌櫃識趣地告了辭，把空間留給他們三人。

牙人說：「我給您找的這座山就在南星村邊上，下山就是官道，交通是極方便的。這山也不算太高，從山腳到山頂只要一個半時辰就差不多，還有一條上山的小路，只下雨時泥濘些，平日是全然沒有問題的！不過賣山的這家人急著用錢，開價也高些，依照牙行之前的價格，這山最多只要二百兩就能買下，這家卻一口要二百二十兩，還只收現銀，要一次付清。」

二十兩的溢價尚在陸尚可接受的範圍內，他更關心一事。「那山上的草木如何？可有山溪、山泉這些？」

「陸老闆放心，這山我有親自去看過！山上的草木雖不比其他深山繁茂，但尋常草木也長著，據說到秋天還會結甜果兒、酸果兒，尋常的皂角這些也很常見。山泉雖是沒有，但半山腰上有一條小溪，溪水澄澈甘甜，從半山腰貫穿到山腳，下游還有魚兒呢！」

這草木有了、山溪也有了，溪水中更是有魚，簡直是符合了陸尚的所有要求。

他克制住表情，沒有露出急切的意思，沈吟許久才說：「那等明天我們去看看吧，原是想今天去的，不想回來得太晚了些，又怕路上不安全，索性等明日了。」

「好好好，那明日我再來，我帶您親自去看看！」

「那敢情好。」

談過正事，剩下的時間便是邊吃飯、邊聊些閒話了。

牙人跟陸尚也算打過多次交道，就說陸氏物流的一應長工宿舍，無論租賃還是購買，基本上都是由他經手的。

吃飯時，牙人還不忘介紹他新得的幾處宅子，除了能用做長工宿舍的，另有一處出了塘鎮的。「陸老闆有所不知，這座宅院雖偏僻了些，占地卻是極大的，裡面的格局也挺雅致，曾是一位致仕大官的故居，幾年前大官去世，家中子弟又不常回來，這才決定掛賣出售。

「我知陸老闆和夫人現在搬去了府城住，但府城那地方，比起塘鎮可謂是寸土寸金了，同樣的宅子挪去府城，沒有二千兩可是買不下來的，咱們這只要一千四百兩！您要是買下，再好好整理一番，給夫人避暑也是好的。」

任憑他說得天花亂墜，這所謂的豪宅對於陸尚和姜婉寧卻是毫無用處，陸尚或有一瞬的心動，可一看姜婉寧的表情，那宅子對她還不如一塊辣炒小排來得有吸引力，頓時也興致全消。

他敷衍地應了兩句，不動聲色地轉移了話題。「說起來，牙行可有出售田地的？」

「田地是沒有的，田地買賣都需要去官府備案，咱們可不敢沾手。不過陸老闆您若有需要，我也能替您多留意著些，等哪天有了風聲，一早告知於您！」

到後面牙人說累了，他也是餓了大半天，忙著吃飯填肚子，這才不再絮絮叨叨。

等幾人吃飽喝足，太陽也徹底落了山。

幾年下來，鎮上的商販還是一天黑就收攤，除了零散的幾家大酒樓和客棧會點燈迎客，其餘地方全是黑漆漆一片。

觀鶴樓的小二給準備了照明用的燈籠，分別給了陸尚和牙人，福掌櫃又出來作送，眾人一一告別。

回到無名巷子後，馬氏和孩子已經睡了，只有陸顯還在門口等著。

一見巷子口有了亮光，陸顯趕忙提著燈迎過去。

陸顯跟陸尚已做了五年的工，從最開始賣力氣的長工，也慢慢混成了一個小管事，現在負責無名巷這一帶的送貨，手下也拿著七、八單合作，管著十來個工人。

物流隊裡長工的工錢就不少，做了管事還會漲一漲，加上逢年過節還另有節禮紅封，

三、五年也能攢下一筆不少的錢。

只是陸顯家有個患有眼疾的女兒，這些年為了給她治眼睛，銀兩就像填入無底洞，永遠見不到底。

陸尚只問了問最近的生意，聽說一切如常，長工、短工也不曾和顧客鬧出矛盾，便算放心了。

之後便是姜婉寧問及他家的女兒，陸顯的女兒今年已經六歲了，叫陸明暇，因眼疾的緣故，素日鮮少出門，便是這條巷子裡的鄰居，也有好多不知她的存在。

姜婉寧沈默片刻，又說：「若還是不行，就帶明暇去府城看診吧。這也好幾年了，若鎮上的大夫管用，不說能治好，好歹也該見一點微光了。」

陸顯不說話，好半天才吭哧一聲。「再、再等等吧，我再攢攢錢……」他脊背微駝，明明比陸尚還要小幾歲，可看面容，卻比陸尚更顯滄桑，一雙大掌上全是厚繭。

不一會兒幾人就到了家中，陸顯提前燒了熱水，把水盆端來後就告辭回房了。

陸尚和姜婉寧的房間因不許人進，太久沒住少不了落塵，而陸尚雖常在塘鎮和府城之間行走，但也很少會回這邊，大多時候是就近找個農家，付點錢匆忙住上一夜就罷了。

天色太晚，兩人就沒有仔細收拾，只把床鋪換了新的被褥，又打開窗子通風，便潦草睡下了。

姜婉寧昨晚就沒休息好，今天下午又全在車上，躺下沒多久，眼皮就開始打架。她趁著意識還清醒，扯了扯陸尚的袖口，低聲說道：「若不然我們把明暇接去府城看看吧。」

陸尚偏過頭去，就看她尚說著話，眼皮已不受控制地合上了，不禁失笑。「等明天再說吧。」

「那你記著這事……」

「好，快睡吧。」陸尚側過身子，長臂一撈，就把姜婉寧攬進了懷裡，又移了移薄被，避免晚上太熱醒來。

巷子裡的百姓清晨起得早，馬氏和陸顯自然也早早起床。還有假山後那活了好幾年的公雞，天一亮就打起鳴來，吵得陸尚和姜婉寧也賴不得床，被迫從床上爬起來。

陸尚先出去打了水，又把屋裡久不用的巾帕洗了洗，擰乾後才拿進來。兩人簡單洗漱後，姜婉寧幫他整理髮冠，又用一支素釵綰起了頭髮，收拾好床鋪，方走出去。

約莫是他倆回來的緣故，今日早飯是從外面買回來的，陸顯買了兩屜小籠包，一肉一素，還有六個燒餅以及兩碗豆漿。

他和馬氏面前只放了燒餅，再就是一碗稀得看不見米粒的粥水，剩下的小籠包和豆漿全推到陸尚夫妻那邊。

姜婉寧坐下後好奇地問：「明暇還沒起嗎？」
陸顯沒說話，馬氏只好拘謹地道：「起了起了！明暇脾氣不好，飯桌上也總是吵鬧，我怕她耽誤大哥跟大嫂吃飯，就沒喊她出來。您和大哥先吃，等晚些我再給她餵飯。」
姜婉寧說：「喊出來一起吃吧，無事的。」
陸尚知道她又心軟了，還有昨晚想帶孩子去府城，多半也是同樣的緣故。
馬氏尚有遲疑，直到陸顯發話讓喊出來，馬氏才動彈起來，快步回了屋裡。
然她進去沒多久，就聽見屋裡傳來一陣尖銳的叫喊聲。
五、六歲女童的嗓音是最尖細，這般扯著嗓子喊叫，聲音能傳出好遠去。
果然，沒多久就聽見牆頭響起鄰居的抱怨——
「這又是陸家的女孩在鬧了吧？隔三差五就鬧一回，都是姓陸的，怎麼人家陸秀才和姜夫子那樣好，換成他家就……」
後面還有什麼，但馬氏把陸明暇強抱了出來，姜婉寧被轉移了注意，也就沒再細聽。
反倒陸尚往旁邊看了一眼，就見陸顯把頭垂得更低了，雙手搭在膝蓋上，無意識地攥緊成拳。
陸明暇被馬氏抱著，身子還在不住地掙扎著，雙手雙腳踢打在馬氏身上，不停喊著「不要不要」。
陸顯和馬氏皆是臉色難堪，只顧及著陸尚二人在，才沒有多加呵斥。

但等把孩子放下，馬氏還是沒忍住，在她頭上拍了一巴掌，低喝一聲。「別吵了！」

「……啊啊啊！」尖叫聲只停了一瞬，便又繼續起來。

馬氏向來止不住她，見狀只能站在一邊，目光左右游離著，身上的圍裙被擰得全是褶皺。

這時，姜婉寧有了動作。

她把上衫上的絹花扯了下來，小心送到陸明暇手中。「明暇妳摸，這是什麼？」

手裡突然被塞了東西，陸明暇的尖叫聲變弱了幾分，而下一刻，她手裡又被塞了一枚扣子。

正當她小心摸索著手中小玩意兒的時候，姜婉寧蹲到她旁邊，小心地替她拂去眼尾的眼淚，溫聲說道：「我是大伯母，明暇還記得我嗎？我給咱們明暇帶了小禮物來呢，明暇願意跟我去拿嗎？」

陸明暇呆呆地坐著，無神的眸子不見半點波動，等了不知多久，才見她緩緩點了頭。

姜婉寧沒有抱她，只牽起她的手，一點點地引她去了屋裡。

馬氏目送她們離開，有心跟上，卻被姜婉寧擺手制止，只能等在原地，不知所措地望向陸顯。

姜婉寧的舉動實在意外，夫妻倆不知如何反應。

還是陸尚說了先吃飯吧，兩人才算坐穩。

因為姜婉寧和陸明暇都不在，陸顯和馬氏即使吃東西也心不在焉的。

陸尚只假裝沒看見，隨口問道：「明暇一直這樣嗎？我記得她小時候就愛哭。」

「不是的！」馬氏慌張否認，話說出口才意識到自己的反應太大了些，又重新彎下腰說：「明暇、明暇平時也不總是這樣的，就是我喊她喊得太急了，明暇沒反應過來，一時害怕才大喊大叫的，她平時、平時不這樣……」

陸尚沒有提剛剛從隔壁鄰居家聽到的抱怨，只微微點頭。「原來是被嚇到了，怪不得。小孩子容易受驚，明暇又看不見，還是多些耐心為好。」

「好、好……我記住了……」

等他們這邊吃好飯，姜婉寧也帶著陸明暇走了出來。

小姑娘穿了一身打著補丁的裙衫，怯生生的面上罕見地露了兩分笑，再看她頭上，如今戴了一朵粉色的花。

陸明暇走兩步就要停下，摸一摸頭上的花，再扯一扯姜婉寧的衣襬。「伯母……好看……」

「是，明暇很好看。」

陸明暇的這番轉變可是驚呆了陸顯夫妻。

一直到姜婉寧離開前，陸明暇都靠在她身上，一會兒把玩手裡的絹花和紐扣，一會兒摸索著去牽姜婉寧的手。

約好的馬車到了巷子口，兩人不得不離開，姜婉寧才把陸明暇引回馬氏身邊，又蹲在她身前，柔聲解釋說：「大伯母要出去辦些事，明暇自己玩可好？」

陸明暇把玩紐扣的動作一頓，枯黃的小臉上露出幾分茫然，只眸子還是那副黯淡模樣。

姜婉寧看得不忍，卻也沒有辦法，最後摸了摸她的頭，起身跟著陸尚離開。

陸顯負責送他們出去，馬氏因要照看孩子，就不出門了。

可他們前腳剛離開，馬氏即刻就變了表情。

她冷著一張臉，重重地合上大門，又快步走回院裡，粗魯地把陸明暇拽到跟前來。「妳剛才去大伯母房裡做了什麼？大伯母有掀開妳的衣服看嗎？」

陸明暇還沈浸在大伯母要離開的無措中，只記住了後半句問題。「沒有，沒有看……伯母給花花。」

聞言，馬氏的臉色才算緩和了兩分。

可她看見陸明暇又去摸頭上的粉花，不知怎的，突然怒從心起，猛一下子把陸明暇的手打下，又將粉花扯了下來。

做完這些還不夠，馬氏又把她手裡的絹花和紐扣搶來，用盡力氣丟向遠處，大聲喝斥道：「都是些不值錢的玩意兒！也就能拿來糊弄妳這樣的丫頭片子！」

陸明暇愣住了。

下一刻，熟悉的刺痛感從手臂上傳來，她張嘴尖叫出聲。

馬氏一手捂著耳朵，另一隻手還是在她胳膊上狠狠掐著，邊用力邊恨恨地罵道：「都是因為妳！若不是因為妳，我和相公如何會過得這樣苦？若是沒有妳……」

「哇哇——」陸明暇掙脫不開，只哭得越發大聲了。

不知過了多久，馬氏手上忽然卸了力，她惶然地望著大哭的女兒，眨眼間，只覺面上一片濕濡，抬手一摸，亦是滿臉的淚水。

「明暇……」她想摸摸女兒，可手才碰上陸明暇，對方就下意識地躲閃，結果不小心絆在木凳上，當即跌倒在地。馬氏一個激靈，直生生地撲過去，將她抱入懷裡，下巴抵在小姑娘的肩上，聲音裡滿是悔意。「對不起，明暇對不起……娘不是故意衝妳發火的，對不起明暇，妳別生娘的氣……我的明暇，為何就妳這樣命苦啊……」

就在陸家院裡響起一片哭聲的時候，姜婉寧和陸尚已乘著馬車出了塘鎮。

想到剛才在無名巷屋裡發生的一切，姜婉寧面上帶著疑惑，不覺將她的困惑說出來。「我總覺得明暇那孩子不太對勁……我把她帶去屋裡後，跟她說話，明暇的反應很遲鈍，好像聽不懂似的，但她只是眼睛不好，不該如此啊！

「還有，鄰居說她隔三差五就要吵鬧一次，但我跟她待的那一會兒，反覺得她很乖，不像那樣容易耍鬧的孩子，給她戴花時不小心扯到她的頭髮，也沒見她如何，怎會因馬氏喊得急，就對娘親又打又踢呢？」

陸顯和馬氏的說辭沒有任何異樣，但姜婉寧還是覺得不正常。他們從無名巷離開時，她彷彿又聽到了陸明暇的哭聲，可陸顯一口咬定她是「聽岔了」，馬車走得又急，她便沒能追究。到現在，那股異樣又浮現心頭。

陸尚握住她的手，輕聲安慰著。「興許妳是多慮了呢？陸顯和馬氏這些年一心給孩子看眼睛，瞧著並不像那等苛待孩子的家長，且要真有什麼，鄰居們也該察覺到的，既然沒人說，那多半也沒太大問題，況且小孩子最是敏感，情緒多變也是正常的。妳昨日不是說，想把她接去府城看眼睛嗎？」

姜婉寧點頭，從疑慮的情緒中走出來。

陸尚斟酌地說：「阿寧，不是我捨不得這筆錢，可要負擔一個孩子的一生，這太沈重了。當年若不是看孩子可憐，我不會叫陸家人跟我做工。我能給陸顯提供賺錢的途徑，可若說直接給他們錢……」他輕輕搖頭。

「可陸顯他賺到的錢不夠給孩子看病呀！」姜婉寧能明白陸尚的顧慮，只是想到陸明暇，她實在於心不忍。

「我會試著給他調整工作內容的，且看他的表現吧，若是能應對得過來，漲工錢也不在話下，自然就可多攢錢給孩子看病了。」

「妳要是擔心時間耽擱得太久，那等回去後我跟奶奶說，叫她老人家出面，就說是她聽說了明暇的情況，心頭不忍，願意出錢給孩子看診，先把病情診斷下來，再慢慢治。診斷的錢由我們出，只是打著奶奶的名號。至於妳我出面……這不合適。」

但凡他與陸顯是同胞兄弟，陸尚也不會這般迂迴。

可他們之間還夾著一個王翠蓮，當年王翠蓮下場淒慘，多少也有幾分是因他而起的，這也是為什麼，這些年來陸尚刻意保持與陸家兄弟姊妹之間距離的原因。

姜婉寧聽了解釋後也能理解，不再糾結著要救助他們了，片刻後輕嘆一聲。「聽夫君的吧，若是實在不方便，那便算了，你這邊更重要。」親疏遠近，她還是門兒清的。

說完陸顯家的事，姜婉寧心頭略有些沈重。

陸尚掀開了馬車的車簾，四、五月正是萬物爭春的時候，路邊花草遍布，還有一些野生的桃兒綴在枝頭，將落不落的。

姜婉寧已經很久沒有來塘鎮鄉下了，心下很新奇。

陸尚為她介紹，其實這都與前些年沒什麼兩樣，無非是偶爾能看見建在村口路邊的小房子。

「那就是陸氏物流的轉運點，平日用作倉儲的，長工們也住在裡面，用一道牆隔開……看見那邊的河了嗎？那就是葛家村那條河，不過那是上游，水流不如下游清澈，周邊的村民常在河裡洗衣……」

說話間，馬車很快抵達了葛家村。

陸啟早早得到消息，已帶著大寶等在村口，瞧見馬車趕緊迎了上前，帶著大寶跟兩人打了招呼。

陸尚問：「這個時間，村裡是不是還在上貨？」

陸啟回答。「正是，已經是最後幾車了。今天要給觀鶴樓送肉鴨，這才耽擱了些。葛哥兒也在，正查驗肉鴨呢！陸哥你要進去看看嗎？」

陸尚扭頭問姜婉寧的意見。「要進去看看嗎？」

姜婉寧雖知陸氏物流在做什麼，但親眼見的次數還是很少的。「會不方便嗎？」

「方便、方便，什麼事也沒有！嫂子您請——」不等陸尚發話，陸啟已經讓開了路，又推了大寶一把。「快帶你老師到村裡瞧瞧，小心別被人碰到！」

「好咧！」大寶應了一聲，一溜煙地跑到姜婉寧手邊。他這幾年個子拔得很快，轉眼就到了姜婉寧胸口的位置。他無法跟小時候一樣去牽姜婉寧的手，只能不遠不近地走在她前面，一邊走一邊介紹道：「老師您瞧那個黑小子，那就是葛哥兒！葛哥兒這幾年可威風了，十里八鄉的人都知道，他是陸氏物流的專職獸醫呢！」

姜婉寧記得葛浩南，遙遙望去，果然是個又高又瘦的小黑小子，一手拿著冊子，一手提著肉鴨一隻隻檢查。

陸尚和陸啟就跟在他們身後，兩人也沒說什麼生意上的事，光是瞧著前面的兩人，一個是媳婦兒，一個是兒子，就足以叫他們嘴角扯得老高。

陸啟感嘆道：「這一眨眼，大寶也這麼大了。當初要不是求了嫂子啟蒙，還不知道他如今在哪兒滾呢……」

姜婉寧只是對物流隊的工作內容稍有好奇，並不打算去打擾他們的工作，走到車隊尾巴就停下了，遠遠駐足看了一會兒，就示意大寶可以走了。

物流隊的長工、短工換了一批又一批，陸尚也不是對每個人都熟悉，尤其是這兩年他不怎麼跟貨了，因此好多人只知道頂頭的是位陸老闆，卻還沒見過他的真面目。

反而是陸啟隔三差五會過來看看，所以大多數人都能喊出他的名字來。

有短工跟他打招呼，他原是想介紹陸尚給他們認識，只是見陸尚搖了頭，他也只好作罷。

沒過多久，姜婉寧和大寶回來，夫妻倆一合計，不再多浪費時間，直接去養了小銀魚的農戶家裡，借了他家撈魚的小網兜，又買了一個裝魚的小盆，趁著太陽還沒升起來，趕緊去了河邊撈小魚兒。

這邊的小銀魚都是家養的，雖是養在河裡，但也用漁網圈了起來，用網兜打撈很容易，不一會兒就可以撈起一小盆。

也不知這些小魚是從哪裡傳來的，跟尋常魚兒大為不同，小小一尾，果真只有手指大小，在太陽下彷彿能透光，反出一點銀亮色，腦袋和眼睛更是極細極小。

陸尚才撈上來就咬了兩條，咯吱咯吱的十分爽脆，細小的魚刺根本不需挑揀出來，稍微嚼上兩口就化掉了。

姜婉寧很少會吃生食，見狀面色微變。

陸尚笑她。「先前不還說要試一試涼拌小魚，阿寧不會以為是煮熟再拌吧？」

姜婉寧沒說話，光看表情，確實是這般認為的。

陸尚彎腰從河中摸出一尾，哄著她張嘴嚐一嚐。

姜婉寧仍然忐忑，但對對方的信任，還是叫她試探著張了嘴。

小銀魚都是從河中現撈出來的，除了滋味鮮甜，魚兒也是鮮活的，進到嘴裡還甩著尾巴，嚇得姜婉寧不覺地瞪大了眼睛。

可等她依言咀嚼後，果真沒嚐出什麼異味，那魚兒入口即化，若不是親眼所見，她還以為是喝了一口甘泉水。

「可喜歡？」陸尚歪著腦袋問她。

姜婉寧沒有說好，可也沒有說不好，只試探著又捉了一條，小心翼翼地捏在指尖，像得了什麼新奇玩意兒一般放進嘴裡，與其說是品嚐，倒不如說是在玩趣。

就在他們兩人對面，陸啟也帶著大寶摸魚、捉蝦，大寶對丁點兒大的魚不感興趣，他要捉就一定要捉最大的，顏色還要鮮亮，生命力更要旺盛，細數要求，可比鎮上的酒樓苛刻多了。

陸啟罵他屁事真多。

大寶張口便是反駁。「才不是！敏敏最愛吃魚，她這回沒機會親自來逮，我就給她帶回去！」

敏敏？不等陸啟多想，就聽大寶繼續說——

「還有亮亮的，還有中旺的，還有老師和師公的，還有私塾裡同窗的……」

他這麼一數，少說也有十幾個人了。

陸啟的心情大起又大落，連帶著看他也沒了好氣。「滾滾滾！你捉了這麼多就自己付錢，老子沒錢給你買魚玩！」

「我才不要你付錢！」大寶衝他吐舌。「老師出門時給我錢了，我可以自己買！」

「哎，我說你這臭小子！誰叫你拿老師的錢了？你還不快點給我還回去！哎，你還跑——」

姜婉寧和陸尚只是一眼沒注意到，對面的父子倆就追逐了起來。

大寶手腳輕快，一邊躲著、一邊在河裡摸索，彎腰躲打的間隙裡就逮上來一尾黑鯉魚，只他嫌棄太小，反手又扔了回去，濺起的水珠不偏不倚，正澆了陸啟一頭一臉。

陸啟大吼。「……渾小子，你給老子站住！」

待姜婉寧他們撈夠了小銀魚，鎮上牙行的牙人也過來了。

南星村和葛家村離得不遠，走路只要半個時辰就可到，而他們又駛著馬車，只用了一刻鐘就抵達了南星村的村口，下車就看見了要賣山的那家人。

陸尚沒有第一時間表明態度，只淡淡地說：「看過再說，不急不急……」

賣山的這戶人家姓王，一個王大叔、一個王二叔，還有王二叔家的大兒子，幾人亦步亦趨地跟在後面，斷斷續續地講述著這山的優點。

姜婉寧還願意側耳聽上幾句，可陸尚就只相信自己親眼看見的了。

正如牙人所說，這山不算高，又有特別開闢出的一條登山小路，從山腳到山頂也用不了太多時間，陸尚問了姜婉寧的意見後，決定一路走去山頂看看。

這座山與塘鎮周圍的山野並沒有太大差別，山上的草木也都是常見的。

但陸尚觀察後卻發現，後山背陰的一面稍有坎坷，或許不適合改造成梯田，但這面的羊草還算茂盛，用來養些禽畜是頗恰當的，另一面向陽的山坡就平整了許多，這裡就適合改造成梯田。

而從半山腰截斷的山溪水流也不小，來日澆水灌溉，又省了下山打水的工夫。

陸尚從山腳看到山頂，還摘了山間的野果嚐了滋味，心裡越發滿意，才到山頂，就跟王家人問：「你們就是要賣這座山嗎？」

王家人看不出他的真實想法，只能如實說：「回老爺，正是這裡。」

陸尚輕「嘖」一聲。「可我看你家這山頭也沒什麼優勢啊，山並不高，山上也沒什麼值錢的東西，就這樣還要比旁人家高出三、五十兩？」

王二叔登時沈不住氣了，他作了個揖。「請老爺明鑑啊！咱家這山雖沒什麼珍貴玩意兒，但就是因為不高，才不易招惹野獸，上山、下山都是安全的！而且老爺您看，從山頂往下看，周邊七、八個村子都盡收眼底，您便是只在山頂蓋一座宅子，來日做個度假避暑的地方也好呀，這個價錢已經很低了！」

能叫陸尚滿意的山頭，他自然也不介意多給幾兩銀子。

但他也不願叫人把他當作冤大頭，少不了演一演，能壓下價最好，壓不下去，好歹也不會被人當成軟柿子，隨意欺瞞坑騙去。

無論王家人怎麼說，陸尚只是搖頭。「山頭一般，二百二十兩太高了。」

好在那牙人曉得誰才是他的大主顧，如今也是幫著陸尚說話。「王叔您看，陸老闆也是真心想買，這大清早就帶著夫人一起來了，您便是看在陸夫人舟車勞頓的分上，給便宜一些吧？再說王叔您也知道，咱們塘鎮什麼都不多，就是山頭多，您今日咬死了價格不肯賣，把陸老闆給氣走了，下一個願意買山的老闆還不知在哪兒呢！」

說著，牙人又把王大叔拽去後面，附在他耳邊嘀嘀咕咕半天。

等他們再回來，王大叔的表情就有了幾分緩解，他想了想，又說：「麻煩老爺叫我們再商量商量……我們很快就給您答覆！」

陸尚微微頷首，喊著姜婉寧去看另一邊的風景。

等了約莫一炷香的時間，王大叔返回來，一臉肉痛的表情。「老爺，我們商量好了。實不相瞞，家中遭了變故，正急需用錢，不然我們也不會把祖傳的山頭給賣掉的。這山雖沒什麼用處，可畢竟是老祖宗傳下來的，我們作為後代子孫，無端變賣已是不孝了！」

聽他這一番說辭，陸尚面上不見半分異樣，他仍是稍稍仰著下巴，表現得無所謂的樣子。

王大叔一咬牙，說：「二百零五兩！這是我們能給出的最低價格。主要是我家山上有一山溪，山溪又沒被糟踐過，日後飲水、用水都方便！」

陸尚這才算給了他正眼。「二百零五兩？」

「是！」

陸尚又故作猶豫，直到王家快要按捺不住了，他才說：「那行吧，不過我手上沒那麼多現銀，還要等上幾天。至於這山頭的地契……」

「我們隨時可辦！」王二叔站到前頭來。「還請老爺快些湊齊銀子，咱們一手交錢、一手交契，您什麼時候方便了，我們隨時能跟您去轉地契！」

「行了，」陸尚言語間添了幾分不耐。「我會盡快的。」

之後他便藉口山上蚊蟲太多，景致又太過尋常，早早從山上下來，勉強在村裡繞了一圈，就帶著姜婉寧離開了。

牙人本以為他急著買山，又不是缺錢的，對這單生意自認是十拿九穩，偏出了今天這一檔子事，他又摸不準了，在馬車上也沒敢多問。

殊不知，陸尚始終注意著他和王家人的表情，見了這些便知道，他那戲是演對了。

他和姜婉寧今日是要回府城的，因看山耽擱了不少時辰，便無法再去陸家村摘果子。

待他們回到塘鎮城門時，只見陸啟趕著驢車，在城門口不知等了多久。

一看見他們的馬車，陸啟就把大寶踢下板車，叫他去喊人過來，而陸啟則負責把板車上的東西搬下來。

陸尚和姜婉寧湊過來一看，才發現驢車上放了四、五個竹筐，幾個竹筐裡全是新鮮果子，什麼鮮桃、草莓、枇杷、甜果兒，只要是他家裡種的，每一樣都摘了一筐。

且他和家人摘果子時還專挑最大、最好的，因此幾筐果子全是精品。

陸尚沒有跟他客氣，拍了拍他的肩膀，就跟他一起把竹筐搬上馬車。

姜婉寧也被草莓紅潤的色澤吸引到，用袖口輕輕擦了擦，當場嚐了一個，草莓入口酸甜，汁水四溢，甜軟之中還帶了一分脆意，甚是喜人。

她忍不住驚喜道：「好甜的莓果！」

「那可不！」陸啟正好過來。「這可是三娘新培育出的果子，說是用什麼布給悶了起來，還定期通風、光照來著，比地裡其他株長得都好都快，果子也要甜許多哩！」

說起樊三娘，姜婉寧眸光一閃，不禁問道：「三娘最近可好？」

「好著呢、好著呢！三娘說等下月就去府城，找大寶住幾天，正好也好久沒見嫂子了，要跟嫂子敘敘舊、嘮嘮嗑。到時家裡的果子就全下來了，我叫三娘都給妳帶上！」

姜婉寧露笑。「那敢情好。」

說話間，幾筐果子全運上了馬車，大寶把最後一筐搬上去後，就坐在馬車外不下來了。

陸啟總算沒有再罵他，隔空點了點他。「臭小子，多聽你老師的話，別調皮了！」

是了，時近下午，陸尚和姜婉寧要帶著孩子們回府城了。

牙人最後跟陸尚確認了一遍交接地契的時間，沒過多久，龐大爺也送了林中旺過來，再去無名巷子把項敏接上，這一車人就算滿了。

回程路上，陸尚難掩面上喜色。

「現下山頭也有了，下一步就是把整座山給打理好。我已經看好了，背陰那邊就圈起來做農場，養豬、養牛、養羊、養雞、養鴨，還有溪水裡的魚也不能忘！

「向陽那邊就更好辦了，全推平做梯田，一半拿來種莊稼糧食，一半拿來種果樹，而蔬菜就種在山頂上，到時再建一座小別墅，當個山間農場經營著！」

「小別墅？」

「喔喔，就是上下兩、三層的房子，只有房屋，沒有小院，房屋也不單單是一間房，我想想怎麼跟妳形容……」

姜婉寧大多數時候只是聽，嘴角掛著淺淺的笑。

而在陸尚暢想的時候，幾個孩子也時不時出聲，他們不知道師公嘴裡的農場是什麼，可要論種菜、種地，他們可就有想法了——

「師公，種棗樹吧！我娘之前給我買過脆棗子吃，可甜可好吃了！」

「師公，還有李子樹欸……」

陸尚正是高興的時候，無論他們提什麼，只要是能在南星村種植的，他都會應下，還想著日後就乾脆開闢一小片果園，當這幾個孩子玩樂體驗生活的場所。

傍晚時分，馬車抵達府城，經過官兵檢查後，放入城中。

馬車一直趕到陸家門口才停下，陸尚給車夫結了車錢，又把家裡幹活的長工喊出來，將車裡的水果和魚兒盡數搬進廚房裡。

他只囑咐那一盆小銀魚不要動，其餘大寶逮住的大魚、小魚，就全然不管了。

至於剩下的水果，趁著新鮮趕緊清洗一些，把陸奶奶也叫出來，大夥兒一起嚐嚐。

晚飯吃麵條，做飯的婆子打了一個肉滷、一個菜滷，還切了七、八盤佐菜，一碗麵條添上兩勺滷料，再撒滿黃瓜絲、胡蘿蔔絲等，就是一碗清涼爽口的麵條了。

從塘鎮回來後，姜婉寧和陸尚很快恢復了往日的生活節奏。

說是全然恢復也不盡然，姜婉寧向來自律，無論是家裡還是私塾，在她手下就從沒出過什麼亂子。

反而是陸尚，出門一趟心又野了，這回是徹底不把書院放在心上了。

他把買山頭的事交代給了陸啟，拖了牙行三、五日後，一次付齊了錢款，又在一日內更換了地契，從此南星村的那座矮山就是陸尚私人的了。

山有了，土地也有了，工人更是不缺，接下來就是開工幹活了。

他先是找來管事，將山頭做一個完整規劃，從牧場到菜園再到果園，每一處都精心安排好，大自上山及下山的安全，小至第一批牲畜飼養的數量，全都確定下來。

之後便是聯繫農戶買牛犢、羊崽兒，還有各種禽類的幼崽。

牧場的改造相對簡單，主要是先圈好圍欄，再把牲畜禽類的棚圈給蓋好，以及一些水源和食槽的修建，前前後後不到一個月時間，就徹底改造完成了。

陸尚逃學去查驗一番後，又特地接來葛浩南，把山上的動物全檢查一遍，但凡有一點精神不好的，全都挑揀出去，只留上等品。

之後為了保證牧場的穩定運行，陸尚又叫葛浩南在山上住下，給他搭了個簡易房舍，好方便他早晚到牧場走一趟，這樣若有動物生病，也能第一時間發現救治。

牧場安排完畢，接下來就是菜園和果園。

眼下已是六月末，春夏蔬果已經不適合種植了，而陽面的山坡還要改造成梯田，索性今年就不種糧食作物了，只管把田地平整好，種些辣椒、豆角之類的蔬菜。

果樹這些陸尚不願從頭培養，就找果農買了成樹，移栽過來後，只要一年就能結果，而陸啟家又是常年種水果的，有他搭線，果樹的價格還算實惠。

從一座光禿禿的荒山，到一個豐富的山間農場，其實只要三、四個月就夠了。

王家人這時才明白陸尚買山的用意何在，可他們既沒錢又沒人，更是沒有陸尚的人脈和腦子，便是再怎麼眼饞，也只能看著人家種了半山的樹，養了半山的禽畜。

若以山間農場來衡量陸尚這段時間的成果，那當然是極好的，可除了陸氏物流的生意，他另有一層身分——鹿臨書院的學子。

自從盤下南星村的山頭後，陸尚可謂是一門心思投入他的山間農場上，書院從一個月裡請假五次增長到十五次，各種藉口討了個遍，到最後連夫子都懶得拆穿他的謊言了。

而鄉試在即，與其將時間浪費在一個不求上進的學生身上，不如多看看其他人。

兩個月過去，陸尚進出學院已無人管束了，只要不影響到其他人，講學的夫子就睜一隻眼、閉一隻眼，只期盼他小考大考全不過，也好早日將他驅逐出去。

奈何之後的一場大考、一場小考，陸尚憑著算數，全部擦邊合格了。

姜婉寧也隱約察覺到不對，可看他隔三差五回家時，渾身都充滿幹勁，彷彿有用不完的精神和力氣，糾結許久，終歸也沒多說什麼。

第二十八章

這一眨眼，就是三個月過去了。

八月的最後一天，秋闈如期而至。

姜婉寧已不是第一次送學生上考場，而私塾中的學生在她手下學了四、五年，各自水準如何，她心裡可是門兒清，誰能中、誰還差點兒、誰又能在榜幾名，她基本上都有猜測。

可這不妨礙她越發緊張，尤其是到了鄉試前兩天，她幾乎徹夜難眠。

無他，只因陸尚要上場了。

不管他在書院裡學得怎麼樣，畢竟是個秀才，哪怕只是去場上感受一番氛圍呢？

便是龐亮雖不打算今年下場，但也報了名，打算一起進到鄉試考場上，先熟悉一番流程，再看看試題，對自己的水準有個大概估量。

當然，為了避免意外，龐亮是不打算作答的，且等下一屆科舉，再來展露鋒芒。

鄉試當日，府城考場外被百姓圍得水洩不通，除了從松溪郡各城來的學子外，另有許多考生的家人，還有些純粹看熱鬧感受氛圍的，也一齊擁簇在外面。

當然，這些人裡並沒有姜婉寧和陸奶奶的身影。

按理說，大孫子（夫君）考試，她們怎麼也要來送一送的，可這個提議剛出來，就被陸尚高聲否決了——

「不用不用，那天考場外人太多，我怕妳們被衝散了。再說，鄉試足足三日，我也不放心妳們一直守在外面。我那麼大個人了，一個人也無妨的。」

話雖如此，可陸尚深知這理由有多假。

但凡他有一成的把握，他也是想看著姜婉寧入場的，奈何他在鹿臨書院混沌度日，待了一年時間，實際學得的東西……不提也罷。

陸尚明面上是上場考試，但不等入場，他已猜到了結局——無非是到場上看一看考卷，記一記題目，再吃點、喝點，然後趴下睡一覺，等著考試結束罷了。

已經知道的結局，何必再牽扯其他家人跟著操心？

因陸尚堅持，另外兩人拿他沒辦法，只好作罷，便是想接他下場，也叫陸尚一口否決了，只叫她們在家裡等著，就當他是出趟門去鄰郡了。

許是被陸尚的態度影響到，隨著鄉試開考，姜婉寧焦躁不安了數日的心也跟著平靜了下來。

便是三日的考試結束，陸尚回家時她也沒有詢問任何與考試相關的東西，只捏了捏他的手臂，笑道：「夫君在考場待了三日，怎好像還胖了點？」

旁人鄉試，那是恨不得一分鐘掰成兩半用，吃不好、喝不好，睡覺也不能安生，反觀陸尚，在考場上吃吃、喝喝、睡睡三天，只當是去度假了。

他老臉一紅，眼神飄忽，顧左右而言其他。

鄉試結束，私塾和書院裡的學生也放了假，要直至放榜才會恢復上學。

至於陸尚更是沒了拘束，三天兩頭地往南星村跑，全是為了他新辦起來的山間農場。

十月底，鄉試放榜。

放榜當日，陸尚去了塘鎮未曾回來。

而整個無名私塾的學生及其家人都到了官府外，姜婉寧想著該合一合氣氛，又或者還是存了什麼妄想，便也跟著早早守在張榜處。

辰時一到，官府衙吏張貼榜單。

姜婉寧不覺屏息，從第一名看到最後一名，其間看見許多熟悉的名字，而鄉試榜單最後一名，是馮賀。

她下意識重新看了兩遍，從頭到尾，從尾到頭，可不管她怎麼看，都沒能尋到最熟悉的兩個字。在她又看了一遍後，姜婉寧終於肯承認——

陸尚落榜了。

鄉試放榜後的第一天，陸尚滯留塘鎮未歸。

鄉試放榜後的第二天，陸尚託人送信回來，說他跟著物流隊去了鄰鎮，要再晚兩天才能回來。

鄉試放榜後的第三天，私塾中的學生結伴來到陸家，抬著重禮拜謝恩師，從早到晚，陸家的大門就沒合上過，且進出的皆是遠近聞名的富商、善人，惹得鄰里連連矚目。

此番鄉試，無名私塾上場的學生共十九人，中舉者十一人，位次最高的在第三十名。而整個松溪郡中舉者不過一百二十二位，光是一個府城中名不見經傳的小私塾，就占據了十分之一的額度，傳出去已足夠駭人了。

要知道，便是府城最出名的鹿臨書院，今年上榜者也不過二十二位，書院中的學子又多是天賦較高的青年才俊，只從學生資質上說，便比無名私塾高出多少去了。

饒是當年院試已刷新了各家對無名私塾的認識，可家中真出了個舉人老爺，心情自是大不一樣了。

大喜之下，他們也顧不得低調了，大堆的金銀銅器不要錢一般地往陸家送，還有珍貴的布料、首飾、古籍、字畫，反正值錢就對了！

除了前兩個上門拜訪的人家還收斂些，只抬了兩個大箱子過來，後面的越送越多，實在沒什麼稀罕物品的，就直接抬整箱整箱的金子來充數，最上頭再鋪一層房契、地契。

「夫子，這是前朝大家的畫作，本是祖上傳來的，我思來想去，也只有這般古物能配得上您高潔的品行，今日便將這畫轉贈給您，多謝您對犬子的教導。」

「姜夫子！還請夫子見諒，家中未有古物，前些陣子置辦的綢緞綾羅也沒能送來，我和內子商量後，索性抬了兩箱金子來，姜夫子且收著，等過些天綢緞送到了，我再給您送來……」

「不——」姜婉寧站在堂前，張口欲要拒絕，可不等她張口，下一家人已經抬著東西上來了。

半天過去，家中前院、後院就堆滿了箱匣，三抬五抬皆有，更有甚者，直接送了個純金打造的馬車車廂過來，外面是普通的木板，打開滿是金燦燦的黃金，沈甸甸地落在地上，落下就抬不起來了。

姜婉寧自認見過不少好東西，可許是京中朝臣好清廉，比之大俗大雅之物，他們還是更喜歡清雅小調，一枝花、一壺酒、一盤棋、一盞茶，便是日常了。

換成府城的這些人家，能出得起昂貴束脩的，多半也是生活比較富裕的，而這些人又多是馮家所交好或有合作的，十之八九都是行商之人，最不缺的就是銀兩了。

總之姜婉寧見過的、沒見過的，聽過的、沒聽過的，這一天可是叫她大開了眼界。

而學生家中親眷也不逗留，放下重禮和禮單就走，既不給姜婉寧拒絕的機會，也心照不宣地給後面人留出送禮的時間來。至於真要找女夫子說什麼話，反正這只是前調，後頭的謝師宴上且有得是時間呢！

姜婉寧見拒絕不得，索性也不為難自己了。

之後無論誰來送禮，她全是含笑應下，又親自收好禮單，一齊放在手邊的小匣裡，中間用紙條間隔開，也方便她晚上再行區分。

接著馮家二老上門，他們便是最後一家了。

當年開辦私塾就是馮夫人提議的，後續宣傳招生，以及位置選址、桌椅置辦，都有馮夫人幫忙參考，其中又有馮家生意和馮賀的關係在，因此這幾年兩家之間也越發親近了。

相較於其他人家，馮家對姜婉寧的性子更了解些，他家也是唯一一個沒有抬著大大小小謝禮來的。

馮夫人帶了一個巴掌大的小匣子，打開一看，裡面全是一顆顆圓潤有光澤的珍珠，珍珠大小不一，最大的足足有拇指大小，小的更是有著粉白等罕見顏色。

馮夫人高高興興地跟姜婉寧湊在一起，一顆顆撥弄著給她看。「婉寧，妳瞧這一、兩個，妳可以拿去打一對珍珠耳飾……這幾個小一點，但勝在圓潤，串成一條手串也好看……還有這個，我留了幾顆，正準備去做一條項鍊，我瞧妳平日不怎麼戴首飾，要不我一起幫妳打了？」

姜婉寧好奇地看著，沒說什麼「太貴重不能收」的話，聽完點點頭道：「那麻煩姊姊給我打了吧，就按姊姊說的那樣，到時我跟您一起戴出去。」

「好好好，那我再拿回去，都打好了再給妳送來啊！」馮夫人滿意地合上匣子，捂嘴輕笑道。

好不容易等她們倆說好了，才算有馮老爺和馮賀說話的餘地。

馮賀中舉，哪怕只是在榜單最後一位，馮家人也已心滿意足了。

馮夫人送珍珠，那只能算是好姊妹之間的小情趣，真要說謝師，還是要馮老爺出手。

馮老爺也沒整那些虛的，只帶了三張地契來。「陸夫人也知道我，我就是一俗人，想來想去也尋不到其餘合適的東西，又聽說陸老闆最近在辦什麼農場，趕巧我家有個莊子一直閒置，倒不如讓給陸老闆。

「還有另兩處，一個是府城商街上的鋪子，緊挨著觀鶴樓的，素日百姓往來極多，夫人瞧著隨便賣點什麼，賺不了什麼大錢，但每月也能有個小百兩的進項。

「這最後一處就是緊挨著無名私塾的那兩間房，正好跟私塾連著的，我差人給買了過來，夫人只需把牆給打通了，就能擴成一個私塾了，往後再招學生什麼的，您待著也寬敞。」

三張地契，先不論莊子的價錢，便是商街上的鋪面也同樣價值不菲，那又是挨著觀鶴樓的好位置，憑著姜婉寧的記憶，無論是左右哪一間，兩間鋪面都不小，掛到牙行去，少說也要值上千兩。

一匣子珍珠她尚能坦然收下，這些房契、地契，她便有些受不住了。

姜婉寧苦笑兩聲。「馮老爺又見外了。我也不瞞著您，今天一整天，家裡賓客絡繹不絕，理由為何您也是知道的，您就看亭外的大小箱子，也該猜到有多少東西了，便是這地契我也收了不少，還沒來得及整理呢！

「我知道諸位家中都是不缺錢的，謝師我也不阻止，但現在這般，實在有些過了。」

馮老爺擺擺手，聯想到五年前的事，很明白她的意思，但姜婉寧有她的底線，他們這些人家也有另外的想法。

「夫人多慮了。咱們這些人家，表面瞧著風光，可私下裡的卑微苦處，也只有自己才知道，就拿我馮家來說，我馮家世代經商，在松溪郡也算排得上名號的了，可誰又知道，哪怕是衙門裡的一個衙吏，也能隨意拿捏我們呢？更別說只要縣官大人發話，再多東西、再多銀兩，我們不還是要捧上去？送錢、送東西也就罷了，還要賠著笑臉，不能露出一絲的不情願，不然就是藐視朝廷，該殺！

「我家自馮賀他祖父那一輩，就開始斟酌著改變了，奈何他祖父於唸書一途不通，我也靜不下心去，好不容易出了個賀兒，一心想著要考取功名，奈何腦袋枯朽，久讀不中，而那真正厲害的大家，一聽他出身商賈，連面都不肯露了，最多是些老秀才，才願來家中做西席，若非遇上夫人您……」

若非是為了這希望渺茫的官運，哪裡會有這麼多人家把家中嫡子的戶籍遷去遠親家？

說到動情處，馮老爺不禁拭淚。

在他身後的馮賀同樣紅了眼眶。

「夫人只當這是再尋常不過的師生教導，殊不知夫人對於我們這些人家來說，恩如再造啊！」

馮夫人繼續道：「婉寧，這麼多年了，我也知妳不是那等在乎身外之物的，可我們家也就只有這些身外物了，便是絞盡腦汁，也不知還能如何感謝妳。再說賀兒……他的天賦擺在那兒，能考上舉人，我們就知足了，再進一步我們已是不敢想了。」

姜婉寧不曾想過他們會這般，一時說不出話來。

她斂目沈思良久，終於還是將馮老爺手中的地契接了過來。「既是您的一片心意，我再推拒就有些不合適了。但教書授課一事，本就是你情我願，我收了錢，自然也該盡了本分，教不好便是失職，教好了也是應當的，所謂謝禮一說，過猶不及。

「您這些地契我就先收下了，辛苦您幫忙打探合適的地界，至於價錢如何，還請您找人核算一番，過兩日我補齊給您……」姜婉寧稍稍抬高一點聲音，止住馮老爺的話。「還是您要我來找人核算？」

馮老爺身體一顫，明白了她話中的含義。

要是叫馮家找人核算帳目，幾張地契能做的手腳太多了，說多說少全看他的意思，便是少要個幾百兩，姜婉寧也只當心照不宣，就算收下他們的謝師禮了。

可要是換成姜婉寧找人去算，可不就是強賣東西給人家嗎？

馮老爺嘴唇微顫，還想再勸什麼，可馮夫人已走過來，一把按在他的手臂上制止他。

「好好好，那就按婉寧妳說的辦，等回去了，我就馬上找人來算。」

馮夫人說完話後，馮賀又上前幾步，屈膝下跪，恭恭敬敬地行了謝禮。

姜婉寧扶他起來，少不得問及兩句考場答題情況，最後沈吟道：「鄉試結果已出，最遲再過半個月，私塾就要恢復上課了，你若有心再進一步，也可來私塾再待半年，後面春闈無論中不中，倒不妨試試。」

「我……」馮賀頓時雙眼放光。「夫子，我還能更進一步嗎？」

院試內容多為書本所講，時政策論占比不過十之二三，姜婉寧熟讀詩書經義，自可放言院試易過。

到了鄉試，時政策論占比就提高到了七成，考生答案除去貼題之外，更看重文章深意，且判卷官員的主觀意見也有極大影響，到了這一步，便不是她一個私塾夫子能左右的了。

而到了春闈場上，書本內容僅剩不足一成，當今聖上又是個看重實事才幹的，除基本品行才學外，天賦等更是重要，真到了一些政務處理上，除了姜婉寧教授過的那些，還需考生自行思考，千篇一律的作答，從來不會成為榜上有名者。

至於再再往上的殿試……

姜家站錯隊，未在新帝手下行事過，自然也不知他喜惡，只曉得這位新帝乃雷厲風行之輩，他又能力排眾議推行科舉改制，必然不似先帝那般只求守成。

姜婉寧無法給出準確答案，只能說：「且試試吧。」

馮家幾人不曾想過，來陸家一趟，還能有繼續深造研讀的機會，而距離春闈僅剩半年，短短幾個月，實在是日日珍貴，簡直是一天都浪費不得。

馮老爺當即拍板。「咱家的宴不辦！從明兒起咱家就關門謝客，必給賀兒營造一個安心唸書的環境，直到春闈結束，到時無論中與不中，咱們再來謝師！」

此提議博得了馮夫人和馮賀的認同，幾人又正處在興頭上，恨不得立刻回家關門，也顧不得在陸家多待了，趕忙說了告辭。

姜婉寧望著他們離去的背影，甚是哭笑不得。

沒想到的是，馮老爺和馮夫人回去後，自行關了大門不說，還給幾個相熟的人家去了信，說一心準備春闈，不敢耽擱半日時間，後面若有什麼謝師宴、慶功宴，一律不參加了。

不參加？

幾戶人家先是覺得奇怪，而後就不約而同地想到——

是呀，來年四月就是春闈了，他們不想著抓緊時間準備會試，怎還把時間浪費在無關緊要的宴饗上！

這樣一傳十、十傳二十的，不過兩天工夫，私塾裡的幾戶人家都改了主意，什麼宴也不辦了，還是先盡快備妥紙筆書籍，安心準備春闈為重。

就連那些因家中子弟中舉而四處炫耀的老爺、夫人們也低調了起來，並敲打家中僕婢，在少爺面前穩重些，若有誰壞了少爺的心緒，一律打一頓再發賣出去。

不知何時起，本該熱鬧喧囂的府城又重新沈寂了下去，那些等著中舉高門大辦流水席的人，硬是等了半個月也沒等到，只能寥寥散去。

再說姜婉寧這邊，她在馮家一行人離開後，就帶著禮單回了房，將禮單上的東西一一看過，凡是單件價值超出百兩去的，一律放到「待退」那一列中，就這麼挑挑揀揀大半個晚上，總算全部整理出來了。

轉過天來，她又喊著陸奶奶把其中沒那麼貴重的揀出來，吃的喝的就送去廚房，日常用的就分一分，每個院裡放一點，零零散散也給家裡添了不少東西。

這樣到了第三天，所有東西都分好了，接下來就是重禮退還了。

就在姜婉寧準備出去尋人送東西的時候，陸尚終於從外面回來了。

兩人見面後，因姜婉寧急著把東西先處理了，顧不得問他這幾日的去處，而是問：「夫君那邊有可用的人手嗎？院裡都是學生家裡送來的謝禮，有些實在太貴重，我都揀了出來，打算還回去。」

「要多少人？」

「三、四十人吧，還要十輛車，主要是有十戶人家，正好一齊給送走。」

「那差不多，我去給妳喊人、喊車來。」

「好。」

陸尚才進家門又匆匆出去，前後不到一刻鐘，就把府城的物流隊長工叫來，還有十輛板車，雖是驢車，但只在城裡送送東西，還是足夠的。

因箱中東西貴重，陸尚喊來的這些人都是在物流隊做了好幾年，品行較好的，且他還在每個箱子上添了封條，等送回去才能拆。

一群人上上下下搬了三、四趟，總算把家裡的東西都給搬完了。

而將要送去的十戶人家分布在府城不同方位，陸尚和姜婉寧又只有兩人，實在無法跟著一起，索性又寫了十封信，待長工把東西和信送到，主人家寫了回信再捎回來。

這樣又調整一番，十駕車才算從陸家離開。

光是為了學生家中的謝禮，姜婉寧已經忙了幾日，她拍了拍有些發麻的肩膀，斜眼看向陸尚。「夫君捨得回來了？」

「啊……」陸尚臉色訕訕，忍不住湊過去，討好地給她捏起肩膀來。

姜婉寧又問：「夫君還記得鄉試放榜的時間嗎？」

陸尚吶吶道：「約莫是記得的……可能記得也不是太清楚，不過我倒是聽陸啟說了。」

「那夫君這幾天不等著放榜，是去忙什麼了呢？」

陸尚趕緊回答。「這不南星村的山頭平整得差不多了，蔬果都栽了下去，禽畜也圈好了，就還剩下那條山溪空著，我就去尋了尋魚苗，買好後又給撒了進去，這一不小心，就耽擱了時間……」

姜婉寧早猜到他又是去忙生意了，聞言也不意外，便是火氣其實也沒多少。

她想了想又問：「那夫君可聽說此番鄉試的結果了？」

「唔……」陸尚還真沒打聽，他試探道：「總不可能……我中了吧？」

姜婉寧被氣笑了，反手拍在他的小臂上，笑罵一聲。「這天還亮著呢，你怎就作起春秋大夢來了！」

「我就說嘛……」陸尚也跟著笑，忍不住嘀咕道：「要是我這樣的都能中舉，我估計整個鹿臨書院就沒有不中的了。再說我也是為同窗考慮，萬一他們沒考上，卻見我這渾渾噩噩的中了，可不是要氣壞了？」

「合著夫君還是好心嘍？」姜婉寧沒好氣道。

「嘿嘿……」陸尚點到為止，可不敢在這上面糾纏太久，多說多錯，萬一把小妻子惹惱就不好了。他趕忙轉移話題道：「那鄉試結束了，阿寧的私塾是不是快要開課了？書院是明日起開始返院了，最遲大後日需要到齊，夫子就要開始授課了。咱家離書院近，我等大後日再去就行。趁著這兩天沒事，阿寧有什麼想做的嗎？」

姜婉寧淡淡地瞥了他一眼，在他滿目的忐忑中，幽幽地說道：「我想做什麼不重要，夫君還是想想，如何叫奶奶想開點，別再憂憂鬱鬱，而是去做點其他什麼吧。」

「啊？」陸尚愣住了。

到了晌午吃飯時，一家人坐在一起，陸尚才明白了姜婉寧的意思。

鄉試不中，說白了是在兩人意料之中的。

陸尚在書院上的，他知道自己有多混，姜婉寧也能猜個八九不離十，只有陸奶奶一心以為大孫子辛苦唸書，此番必將高中了。

沒想到私塾裡那麼多學生都榜上有名，偏偏陸尚沒有，聯想到他小小年紀就考上秀才，這般大的落差，陸奶奶實在難以接受。

姜婉寧自然能開導她，可或許是想看陸尚窘迫，又或者讓他受點教訓，這兩日便沒管，只等著陸尚一回來就被念叨，自己再去哄老人家打開心結。

這不，從上了飯桌到現在，陸奶奶已經長吁短嘆好幾回了。

她也不說什麼責備的話，就是一粒米來來回回挾了七、八次，再時不時地看陸尚一眼，此時無聲勝有聲。

在她又一次嘆息後，陸尚徹底告饒。「奶奶我錯了！」

陸奶奶和姜婉寧一同向他看去。

陸尚雙手合十，老老實實跟兩人道歉。「我不該亂逃學，我也不該在課上睡懶覺，這次落榜都是我活該。我保證，等生意穩定了，我一定一心唸書，再也不胡思亂想了！」

還等生意穩定呢！姜婉寧第一時間就聽懂了他的言外之意，見他冥頑不靈的模樣，算是徹底看透了。

反是陸奶奶驚訝地張大嘴巴，難得喊出他的全名。「陸尚，你這不光逃學，還在課上睡覺啊！」

陸尚本人原地自爆了。

無論陸奶奶是失望還是生氣，總之鄉試結束，說什麼都晚了。

姜婉寧也算看明白了，若說陸尚對唸書沒有一點意思也不盡然，只他這點意思難以叫他堅持太久，三天打魚、兩天曬網都已算不錯了，除非哪日他大徹大悟，自己悶頭要唸書，不然任憑旁人怎麼說，除了叫雙方都不高興，也沒其他用處。

隨即她想開，之後無論陸尚逃學還是如何，她也不似之前那般在意了。

轉眼到了十一月中，詹順安等人從北地回來了。

得知詹順安等人回來，姜婉寧便是一刻都等不得了。

她死死扒住陸尚的小臂，一張口才發現嗓子已經啞住，根本吐不出一個字來。

陸尚安撫地拍了拍她的手，當即道：「別著急，他們是回塘鎮了，我這就叫人備車，我們立刻回去。阿寧再等等，我們馬上就能回去了。」說完，他便牽起她的手，大步向門外走去，在門口碰見家裡幫工的婆子，又叫她給陸奶奶帶句話，只說他們有事外出一趟，若是今天趕不回來，便明早再回來。「還有夫人的私塾，我們今晚要是回不來，妳就叫龐少爺先去跟大家說一聲，上課的日子延後一天，一切等我們回來再說。」

「好好好，我都記下了。」

出了家門後，兩人直奔後街的車馬行去。

陸尚這些年也置辦了一些車馬，但尚沒有買獨用的馬車，平日出門也都是去車馬行臨時租賃的，因有跟他們簽長期合同，價格還算實惠。

從陸家到車馬行這一路，姜婉寧一句話都沒有說，只是她的手心不住地冒汗，不一會兒雙手就汗涔涔的，本就緊張的面容也越發冷清，薄唇緊抿，步伐越來越快了起來。

陸尚沒有出聲，只默默加快了腳步，到車馬行後更是一句不曾寒暄，要了最快的馬車，又配了車夫。

便是從府城回塘鎮這一路，姜婉寧說話的次數也極少，只有被陸尚正經問到了，她才會怔怔地抬起頭，遲鈍地應一句，實際上根本沒有聽進去多少。

到最後，陸尚也不說了，只坐在她身邊，一手攬在她背後，垂首蹭了蹭她的髮頂。

「阿寧別著急，等我們去問清楚，馬上就能決定下一步該如何了。要是確定那位軍營裡的小將是兄長，我便親自走一趟。」

「我……」姜婉寧抬起頭，定定地回望著他。一邊是失散已久的親人，一邊是相顧相傾的夫君，哪邊都是無法割捨的，這時候她已經說不出不許陸尚去的話了。

猶豫許久，她緩緩垂下頭，聲音微不可聞，卻還是被陸尚敏銳地捕捉到——

「……那我也去。」

陸尚面色一僵，張口就要拒絕，可顧及著姜婉寧的情緒，沒有當場否決掉。

晌午才過，馬車就抵達了塘鎮城門附近的長工宿舍。

詹順安等常走遠途貨運的人始終住在這裡，原本只三座的宅子擴大到了六座，每座還是住三十來人，除了他們住的那間，其餘幾間倒是常有人員更換。

陸尚和姜婉寧來得太急，又沒有提前通知，以至他們到的時候，詹順安等人還在後院裡沖涼，鬧鬧騰騰的根本無法進去打斷。

陸尚轉頭去看姜婉寧。

誰知這會兒到了，姜婉寧反而平靜了下來。「那就等等吧。」

兩人去了堂屋，一左一右坐在主位上，又有負責清掃的婦人給上了茶。

沒過多久，就有第一個沖涼結束的人過來了，那人一進屋就嚇了一跳，使勁揉了揉眼睛，才知道沒有看錯。

陸尚衝他招了招手。「大輝！正好你來了，快來給我們講講你們到了北地的見聞，還有那軍營裡的小將，你們都打聽到了什麼？」

大輝抹了一把額前的水珠，兩步走上前去，也不含糊扭捏，張口便道：「見過老闆，見過夫人，您二位要是想問北地的見聞，主要還是需找詹頭兒，我們雖也跟著，但關於小將的事知道的卻不多。

「詹頭兒的信上應是寫了的，我們是年初才進入北地，最開始進去那兩個月，一直在各個荒地裡打轉，莫說人影了，便是牛羊馬畜都沒瞅見，才半個月，捎帶的乾糧就吃完了，全靠一群撞上來的餓狼，宰了狼群才有了吃食。後面又是兜兜轉轉一個多月，才碰上一個放羊的牧人。

「我們跟著牧人去了他們聚居的族地，在他們那兒生活半個來月，打聽到北地確實常有朝廷流放來的罪臣，多半是會驅趕到腹地才被放下的，之後是在北地自力更生，還是投靠什麼族群，就看他們自身的造化了。但我們所在的族群裡從來不收罪人，約莫四、五年前，倒有一家找來，兩男一女，瞧著面容有些滄桑，也估摸不出年紀，阿莫罕族長賞給他們一包麵餅，就把他們趕走了。

「後來我們又按著阿莫罕族長的記憶，一路往西北去找，可惜後面遇上的三個族群都沒能碰上您叫我們找的人，他們也不曾見過相似的。再之後就是碰上北邊游牧族來犯，雖只是小波試探，但我們還是被衝散了，詹頭兒陰差陽錯地加入到了民兵中，我們則是散在各個部族中，跟百姓東躲西藏著。」

陸尚問：「最開始打聽到的那兩男一女，有什麼特徵嗎？」

「特徵啊……」大輝撓了撓頭。「三人都挺瘦的，不過聽說流放到此的人都是瘦骨嶙峋，這也算不上什麼太獨特的地方。」

「那這三人中有腿腳不便的嗎？」姜婉寧追問道。

大輝衝她躬了躬身，隨後才說：「回夫人，阿莫罕族長說，那三人中有一人是躺在木板上的，被另兩人拖著走，可能是有腿腳上的不方便，但因沒見他下過地，便也不清楚。」

饒是知道茫茫北地找尋三人並不容易，姜婉寧還是難掩面上失望。

陸尚攥了攥她的手，又問大輝。「你說游牧族來犯，又是怎麼回事？我們的人可有傷亡？」

「這不剛過年時天還冷著，據說是北方游牧族缺少糧草，每年秋冬總要小股進犯，多是為了搶奪糧食，但北地除了戍邊軍外，還有百姓自發組成的民兵，一般情況下還是能阻攔住的。按照那些散落各部族的人的說法，外敵侵犯的情況很常見，在北地待久了也就習慣了。傷亡則是沒有的，不光我們沒有，就是我們待的那些散居地也很少。詹頭兒跟外敵交戰時不小心擦傷了胳膊，但傷口不深，約莫半個月就好得差不多，也不是什麼大事。」

陸尚聞言，心下一鬆。「沒受傷就好。」

正說著呢，就聽門口傳來喧嚷聲，下一刻，以詹順安為首的七、八個大漢赤膊走進來。

姜婉寧一怔，回神後趕緊避開視線。

而詹順安等人見到堂中情況後，也是慌忙背過身去，被詹順安吼了一嗓子後，又是你推我搡地退了出去。

最後一人還喊了一聲。「老闆、夫人且等片刻，我們馬上回來！」

前後不過半盞茶時間，這群漢子又跑回來了。他們往返匆忙，只匆匆披了一件短衫，最靠上的扣子都沒繫好，好在沒有再坦胸露乳了，其餘細節倒也不必在意。

陸尚無奈扶額，擺了擺手。「詹大哥且留一留，其餘人先回去歇著吧，等這兩天我叫人給你們把工錢結了，之後就能回家休假了。跟以前一樣，還是半月的假。」

這一隊人都是跟著陸尚做了五、六年的老手，從最初的酒樓送貨，到後來的走南闖北，物流隊裡所有新鮮的、艱難的，一般都是叫他們做第一回，因此每個人在整個陸氏物流都是不可或缺的存在。

這些年他們的工錢一漲再漲，他們也從最初的惶恐到平靜接受，跟陸尚的關係也越發親近起來。

聽聞此言，這些人也只是歡呼一聲，再吵嚷一句。「多謝老闆！多謝夫人！那我們就先歇了！」他們清楚老闆和詹頭兒有話要說，也不多留，作了個揖，勾肩搭背地退了出去。

等最後堂屋裡只剩下詹順安和陸尚三人。

比起其餘人，詹順安對此行的目的更清楚些。

他看向姜婉寧，當即將這一路所有見聞講了一遍，前半部分與大輝所言相差不大，轉折還是出在加入民兵之後。

詹順安說：「我們跟北部游牧族交戰時，是一路往西北打的，到最後離西北大營只剩數十里，碰上了他們的巡邏兵，又跟他們共處了一夜。關於那位小將，也是晚上吃飯時聽他們說起的。

「聽說那位小將是三年前被大將軍從寒石林撿回去的，他兩腿皆傷了筋脈，臉上也被刀劃破了好幾道，大將軍雖喊了軍醫為他醫治，但因腿疾拖了太久，已無法恢復到從前。大將軍看他留在軍中無用，便想著等他治得差不多了，就把人送走。

「哪承想，有一次游牧族進犯，大將軍外出未歸，西北大營被外敵摸了進來，那賊子是直奔糧倉去的，就在賊子將要點燃倉草的千鈞一髮之際，那人在百米之外，挽弓射穿了賊子的手腕，免了一場大難。大將軍回來後聽說了全部過程，對其大為讚賞，直接封他做小將，留在帳中做了副官。」

姜婉寧聽得心口一擰一擰的，情緒也被這波折的經歷提了起來。「那他……」

詹順安繼續道：「其餘的我們便不知道了，巡邏兵只把這當成奇聞來講，再往深處的，許是涉及營中機密，他們就住了口。直到分別時，我才不經意聽見一句，說那小將好像還是武舉出身。」

此話一出，姜婉寧直愣愣地站了起來。

……雙腿不便，箭術出眾，又是武舉出身。

每一條都與她印象中的兄長相符！

她張了張口，可一個字都沒吐出來，就覺面上一片冰涼，抬手一摸，竟已是淚流滿面。

到頭來，詹順安這一隊人也沒能歇長假。

當天晚上，姜婉寧被安置到旁院的一處空屋子裡，為了避嫌，院裡的其餘人全去隔壁住一晚，而她屋裡的被褥也全換成了嶄新的，夜裡開著半扇窗子，點了一支蠟燭，半睡半醒著。

陸尚召集詹順安一行十一人，開誠布公道：「我叫你們去北地找的幾人，對我和夫人是極重要的。這麼多年來，你們想必也聽了許多傳聞，我也不瞞著你們，這幾位正是夫人的親眷，也就是我的岳家。

「過往種種暫且不談，只是夫人與其家眷分別甚久，我自與夫人成親後，也不曾正式拜見過岳父、岳母，如今好不容易尋到了與岳家有關的消息，我和夫人都不敢多等，就怕晚上三、五個月，再出什麼變故，只得請你們馬不停蹄地再出發，重回北地，徹底打探個清楚。」

陸尚沒把話說得太直白，但姜婉寧的來歷在陸家村本就不是什麼秘密，雖說到了鎮上傳得較少了，可物流隊的長工常在村鎮間行走，碰上陸家村的人，再聊起陸尚夫妻簡直太正常不過。

這十一人之前就有猜測，只是這畢竟不是什麼光彩的事，私底下猜一猜也就算了，總不會問到陸尚頭上，還是如今聽他提起，才意識到姜家人並不如他們想像的那般見不得光。

恰恰相反，人家對這戴罪的岳家還十分看重呢！

陸尚又說：「我知道你們這些人都已離家好久了，這番也給你們自由選擇的權利，還願意替我和夫人走上一趟的，此行無論結果如何，工錢一律翻五倍來算。若是真能尋到他們，每人另有五十兩賞錢。若是覺得離家太久，不想往遠處去的也無妨，你們依舊休半個月假，假後照常上工。

「這事實在有些急，也請你們早日下決定，最晚明早，我希望能得到你們的答覆，去或不去皆可。」

重賞之下必有勇夫，更別說這些人本就沒什麼要事。

若說離家時間長短，他們離家也不到一年，像那些在大昭各地走商的，一走走個三、五年也不少見，區區一、兩年也沒什麼。再說，每次他們外出送貨或辦差，陸尚都會替他們多看顧些親眷。

就說前年夏天的時候，大輝的老娘下地幹活時中了暑，送來鎮上就診時正好被陸尚看到，陸尚幫忙墊付了全部醫藥費不說，還請了郎中，到平山村給所有長工的家人請脈。

有這樣替他們著想的老闆，他們做工也更加盡心，遠行更是沒什麼牽掛了。

何況塘鎮到北地這一路，因他們不帶貨物，走的都是官路，路上很是安全，只時間耗得有些久罷了，也就是到了北地多有變故，但只要他們多注意些，想必也不會出什麼大差錯。

陸尚本欲叫他們仔細考慮，微微頷首後，起身準備離開。

誰知他才站起來，詹順安就開口了——

「老闆，我去！明早出發是嗎？」

在他之後，又有三個人說了同樣的話。「我家裡沒什麼事，我也能去。」

「那要不……也算我一個？」

陸陸續續的，不過片刻，這十一個人就全給了答覆，無一例外，皆是可往。

陸尚緩緩吐出一口氣，退後半步，衝著這些人深深鞠了一躬。「無論結果如何，我先謝過你們。」

他叫詹順安等人盡快回房，早早歇下好養足精力，之後把姜婉寧喊了起來，又叫她畫了三幅畫像，姜父姜母以及姜家大哥，便是一根眼睫也畫得清清楚楚。

陸尚撫了撫她的髮頂。「明天天一亮，詹大哥他們就會出發，阿寧且再等等，等他們再去一趟。若是這回還找不到爹娘和大哥，等他們一回來，我就帶妳一起去北地。」

既然他不願叫姜婉寧北上，對方也不願他涉險，那最好的方法，還是留在府城，靜靜等他人消息。

姜婉寧垂著腦袋，昏暗的燭光下瞧不清表情，直到陸尚拿著畫像將出門的時候，才聽她輕輕道了一聲——

「謝謝……」

陸尚腳步一頓，莞爾道：「都是一家人，有什麼好謝的？」

第二天大早，陸尚二人和詹順安等人一同出發，夫妻倆親自送他們出了城門，又等他們的身影從官路上模糊消失，方才轉身上了馬車，復奔著府城而去。

姜家人的下落非是一朝一夕能得到結果的，可這日子還是要繼續過下去。

秋闈結束，春闈在即，無論是鹿臨書院，還是無名私塾，都陷入了新一輪的緊張氣氛中。

鹿臨書院此番通過鄉試的共有二十二人，為了確保準時抵京參加會試，他們最晚一月底就要趕赴京城，而在書院的最後這兩個多月，就是他們衝刺的最後機會。

書院中的大半夫子都連夜為他們授課，課後另有一對一輔導，書院院長還給他們請了松溪郡的郡守，要給全院學生講半日時政。

平日夫子們全心顧著新考上的舉人，對其他學生便懈怠了些，因此陸尚逃課的次數更加頻繁了，也就是郡守蒞臨這日，夫子要一一點名，他才不得不去的。

書院上百號人，全盤坐在院裡，而正前方廊簷下的案桌後，坐著以郡守為首的一行人，郡守左右坐著院長和副院長，再往外就是書院中德高望重的幾位夫子。

郡守瞧著只四十多歲的模樣，據說是三年前新調任來的，面容肅正，不怒自威。

因郡守今日講的是時政，不是那些之乎者也，陸尚才沒打瞌睡，可他寥寥聽了幾句，卻發現郡守所舉的案例，與他從姜婉寧那兒聽來的相差無幾，皆是那冊《時政論》上的內容，之後的一些個人見解，倒是比書院的夫子們要深刻老道些，但有姜婉寧親自批註的《時政論》在前，陸尚再聽他講，便總覺得稍有淺顯。

就這麼聽了小半個時辰，他的興致也散得差不多了。

偏偏院裡有衙吏官兵把守，夫子們也圍坐在周邊，叫他想逃也逃不了，只能生生挨了一下午。

而低著頭數螞蟻、撥弄螞蟻的他也沒發現，上方的郡守幾次向他這邊投來視線，眼中不時閃過打量和審視，一會兒滿意、一會兒不悅的，連帶講課的速度都慢了下來。

郡守已經在想，等下學後，如何找個理由把人叫到跟前來了，哪想他這邊才說結局，不過低頭喝茶的工夫，再抬頭，卻見原屬於陸尚的位子上早沒了身影！

再看不遠處的書院大門，陸尚成了第一個跑出去的人！

「……如此朽木！」郡守忍不住喝斥一句。

左右院長、副院長嚇得全看向他，戰戰兢兢地問道：「可是有誰惹了大人？」

郡守不語。總不能說，是看見了鮮花插在牛糞，被那牛糞傷了眼睛吧？

陸尚全然不知後來發生的事，他從書院離開後，先是去了趟私塾，跟姜婉寧說了兩句話，很快便乘車離開了府城，趕著去鄰鎮談一宗香料運送生意。

就像鹿臨書院為參加會試的舉子補課一般，私塾這邊的課程也緊湊了起來。

私塾原本一天只上半日課，現在也改成一日，那些過了鄉試的全天都要待在私塾裡，上午由姜婉寧授課，下午她去隔壁給秀才們講課時，舉子們就留在私塾溫書，碰上什麼疑難，隨時可以找姜婉寧請教。

十一位過了鄉試的學生都是要去參加會試的，正如姜婉寧跟馮賀說的那般，無論中與不中，總要試上一試，這樣才能不留遺憾。

姜婉寧能做的，只有抓緊時間給他們押題，帶他們釐清各種時事背景思路，偶爾提點兩句京中忌諱，至於最後能走到哪一步，只能看他們自身造化了。

天氣一日日冷了下來，年關將近，私塾卻也沒能停課。

直到這批舉子收拾行囊上京趕考，私塾才放了假，姜婉寧也跟著歇了下來。

年前那陣子，詹順安送了信回來，說他們已抵達北地，馬上就要深入腹地，四散開來尋人了，之後信件往來不便，只怕消息傳回得不再及時。

第二十九章

四月初，京中會試，月底放榜，無名私塾十一人中二，馮賀落榜。五月底殿試，二人三甲及第，賜同進士出身，鹿鳴宴後有一個月探親假，探親後依朝廷詔令，趕赴鎮縣赴任。

這次科考中，私塾好像並沒有出現什麼了不得的人物，可也只有私塾裡的人才知道，六年前的他們又是什麼模樣？區區六年時間，就叫他們躍身士族，此事傳出，只怕是足以震驚朝野的。

隨著這一屆科考落下帷幕，來無名私塾求學的人越來越多了。

而已經中了舉人的剩餘九人，不約而同選擇了繼續求學，包括馮賀也是，一定要再試一次。

剩下的十幾位秀才也被那兩位授了官的同窗激勵到，唸書越發刻苦了起來。

無名私塾得以擴建，由原來的兩間學堂擴到四間，又新招收了二十來名學生，男女人數對半。這些男子自是為了考取功名而來；而女學生除了真想學點東西的，另有幾個是受了家人影響，欲早早來到私塾，提前結識一些青年才俊，好為日後考慮的。

不論男女，也無論他們目的如何，只要不影響到課堂，姜婉寧只管一視同仁。

只可惜私塾裡的夫子還是只有她一個，只能上午給秀才、舉人們上課，下午給童生、白身們授課，一旬一休，這才不至於太過勞累。

也只有陸尚，一如既往地懈怠學業，一心撲在陸氏物流上，每逢小考、大考，始終在退學和不退學之間徘徊，夫子每次看他答卷都跟看蒼蠅一樣，偏生又拿他沒辦法，只能越發嫌棄。

而書院裡的丁班，那批商賈出身的童子，處境卻是越發艱難了起來。

無他，只因世人對商賈的偏見並未散去，尤其是有些夫子心有偏頗，在他們的影響下，其餘學生對他們也多有避諱，時間一長，這些商賈出身的童子便被孤立了出來。

轉眼又是一年熱夏，早在初夏時，陸尚就覺得氣候有點不太對。

隨著進入六月，整個府城宛若陷入蒸籠，溫度比往年高了許多，連續兩月無雨，鄉下的田地全出了開裂的狀況，就連陸尚的那個山間農場也受到影響。

這日陸尚從南星村回來，回家見了姜婉寧後，眉間露出幾分難色。「我總覺得，今年恐有大旱……」

這場大旱來得太過突然，未曾有過丁點的預兆。

饒是陸尚提早生出警戒，可從他著手準備到禍事爆發，前後才不到兩個月。

隨著第一個村出現莊稼顆粒無收的情況後，從田地到禽畜棚舍，也先後出現異狀。

最開始因大旱受災的只有兩、三個村子，村民將情況上報給縣衙，縣令也只是喊了主管農政的師爺去做了記錄，又象徵性地每家分了二斤糧食，揮揮手就將人全打發了。

可半個月後，田地顆粒無收的情況蔓延至整個松溪郡，除了小麥等糧食作物外，便是蔬菜和果樹也都出現了不同情況的減產，有更嚴重的人家，幾十畝果樹都未能結出一顆熟果來，全是半個拳頭大的青瓜蛋子，在強光的照射下，三、五天就全爛透了。

各地縣衙這時才意識到事情的嚴重性，縣令擔心上峰問責，只能提前衝著百姓發火。

「天氣旱了這麼久，你們就沒提前發覺不對嗎？樹上、地裡這麼久不結果子、不長糧食，你們到現在才知道有問題嗎？」

「大人明鑑——草民早在五月就來衙門上報了，可門口的大人說，一、兩個月不下雨並不稀奇，再耐心等等就好了。樹上的果子這個時間也不該成熟，只因今年天氣太熱，等不及長大就全爛在地裡啊！」

半個村子的村民都跪在村口，字字泣血，說完重重將頭磕了下去。

那從衙門趕來的縣令面上一陣青白交錯，半晌後一揮袖子。「夠了！還不快快帶本官去地裡看看！」

殊不知，這等願意去地裡考察的已經是難得的「好官」了，更多縣令選擇了將求助的百姓全趕回去，又派衙吏把守村口，欲將村中災情壓下，屆時再命鎮上富商補齊糧稅，這一年也就糊弄過去了。

至於被困在村子裡，一沒有糧、二不能出的百姓如何，他們不約而同地選擇了緘默。

七月底，松溪郡的氣溫越發拔高起來，整個郡內冰盆有價無市。

截至此時，已有整整四個月不見雨水。

陸尚的山間農場到底還是出了岔子。

他買的那塊山頭有陰面和陽面之分，陽面種地，陰面養殖，往年夏日裡，陰面也不會太過炎熱，山上的上千隻禽畜悠閒地漫步在山間，因是散養，肉質比圈養的更鮮嫩多汁。

可到了今年，饒是陸尚緊急叫人建了庇蔭的棚舍，又將所有禽畜限制在棚舍中，一天十幾次的水沖涼、餵食，這些禽畜還是出現了蔫弱之狀。一開始只是雞、鴨沒了精神，到後面連牛、羊都趴在地上不動了。

陸尚一接到消息，趕忙把葛浩南找來，同他一起住在陰面的房舍裡，跟著負責照顧禽畜的工人們，日夜不間斷地在棚舍中巡邏，但凡發現有精神狀態不好的，第一時間就抓出來。

陸尚雖對動物的疾病不甚了解，可看著那些暈倒過去的禽畜，腦海中第一時間浮現的是——熱衰竭。

在得到葛浩南明確的答覆後，所有被分出來的中暑禽畜都轉移去屋內，再統一降溫診治，只是因為缺少降溫的冰塊和足夠的藥材，救回來的十不足一，而中暑之症看似不嚴重，實際從好到壞，也不過兩、三日。

若只是禽畜大面積中暑死亡還好，但受災動物太多，農場裡的人手不足，病死的動物沒來得及處理，等再發現時，屍首都腐爛了，這無疑加劇了瘟病的蔓延。
這日陸尚正在跟葛浩南討論救治之法，卻見手下人慌張來報。
「老闆，不好了！東三的鴨舍裡出了大問題，絕大多數的鴨子都病倒了！」
陸尚大驚，一下子從座位上站了起來。
他來不及多問，只能帶上葛浩南趕緊過去查看，然兩人一進去裡面，就聞到了一股沖天的腐臭味。
待葛浩南將手邊的鴨子一一查看後，面色極是難看。「是鴨瘟。」
陸尚眼前不覺一黑，聲音乾澀。「召集所有人，立刻檢查所有棚舍！」
一時間，整個山間農場上百工人都調來到後山。
那之後，陸尚又去塘鎮喊了一些物流隊的長工來幫忙，前前後後忙了兩個日夜，幾乎每個棚舍都有三、五人盯著。
饒是如此，半個月後，整個山間農場還是爆發了大面積的畜瘟，大批大批的雞、鴨、牛、羊死去，焚燒埋葬的速度根本趕不上死亡的速度，便是下山去買藥的人都空手而歸。
「老闆，買不到了，鎮上的醫館都空了，一些私人醫館的藥價抬得太高，比正常價格高了三倍不止！」
陸尚錯愕良久，最後只能忍痛擺手。「罷了。」

就這麼一個月時間，山間農場損失高達上千兩。

隨著氣溫的持續升高，鎮縣等城中已經出現了糧食、藥草漲價哄搶的情況。

藥材在沒有瘟病傳播的情況下缺失情況還不算嚴重，可米糧的價格，半天就能到達一個新高度。

尚有幾分良心的縣令會派人嚴查此狀況，可那些商家明面上應了，轉頭就跟百姓說普通稻穀都賣完了，只剩下價格略高一籌的精細稻米，偏偏等他們拿出來一看，跟之前的普通糧食並無什麼兩樣。

米鋪掌櫃大言不慚地道：「咱家的精米數量稀少，一斤八十文！」

「八十文?!」前來購糧的百姓倒吸一口冷氣。「這不就是最次等的粗稻嗎？之前不都是八文錢一斤？」

掌櫃面色一變。「去去去，什麼人也敢來咱家門口亂說！什麼粗稻？這就是精米！就是八十文！愛買不買，不買快走，下次來連這八十文一斤的米也沒了！」

家裡小有餘錢的人家只能忍痛買下兩斤，卻不知那粗稻裡還混有石砂，到最後過濾完，只剩下一斤出頭。

而更多普通農家買不起高價糧，只能空手來、空手回，一路唉聲嘆氣，回家還要面對妻兒、父母失望的眼神。

陸尚在山上待了兩個月，期間未曾下山一次，直到八月底，山上的禽畜從上千隻銳減到不足二百隻，其餘患病的都焚燒掩埋了，偌大的農場裡全是焚燒後的煙燻氣。

掩埋完最後一批動物屍首，陸尚望著空盪盪的牧場，狠狠抹了一把臉。

他調整了一番表情後，轉頭面對山上的長工時，已恢復了往日的冷靜。「這兩個月辛苦大家了，如今山上需要照顧的東西也不多，就不用留這麼多人了。」

此話一出，眾人面色劇變。

好在陸尚很快又說：「並非是要解雇你們，只是今年大旱，連山上都出了這麼多狀況，想必村裡、鎮上的情況也不樂觀。隨後山上的管事會給你們做好排班，山上留下個二、三十人就好，時時看著情況，再就是剩下的那些禽畜，也儘量照顧著吧。

「沒排到班的就可以回家了，等到了工期再來，工錢就按照上工時長來算。至於何時恢復正常上工，且看這次天災什麼時候過去吧。好了，我要回府城了，大家也散了吧。」

為了感謝這些人近來的付出，陸尚又給他們包了賞錢，只是由於此番農場損失慘重，賞錢數額不大，每人也就只有兩吊錢，再就是從山溪裡撈了些魚，一人兩條帶回家去。

剩下的事自有管事處理，陸尚最後囑託兩句，便下山回家了。

下了山後，陸尚抬頭望著頭頂的烈日，終於憶起時間的流逝，再一想，也與姜婉寧分別兩個月之久。
他不再遲疑，吩咐車夫直接回府城，可之後這一路，所見之景直叫他觸目驚心。
大批大批的百姓躺在路邊，有些目光空洞麻木，有些胸口的起伏已經細微，還有才出生不久的孩子趴在母親懷裡，咬著乾癟的乳頭，全然沒了哭嚎的力氣……
這還是他未曾進到城中，只在外面的小路上見到的。
臨近府城，這種情景越發多了起來，到了府城城門處，卻見城門口立起了圍欄，大批官兵把守在圍欄後，每一個進城的人都需要經過層層盤問檢查，稍有不妥，便會被拒之門外，硬闖者可就地處決。
陸尚穿過城外密密麻麻的災民，依次回答了家中住址以及進出城原因，又給官兵看了戶籍，方才被放進城中去。
本以為府城內的情況怎麼也要比城外好一些，誰知城內的情況亦是不好。徘徊在城中的小商小販已經不見了，只剩下被堵得死死的糧店和醫館，民眾們的吵鬧和哭嚷聲響徹雲霄。
這還是他第一次面對古代天災下的世道，從身到心皆受到莫大的衝擊。
陸尚不忍再看，只能落下車簾，叫車夫速速回家裡去。
中途馬車經過私塾，陸尚探頭看了一眼，只見私塾已經落了鎖，看門前灰塵，約莫是關了有一段時日，見到此狀，他心下方稍安幾分。
很快地，馬車到了陸家門口。

陸尚快步跳下馬車，又將車夫打發了，然後三步併作兩步地登上臺階，一推門才發現大門鎖上了。

他用力敲打著大門，過了很久才聽見裡面傳來年邁的聲音，其間不乏警戒——

「是誰來了？」

「奶奶，是我，陸尚！」

只聽門內響起一陣匆忙的腳步聲，接著大門應聲打開，露出陸奶奶稍顯驚恐的面龐。

陸奶奶趕緊把陸尚拽了進來，而後又麻利地將大門反鎖上，這才抓住陸尚的手，將他從頭到尾打量一遍。

陸奶奶面上又是後怕、又是責怪。「尚兒怎這個時候回來了？」

不等陸尚回答，只見院裡傳來另一人的聲音，姜婉寧從屋裡出來，驚喜地望著他。

「夫君……」

陸尚聞聲望去，第一眼見到的，卻是姜婉寧眼下的青黑，也不知家裡發生了什麼事，短短兩個月時間，她整個人瘦了一圈，精神也不似之前那樣好了。

隨著陸尚回來，家裡總算有了個能主事震懾的人。

姜婉寧繃了幾天的心弦一下子鬆懈下來，才被他碰到，便雙腿一軟，全靠陸尚撐著，方才站穩住腳。

陸尚當即變了臉色。「這是怎麼了？家裡發生了什麼事？我現在就去找大夫——」

然不等他轉身，姜婉寧反手將他拽住，苦笑兩聲。「不用喊大夫了，沒什麼事，我就是好幾天沒睡好，精神有些不濟罷了。既然夫君回來了，我可算能好好歇兩天了。」

陸尚面上閃過兩分迷茫，張了張口，卻不知說什麼。

正巧陸奶奶走了過來，老人家跟著擔驚受怕了兩個多月，雖不比姜婉寧辛苦，可她畢竟上了年紀，精氣神都不比年輕人，如今便是擺擺手，聲音越顯滄桑。「婉寧說得對，尚兒既然回來了，家裡也總算能安心了。想來你這一路也不好受，正好你陪婉寧回房歇歇吧，有什麼事等晚上再說。」

陸尚仍是稀裡糊塗，可看兩人皆是疲憊倦怠的模樣，終究還是沒有多問。他和姜婉寧一起把陸奶奶送回房間，進了她的小院才看見，院裡的幾十盆花草久無人打理，已經枯萎了大半。

陸尚問：「家裡幫忙的下人呢？」

姜婉寧說：「兩個長工上月就讓我打發回去了，只剩柯婆婆和曾婆婆，但如今世道越來越亂，兩個婆婆也擔心著家裡，前幾天晌午我也叫她們走了，現下家裡只我和奶奶兩人。」

也幸好她和陸奶奶都能打理得了日常，無非是重新回到事事親為的時候，也無甚好在意了。

陸尚沈默片刻，輕輕點了點頭。

從陸奶奶房裡出來後，兩人轉而往自己院裡行去。

姜婉寧原是在桌上打瞌睡的，此時來來回回走了兩圈，人也精神了許多，雖還是一身疲倦，但左右不過說幾句話的事，不差這一時半刻。

姜婉寧問：「夫君要燒水擦洗一番嗎？」

陸尚搖頭。「不急，晚些吧，我自己去燒水就好，別念著我了，反倒是妳和奶奶……」

姜婉寧長嘆一聲。「其實仔細說起來，我都不清楚是發生了什麼事。就是從半個月前，城外開始出現災民，衙門最開始還願意接濟他們的，誰知才過去七、八天時間，整個府城都被災民圍住了，城中百姓這才知道，原來圍在外面的災民，不光只有松溪郡的，還有從鄰郡過來的，今夏大旱，波及甚廣。

「也是從那天起，城內的米、麵、糧、油等食物被瘋搶。我還去了糧鋪，欲囤幾斤糧食，誰知在糧鋪外站了不到一個時辰，就眼睜睜看著糧價從七、八文漲到三十幾文，最後直接破了百。而除了瘋漲的價格外，更難的是，糧鋪開門半天，店內的糧食就被搶購一空了。」

說話間，兩人到了房門外，陸尚推門叫姜婉寧先走了進去。

他不禁問一句。「那家裡可還有餘糧？」

「有的，除了之前剩下的十來斤，馮家又給送了些米、麵、肉、蛋來，還有一些其他學生家裡，也零零散散接濟了些東西來。如今家中囤的糧食，閉門吃上半年是全無問題的。」

「那就好、那就好。」陸尚鬆了一口氣。「等此番大難過去，我便到這些人家中登門拜謝。」

說完家中餘糧，陸尚還是對姜婉寧和陸奶奶的狀態感到不解。

姜婉寧喝了一口涼茶，潤了潤有些乾裂的唇角。「這事還要從兩個月前說起……」

原來陸尚不在府城的這兩個月，歷來治安都極好的府城也不安生了。

兩個月前大旱才初露端倪，陸家就遭了一回賊，但那時家裡還有長工在，來家裡偷東西的小賊還沒逃出去就被長工逮住了，仔細盤問後才知這小賊乃是外地人，趁亂潛入城中，陰差陽錯才偷到陸家來。他也沒拿什麼值錢的玩意兒，就是廚房裡的硬饃饃，往日都是掰碎了餵雞、鴨的。

聽起講明前因後果，姜婉寧沈默良久，最後叫長工放了他，又賞了他一屜涼饅頭。

但有了小賊的前例在，姜婉寧雖然心善，卻也不能不顧自家安危，她只好叫長工一白天、一黑夜輪替著上值，就在這之後的半個月裡，家裡還真又逮到兩個賊子，偷吃食的就趕出去，偷銀錢的就扭送官府。

姜婉寧停頓一瞬，眼中情緒複雜。「長工回來說，官府這些日子已收押了上百賊人，這還是被逮了個正著的，更多的拚死逃了出去，可府城賊子泛濫已是不爭的事實。」

而私塾裡的學生家世都還算是不錯的，早早得到消息，大半都被家裡召了回去，最後整個私塾只剩下不到一半人，女學生更是為了安全起見全走了。

姜婉寧聽了眾人的憂慮後，當機立斷放了假，至於何時復學，且看老天什麼時候收了神通。

私塾停課後，姜婉寧出門的次數就減少了，往往兩、三天才出門一趟，也不會走遠，主要是為了打探城內和城外的情況，再來就是適時適地補給一些家用品。

隨著時間流逝，城內賊子的數量不減反增，姜婉寧沒辦法，找去馮家求了個工匠來，叫他把院裡的假山給鑿穿，又連夜將家中餘糧藏放進去。

一個月前長工被打發回家，卻是因為姜婉寧和陸奶奶私下討論過，家中多是女眷，若那兩位長工生了歹心，只怕她們全無反抗之力，倒不如叫他們先回去，家裡大門反鎖起來，往後少出入。

姜婉寧又說：「長工走了之後，家裡又遭了兩回賊，皆是為了求食的。廚房裡備著吃食，數量也不多，他們偷走就偷走吧，只要不傷人就好。」

陸尚未曾親身經歷過賊子連連光顧的情況，可只是聽姜婉寧敘述，就能感受到她的懼意。

他忍不住往她那邊靠了靠，牢牢抓住了她的手。

這樣又過去了半個月，因城外災民聚集，郡守下令封城，城中百姓雖不許亂傳謠言，但私底下的猜測更易叫人惶恐，在有心之人和黑心商戶的引導下，城內物價飛漲，尤以糧價首當其衝。

姜婉寧再次感嘆。「還好馮家等諸多人家扶持了一把，不然你又不在家，我怕是也要慌亂了。」

陸尚斂目。「塘鎮也出現了物價飛漲的現象，但我以為府城有朝廷的人管著，應不會出什麼亂子，要是早知如此，當初我寧願不去山間農場，定是要守著妳和奶奶的。」

姜婉寧笑了笑。「朝廷自然是管的，但眼下的情況，災民遍布，遠不是一二朝廷命官能控制得住的了。」

前幾天家裡的兩個婆子也被遣返回家，陸家就只剩下姜婉寧和陸奶奶兩人，自此，姜婉寧不再輕易踏出家門，便是門口有人敲門，只要不是熟悉的聲音，她不光不開門，連應也不應了。又為了營造出家中無人的假象，廚房都好些天不開火，最多是在半夜蒸上兩鍋饅頭，一吃就是七、八天。

「所以妳和奶奶最近沒休息好是……」

「正是為了守夜。」姜婉寧道。「也不光是守夜，現在的白天也不安全了，我儘量清醒著，這樣有個什麼動靜，也能及時做出反應。好在你回來了，接下來的日子……」

說到這裡，姜婉寧眉目徹底舒展開，長長吐了一口氣。

她素日只管私塾授課，手下也沒個能差使的人，而這種世況下她更不敢招新人，就是府城陸氏物流裡的人，她也不敢輕易叫進家裡，唯恐引狼入室。

說完家中近況，身邊又有了人撐持，倦憊感迅速將她淹沒。

陸尚轉頭正欲跟她說兩句話，可一低頭，卻發現剛才還說話的人已經閉上了眼睛，長睫抖動著，雙手還不安地絞在一起。

他頓時緘默，垂首在姜婉寧額上親了親，緊跟著便一手攬腰、一手扶膝窩，手上一個用力，將她抱了起來。

便是這般大的動作，也沒能叫姜婉寧驚醒過來，她只是不安地顫了顫，待鼻翼間嗅到熟悉的氣味後，眉間的褶皺便重新舒展開，將腦袋埋進陸尚胸口，復沈沈睡了過去。

姜婉寧這一覺睡了足足一天一夜，期間無論是陸尚出門燒水洗澡，還是端著碗筷進出，都沒能擾動她分毫，便是被人湊在耳邊喊，她也只是不耐地翻了個身，不過瞬息又沒了動作。

陸尚不禁失笑，而後心口便是止不住的酸澀和心疼。

後面他就不再去打擾姜婉寧了，而他去陸奶奶院裡走動時，老太太的狀態和姜婉寧也是差不多的。

一直到第二天傍晚，家裡才隱約有了人聲。

陸奶奶先醒了過來，一出院門就看見廚房有人影閃動，她第一個反應是又進了賊，還是等廚房裡的人影顯出全狀後，她才認出那是陸尚。

陸奶奶走過去，卻見陸尚用開水焯了幾道綠葉菜，過一遍冷水後，再用料汁攪拌，這樣就是一道清爽可口的涼菜了。

如今的天氣實在太熱，他只是在廚房忙了半個時辰，全身上下就全被汗水浸透了。

往年家裡還能買到幾盆冰，至於現在，陸尚根本不去奢望這種珍貴玩意兒。他動作麻利地下了一鍋麵條，頭也不回地打了聲招呼。「奶奶您終於醒了！」

陸奶奶走進來，一進廚房就被熱氣糊了一臉。

她看著陸尚，頗有些心疼，開口說：「尚兒你快出去涼快會兒，還差什麼你跟奶奶說，剩下的奶奶做。」

「不用。」陸尚拒絕。「就還剩麵條沒煮好，稍微一過水就好了，用不了多長時間。奶奶您快出去，廚房裡太熱，小心別中暑。我年輕不怕，您可要多注意些，萬一真不好了，這時候可不方便出去買藥。」

陸奶奶被他嚇到，轉念一想，這時候只要不給小輩添亂，就是最大的幫助了。

她不敢遲疑，趕緊從廚房躲了出去，只是也沒躲遠，就站在廚房門口，藉著屋簷避避日頭，再時不時往裡面看一眼，見到陸尚無恙才好。

「婉寧還睡著？」陸奶奶問。

「還睡著呢！」陸尚大聲回答。「睡了一天一夜了，該醒來吃點東西了，我一會兒去喊她，吃些東西再睡。」

陸奶奶讚許地點了點頭。「是該如此。」

正說著呢，誰知就在陸尚把麵條和涼菜端出來的時候，姜婉寧自己出來了。

她飽睡一整日，眼底的青黑雖還沒能消下去，可人是精神了好多，也不知是真餓了還是心裡高興，端著陸尚煮的素麵，她配著涼菜吃了兩大碗。

陸奶奶看她意猶未盡，還想給她盛，還是陸尚怕她吃多了積食，趕緊給攔下了。

陸尚這一回來，先不論往後如何，至少是有了個主心骨。

陸奶奶心裡高興，時隔多日終於想起她那滿院子的花草來，還有養在一角的雞、鴨。長時間沒有照顧，原本肥美的禽類也變得瘦瘦巴巴的，一看就不好吃。

陸奶奶端著小鏟子、小水壺在院裡左看看、右看看，看見她精心養了半年的綠牡丹徹底枯死，簡直不能更心疼，然一扭頭，就見旁邊的金絲菊也蔫了。

「哎喲，造孽啊……」她趕忙放下水壺、鏟子，彎腰想把花盆挪去屋裡，可再一想，屋裡比外面還要悶熱，白白浪費工夫，只怕也管不了多少用。

陸奶奶望著頭頂的烈日，酷暑之下更沒有一絲風，彷彿置身蒸籠，除了熱還是熱。

另一邊，姜婉寧和陸尚去了書房，兩人一起合算了一番近日的收支情況。

家裡沒有大額支出，一些日用吃食也是旁人給的，兩個月來流水不超過十兩。

反倒陸尚的生意遭了重創，光是山間農場的損失，就頂了兩、三年的盈利，而他最近一直待在山上，下山又是直接趕回家裡來，還不曾去物流隊走過，也不知陸氏物流的情況。

兩人粗略核算了一遍，有了山間農場的變故，這大半年算是白做工了。

姜婉寧更擔心的一點是……「物流隊不會還在上工吧？眼下這種情況，閉門不出才是最好的選擇，要是常在外面走動，難保不會受傷，且旱災不光出現在松溪郡，其他地方還不知如何了。」

陸尚想了想，道：「我之前總是強調自身安危為重，工人們見情況不對，應會適當停工了。

「而且自三、四個月前，負責給酒樓、餐館供貨的農家就沒了貨物，這邊的生意已經停滯很久了。剩下的要麼是外地的長途單子，要麼就是一些綾羅之類的金貴貨物，這些商家看情況不對，多半是早早關了門，送貨的長工、短工也跟著閒下了，再多的……且走一步看一步吧。」

上輩子和這輩子兩世加起來，陸尚還沒有親身經歷過天災。

上一世每逢劇變時，國家定是第一時間出手救助，百姓雖有受難，但災難後很快就會得到安置，陸尚作為商人，能做的無非是為災區人民捐錢、捐物，社會秩序還是有保障的。

而到了大昭，受制於諸多影響，便是城外擠滿了災民，朝廷也未有應急之舉，再說陸尚就算有心救助百姓，可他不做糧食生意，手裡也沒有多少餘糧，就算想捐助銀錢，都不知道該捐給誰。

時隔數年，他又一次感受到這個王朝的侷限。

後面幾天，陸尚每天晌午都會出門一趟，也是走不遠，前後半個時辰就會回來。

他親眼看見滿街的商鋪關緊店門，又見百姓慌張走過，若有誰得幸在糧鋪搶到了糧食，更是要一家人一起護送，將一、兩斤米和麵看得比命還重要。

陸尚能理解他們的心情，可見此情狀還是不免迷茫和沈重。

他本以為，行商數年，家境改善，這一世已經在往好的方向走的，難道只一場大旱，就要將他打回原形嗎？

事實證明，陸尚的擔憂不無道理。

就在陸尚回家後七天，郡守調度三千兵士，分別駐守城門等要地，又力排眾議，開倉放糧。

這儲糧不僅是給城內百姓的，更多一部分是分給了城外災民。

這還是送糧的官兵將三斤麵粉送到陸家時，陸尚使了二兩銀子才打聽出來的。

官兵與有榮焉地道：「郡守大人心繫百姓，命我等分送糧食，凡府城人家，每家可得三斤糧。另有上千斤米送往城門處，搭設粥棚，每日晌午施粥一次，凡外地災民皆可領米粥一碗。

「除此之外，大人已經在城內召集繡娘了，又購置了大批麻布，準備給村外災民縫製衣物。再就是尋找城外荒地，讓外地災民有安置之所。」

官兵還要繼續去送糧，陸尚謝過後，便合上了大門。

他抱著那三斤麵粉，轉頭與姜婉寧面面相覷，良久才說：「郡守大人……倒是位好官。」

可好官能管的，也不過他所在的一畝三分地。

隨著府城開倉放糧、施粥賑災，城內的情況有了很大的改善，而那些肆意抬高物價的黑心商戶，也被郡守抓了幾個，重刑處置，以儆效尤。

一番措施下來，城內物價雖然還是比太平年間要高，但總不會一眨眼就換一個價格了，糧價也控制在了三十文左右。

除此之外，郡守又下令，禁止私人囤購大批糧食，一經發現，除購置者判處重罰，連賣給買家的商鋪也要被連坐，從根源上避免了米、麵無意義的囤積。

之後在幾個出名富商的帶領下，城中商戶多多少少捐了銀、糧。

陸尚的家產雖比不上這些世代行商的大家，可也捐了二千兩，這已經是他手上能拿出的最多的活錢了，若是再多恐要傷筋動骨。

半個月下來，府城的街道上漸漸多了百姓行走的身影，而城門外也不是寸步難行了，進城、出城雖仍舊困難，但只要事出有因，經過層層檢查也是可以入內的。

就在這種情況下，陸啟帶人來到陸家。

彼時陸尚正陪著陸奶奶打理花草。

姜婉寧開門看清他們的面容後，十分驚訝了一瞬，趕緊叫他們進來，又引他們去見陸尚。

大寶和龐亮幾個孩子在私塾停課時就被送回了家中，姜婉寧已經很久沒得到他們的消息了。

眼下見到陸啟，她少不得關心兩句。「大寶如今可好？你們家中可好？」

陸啟點頭。「多謝嫂子關心，我家每年都習慣存十來斤糧食，今年田地雖沒什麼收成，但去年存下的也夠吃上一段時日了。最近鎮上不太平，陸家村倒是還好，大寶也被三娘整日拘在家裡，人是不高興，但這種時候，誰還管他高不高興的。」

大寶愛玩好動，這話確實是符合他的性子。

姜婉寧不禁莞爾，又問了其餘幾個人家中的情況，其中提起物流隊，確實如她和陸尚之前所想的，許多商家都關了門，陸氏物流的生意自然也停了。

只要是在塘鎮的，全被放假遣回了家，再遠的就不是一時半刻能了解到的了。

從大門到陸奶奶院裡的這一路，幾人面上好歹還有幾分笑意，可等他們見了陸尚，他們的面色一下子就沈了下來。

陸啟臉色難看地道：「陸哥，出大事了！」

陸尚站起身，用眼神示意他且等等，又跟姜婉寧和陸奶奶說了一聲，然後帶他們去了書房。

進門後，不等陸尚詢問，陸啟等人你一嘴、我一嘴，將他們管轄地界中的情況一一稟明——

「老闆，我是葛家村的管事，負責上貨的。葛家村今年受災尤其嚴重，田地開裂現象很厲害，聽村裡有經驗的老人說，這一場大旱，影響的不僅是今年的收成，之後沒個兩、三年，怕是恢復不過來了。」

「老闆，我是管南星村到塘鎮這一路運送的。據我了解，不光是我管的這條物流線路，還有署西村和平山村，加起來有個五、六條物流線都斷了。路上有災民攔路，碰上人就搶，咱們物流隊雖不懼他們，可打鬥間難免傷了貨物，已經出現三起理賠事件了。」

若說他們所言的情況尚在陸尚的預料範圍內，那陸啟所說的情況，就真的叫他驚訝了。

陸啟說：「陸哥，就在三日前，塘鎮縣令召集鎮上所有商戶，言明鎮上儲糧不足，希望商戶出資賑災，有錢出錢，有力出力，助縣衙度過難關。」

陸尚問：「陸氏物流也在召集之列？我知道遇天災會有富商捐錢，府城前段日子也有出現過，我以陸氏物流的名義捐了二千兩。塘鎮的帳本是誰在管？帳上可還有能挪的銀錢？」

陸啟又說：「是田家大朗在管，塘鎮的帳上只能支出四百兩左右，我又召集了物流隊的兄弟們，大夥兒一起湊了湊，湊齊了五百兩捐上去了。」

陸尚微微頷首。「可行。你們補了多少銀子，日後統計好，等後面太平了，我再補給你們。捐錢賑災是應當的，還有其他問題嗎？」

陸啟卻是苦笑。「陸哥，要是只捐錢，我也就不來打擾你了，問題就出在，商戶捐出去的第一批銀兩，根本沒用在賑災上啊！」

「什麼意思？」陸尚面色一凜。

陸啟說：「塘鎮的縣令將商戶捐上去的第一批銀，總計二萬三千兩，只分出三千兩用來賑災，還全買了高價米，一斤米就要上百文，買來的糧食只夠救助兩、三個村子，至於剩下的二萬兩……大人只說用與他處賑災了，不便告知予我等。」可明眼人誰不知道，那二萬兩是被縣令私吞了！

陸尚被震驚到了，一時啞然。

正如他所言，府城也出現了商戶捐款賑災的情況，那時商戶之中出了三、五個代表，將銀兩交給衙門後，本沒想再有什麼後續了，誰知轉過天來，郡守從城外回來，當即召見了這幾位代表，又親自清點了商戶捐贈的銀兩、物資，將其全換成了米糧。

三日後，米糧更換完畢，郡守又當著他們的面，將所有米糧全分發下去，就是陸家都多分了一斤麵，給城內百姓分完後剩餘的，又全送去了城門，至於衙門內是絲毫無剩。

也正因為郡守的這番作為，才叫陸尚覺得，捐些銀錢救助災民，也是無妨的。

誰知如郡守這般的官員，到底還是少數。

殊不知，這還不是最讓人氣憤的，陸啟怒極反笑道：「就在昨天，縣令再次召集鎮上商戶，要求商戶再次捐銀、捐糧，且不能少於第一次！

「對了，第一次除了銀兩外，有幾戶人家還捐了三百多斤糧食，糧食是運進縣衙了，至於什麼時候運出來分送，我們就不知道了，反正我是再沒見過這批糧食。」

陸尚啞聲問：「縣令如此作為……就沒有人向上級揭發嗎？」

陸啟一時怔然，隨後無奈地搖了搖頭。「沒有人，沒有人敢。如今塘鎮周圍的官道都有衙門的人把守，稍有異動，只怕還不等走出塘鎮，就會被縣令抓回去了。我們也是借物流隊的老闆在府城的名義，才得以出來的。現在的塘鎮……」

旁邊一人接話道：「就是只能進，不能出。」

又有一人說：「也不光是塘鎮，據我所了解到的，鄰鎮的情況和塘鎮差不多，甚至那邊已經開始第三次捐款了。好幾個商戶因達不到要求，全家都被下了大獄。」

一場大旱，卻是接連刷新了陸尚的認知。

他來不及多想，趕緊問道：「那對於這第二次捐款，其餘商戶如何說？」

「大家自是不願的，可商戶歷來低賤，誰又真的能反對呢？塘鎮的帳上實在沒錢了，這次捐的又要比上次多，我們沒了法子，所以只能來找陸哥。」

陸尚沈思良久，抬頭道：「我跟你們去塘鎮。」

府城有郡守在，如今已經緩解了許多，反是塘鎮那邊情況不明，陸尚就怕再耽擱下去，最後也叫陸氏物流被扣上什麼帽子，惹來牢獄之災。

但他此番回塘鎮，也不單是他一人。

陸尚快速說：「你們先去旁邊的院裡找房間歇下，那邊的房間都是空著的，等明天我們就出發。現在我去找阿寧和奶奶，抓緊時間收拾行李。」

陸啟驚訝地問：「陸哥是要帶上嫂子她們？」

「是。」陸尚不加遲疑，簡短應了一聲後，快步走出書房。

陸尚出門口後直接去見了姜婉寧和陸奶奶，因陸奶奶在，他怕老人會心慌，只說明日要去塘鎮，叫老人盡快收拾東西，明天天一亮就出發，至於原因則是隻字不提。

等他和姜婉寧回了房，他才將塘鎮的情況又複述了一遍。

剛剛聽陸啟言說時，陸尚的情緒已經很高漲了，現在輪到他自己說，才說完就怒氣沖天，反手拍在桌面上，痛罵道：「狗官！」

而在他對面的姜婉寧面上雖有氣憤，可遠沒他初聽時的震驚。

她只是問：「夫君打算怎麼辦？」

陸尚誠實地搖了搖頭。「我不知道，我要先過去看了才知道。陸啟說縣令給了三日期限，若逾期未拿出銀兩，只怕他會動私刑。眼下塘鎮沒有能主事的，我必須親自過去。但我不放心留妳和奶奶兩人在家，索性帶上妳們一起。妳和奶奶還是住在無名巷，我們在那裡住了好幾年了，鄰里也都熟悉著，相較之下安全些，我晚上忙完了也好回去。」這已經是他短時間內能想到的最好的安排了。

誰知他話音剛落，就見姜婉寧搖了搖頭。「不妥。」

「嗯？」

姜婉寧說：「夫君便是去了塘鎮又如何？能拒絕得了縣令嗎？而若是捏著鼻子出了第二次錢，又怎知沒有第三次、第四次……夫君應是不知道，每逢天災，除了受災百姓外，損失最多的，反是有錢又沒有背景的商戶啊！」

「阿寧的意思是……」陸尚眼露茫然。

姜婉寧斂目。「就我所知，上一次大昭天災還是在十年前，那時我還小，受災的地區又離京城甚遠，我便沒能見過災地慘狀，可我卻記得，那年爹爹被任命為欽差大臣，除了運送賑災銀糧外，更重要的，則是要捉拿瀆職官員。瀆職並不只是說他們瞞報災情，坑殺百姓，還包括逼捐商戶，大賺國難錢。

「當年因災情被拉下馬的官員足足有百人之多，今年大旱所涉及的鎮縣，夫君又怎知沒有上百？而那貪官污吏，又豈是只有塘鎮縣令一人？」

陸尚說不出話來了。

所幸姜婉寧的頭腦仍是清晰的，她說：「夫君若是信得過我，不如就聽我一回吧。」

「阿寧且說。」

「此番回塘鎮，夫君還是自己去吧，我和奶奶依舊留在府城……夫君你別著急，且聽我說完。」姜婉寧安撫一句後，繼續道：「按照我們之前所見的，松溪郡的郡守乃是難得的好官，或許我們將希望寄託於他身上，反能尋出一線生機。

「明日夫君一走，我便把奶奶送去馮家，託馮老爺、馮夫人幫忙照看，我則在家中等夫君消息。便以半月為期吧，若是半月後夫君安全歸來，那是最好；若是夫君在塘鎮半月還不見成效，那我便去敲衙門的登聞鼓，求郡守大人作主。」姜婉寧扯了扯嘴角說：「夫君忘了嗎？塘鎮的商戶無法輕舉妄動，可我一直在府城啊！我可以用受壓迫者妻子的身分，請求大人為夫君洗清冤屈。」

姜婉寧雖未能進入官場，可姜家畢竟世代為官，對於官場上的這些門門道道，她了解得總比陸尚要清楚，碰上官司，反應也比他快許多。

塘鎮的商戶不敢揭露縣令的惡行，無非是怕不小心走漏風聲，到時不光無法制裁縣令，反而會將自家坑入險境。

而姜婉寧遠離塘鎮，卻掌握著塘鎮縣令的罪狀，她完全可以勸得郡守引而不發，待準備齊全後，直搗黃龍，將整個松溪郡範圍內的貪官一併捉拿清理。

陸尚仍有遲疑。「可我聽說，擊鼓鳴冤者，無論清白與否，先要受二十杖刑殺威……」

姜婉寧噗哧一聲笑了出來。「夫君是傻了嗎？你是秀才呀！」

「秀……」

「秀才可見官不拜，自有特例，我作為秀才娘子，當然也可免去擊鼓刑罰。再說若實在不行，還有府城的商戶可以幫我，就說當日捐款的富商代表中就有馮老爺，我請馮老爺幫忙，或許能直接面見郡守大人呢？」

這短短一炷香的時間，姜婉寧已經想好全部後路。

到此，陸尚再也說不出一句反駁的話，只能默不作聲地表示認可了。

當天夜裡，陸尚不顧天氣炎熱，硬是要待在姜婉寧身邊。

念及兩人又要分別，姜婉寧便默許了他的行為。

誰知就在她昏昏欲睡之際，卻聽見了陸尚的詢問——

「阿寧妳說……商戶的地位，就活該永遠低人一等嗎？」

姜婉寧於黑暗中睜開了眼睛，聽他沈悶的聲音在臥房內響起。

早在上一世，陸尚便是以商立世，重活一世，他也從不覺得商人有什麼不好。

世人總說商人重利，又是精明算計、無情無義之徒，可是……「就說這次松溪郡大旱吧，府城中的富商捐出的銀兩不說百萬兩，加起來起碼也有二、三十萬兩了，這還是在沒有受到朝廷命令的情況下。

「如何商戶已奉獻了這麼多，到頭來還是落不得一句好，仍備受歧視呢？就說鹿臨書院的丁班吧，我雖總是逃學，卻也知道丁班這兩年新招來的商籍子弟，不但不受夫子待見，就連一些普通人家的孩子也能對他們冷眼呵責……」陸尚還是第一次清楚地認知到，馮老爺所說的商戶那些不為外人道的卑微和苦處。那些從來不是什麼無病呻吟，更不是什麼身在福中不知福，那是幾代人真真切切的血淚教訓。「阿寧，我想……」陸尚一頓，沈默良久後，改了他的字句。「阿寧，我要唸書。」

不是為了哄姜婉寧和陸奶奶開心，也不是隨波逐流。

他只是想著，底層之人從無改變的機會，唯有爬到這個時代的高位，方有可能解除自身的窘境，乃至打破階級之間的巨大鴻溝。

陸尚說了這麼多，姜婉寧也只在最後回了一句。「好。」

這一晚，陸尚並沒能真正睡下，他的意識昏昏沈沈，只記得掌心裡握著心愛之人的手，而就是這隻溫溫軟軟的手，將他的神魂在將離之際拽了回來。

隔天大早，陸尚推遲了離開的時間，同姜婉寧一起，把陸奶奶送去了馮家。

馮家三口人都在，聽聞陸尚又要離開，挽留姜婉寧也一起住下，可姜婉寧尚有她的事要做，婉言拒絕了。

陸奶奶不知為何昨天還說要一起走，今天就變成了三個人全分開。

她已經很久沒有這樣惶恐過了，偏偏又怕耽擱了孫子、孫媳的正事，連開口詢問都不敢，只能被馮賀攙著，但目光始終在對面兩人身上流連。

姜婉寧看出陸奶奶的恐懼，趁著陸尚和馮老爺說話時，走到她身邊，緩聲安慰道：「奶奶您別擔心，這不是夫君要出門，我不方便跟著，又怕照顧不好您，才叫您來馮家住幾天的。不過您別怕，我這不是還在府城嗎？等過兩天外面安生了，我就來看您。而且夫君也說了，他這次出門最多不超過一個月，您就當出來散心一個月吧，正好馮夫人也喜歡擺弄花草，您還能跟她交流交流經驗呢！」

話雖如此，但最親近的兩人都不在身邊，陸奶奶心裡還是怕的。

可她同樣知道，若她表達了不願，依著陸尚和姜婉寧的脾性，只怕寧願多添麻煩，也不會強求她留在馮家。

思緒回轉間，陸奶奶很快作好決定。她緩緩點了頭，露出一個牽強的笑。「好，我都聽你們的……婉寧別著急，我在馮家住下也好，妳不用著急來看我。再說還有少東家在，我跟少東家也熟，不怕生的。」

可不是？馮賀可是除了大寶等幾個孩子外，跟姜婉寧唸書最久的人了，當初在無名巷子時，他也三天兩頭地跑去陸家，自然跟陸奶奶也混熟了。

幾人最後又寒暄兩句，然後陸尚趕著去塘鎮，姜婉寧也回了家。

只是陸尚就怕再發生賊子入戶的情況，因此從塘鎮過來的幾人中挑出兩個留下。

能做到管事的，皆是可讓陸尚放心之人，眼下叫他們留在府城陸家，也算保護姜婉寧的安危了。

第三十章

半個月過去，塘鎮未再送來任何消息。

姜婉寧一開始只是在家中等，後來街上安穩了，她就去城門口等。有時粥棚的官兵忙不過來了，她便過去幫忙搭把手，順便探聽兩句城外的情況，以及有無車馬入城。

一天天過去，她的心緒越發浮動起來，直到半月之期過去三天，還不見任何有關塘鎮的消息，姜婉寧終究還是走到擊鼓鳴冤這一步來。

大災之下，衙門每日擊鼓鳴冤者與日俱增，或為狀告鄰里鄉親，或為家中親眷求一庇護，又或者是懷疑城門施粥官兵中飽私囊，也要來求郡守大人探查一個清楚。

郡守不忍叫百姓的生活雪上加霜，便免去了這段日子的殺威杖刑，無論什麼冤情或訴求，盡可以在擊鼓後找師爺登記記錄，待他空閒時再做處理。

若是實在著急的，也可以等在衙門中，只是郡守大人近來常在外奔波，下到底下城鎮視察的情況也是常有，碰上不巧的時候，等上三、五天也不一定能見到人。

姜婉寧早就打聽清楚了情況，擊鼓見了衙門留守的衙吏，講明來意後，又被帶去後頭等候。

也是她運氣好，她只在衙門等了一天，當天傍晚就等到了衙吏的傳喚，聽說郡守大人才從城外災民營回來，沐浴熏香後便來處理冤案、慘案。

衙吏又按照先後時間給等候的百姓發了號牌，待郡守處理完私事後，就會傳人入衙門後的府院。

姜婉寧的號牌排在第十三位，她後面還有十幾號人，除非郡守是打算通宵處理案情，不然只怕到天黑也處理不完。姜婉寧只求能輪上她，不然日後還要慢慢等。

又過半個時辰，衙吏過來喊了第一號人出去。

前面的四、五人處理得很快，基本上一人一刻鐘就結束了，這些人回來後有喜有悲，也有一個面上帶著不忿，但不管他們情緒如何，總歸是沒有對郡守怨懟的。

後面的處理速度就慢了些，姜婉寧聽了一耳朵，好像是涉及了命案，郡守將告官的百姓留下，又派了衙吏去捉拿嫌犯，等了小半個時辰沒等到人，方才叫了下一個。

姜婉寧心下著急，便也沒有過多注意其餘百姓的狀態。

好在又過了一個多時辰，衙吏再次進來。

「十三號，入！」

姜婉寧頓時站了起來。

她在一眾百姓中很顯眼，全因其餘人都是衣衫簡樸破舊的男子或老漢，只有她一介婦人，雖已換上了樸素衣衫，可光是乾淨整潔、沒有補丁這些，瞧著也不似尋常百姓。

在她跟著衙吏走出門口後，餘下的人不禁交頭接耳起來——

「那是誰家的娘子，怎叫一個婦人來公堂上了？她家男人呢……」

「我猜她家男人肯定是出了事，要不然怎會輪到一個婦人擊鼓？不過也正常，這幾個月來死的人可不少……」

也虧得姜婉寧跟著衙吏走了，不然聽見這些人對陸尚的編排詛咒，說不定心裡會積多少氣。

府城的縣衙與郡守宅院是連在一起的，無非是一前一後，前面是公堂，後面就是郡守的私宅。

因今日時間太晚，不適合開堂辦案，郡守又不願走公堂上那些瑣碎流程，才把接見百姓安排在了私宅的偏院裡，用幾盞屏風做間隔，只在一處矮桌前辦公。

這才處理了十幾樁案子，矮桌就被案卷堆滿了，剩餘紙筆全部委委屈屈地擠在一邊，一個不注意，墨點全沾在了郡守的衣袖上。

郡守在外訪查一整日，回來後連口熱飯都沒吃，又緊接著處理起百姓的事情來，饒是他身子骨不錯，連日操勞下也難免顯出疲態。

他在等下一人的空檔裡，叫身邊的小廝去準備一碗素麵，又問旁側的衙吏。「還有多少人？」

「回大人，等在衙門的尚有一十六人，另有待處理案件一百七十二樁。師爺們能處理的都處理過了，剩下這些還需大人過目。」

衙吏話落，郡守不禁頭痛地按住眉心。

正這時，就聽院口傳來通報聲——

「陸姜氏謁見！」

郡守在最短的時間內整理好了表情，重新端坐，小小一方石凳，也不掩他身上的端莊正氣。

姜婉寧在衙吏的指引下停在郡守十步之外，為表對大人的敬重，她的視線始終落在自己的腳尖上。

可不等她跪下參拜，卻見前方屬於郡守的衣襬晃了晃，下一刻，頭頂傳來對方驚訝的聲音——

「二小姐？」

姜婉寧詫異地抬起頭，望著郡守那張隱有熟悉的面孔，好半天才想起這人是誰。「曲叔？」

當姜婉寧在府城多有奔波之時，陸尚在塘鎮的處境確實算不得好。

他在抵達塘鎮的第二日，就被拽去了衙門中。

陸氏物流在塘鎮算是比較大的生意了，他作為陸氏物流的幕後老闆，被安排的位置也算靠前，只在第二排，稍微一抬頭就能看清主位上的人。

陸尚在塘鎮活躍多年，與衙門的關係還一直停留在簽書契的層面上。他雖受過福掌櫃等人的提點，逢年過節會給衙門裡的官吏送些東西，但那只限於跟他常有交道的師爺、主事等人，至於當地縣令，那只在衙門口遠遠瞧見過幾次，真正面對面說話卻是沒有的。

陸尚對縣令的印象不深，只記得塘鎮縣令姓施，已經在任十四、五年了，於政務上不算勤勉，但這些年天下太平，他手下也沒出過大亂子。

他上次見到縣令還是兩年前，在衙門門口碰見了從外面回來的施縣令。該說不說，兩年不見，施縣令的身材又肥壯了一圈，本就不小的肚子如今更是高高隆起，說句話都要顫兩顫。

陸尚只瞧了一眼，就不忍再看。

之後的發展正如他和陸啟等人提前預料過的，鎮上商戶雖小有積蓄，可經歷了上次逼捐，如今也所剩不多了，能拿出比上回更多銀錢的，加起來才只有四家。

更多還是只能拿出幾百兩，這還是挖空了家底才湊出來的。

施縣令一開始還是笑咪咪的，聽了一眾商戶的稟報，面上的表情逐漸收斂起來，最後重重一拍桌子。「爾等可知對本官撒謊的下場！」

「大人息怒——」堂下眾人紛紛跪倒在地。

到最後，施縣令只說最多再寬限三日，三日後若還是捐不出應有金額，那他就只能以忤上不尊問責了。

施縣令想了想又說：「本官也並非那等不通情理之人，若是實在拿不出銀兩，那也可以等值房契、地契相抵。本官記得那個誰……」他指了指右手邊的一個老頭。「本官記得你家在鎮上開了幾十家裁縫鋪對否？剛剛哭窮的人裡就你聲音最大，既然你家中拿不出錢來，便用那些鋪子相抵吧！」

此話一出，被指的那個老人一口氣沒上來，當場暈了過去。

施縣令不滿地輕「嘖」一聲，揮揮手。「還不快把人拖下去，留在這裡污本官的眼嗎？爾等也別不情願，你們捐出的銀錢，並非是為了本官一人，還不是因老天降下大災，本官治下百姓深受其害，偏生塘鎮素來清貧，本官若要救濟百姓，只能對爾等寄予厚望了。去吧去吧，三日後，只希望諸位別叫本官失望啊！」施縣令又冠冕堂皇講了一番，隨後也不說散，自行站了起來，左右叫了三、四人攙扶著，顫顫巍巍地離開了堂廳。

便是出了門，眾人還能聽見他不加掩蓋的詢問聲傳來——

「海棠姑娘今晚可有空？把海棠姑娘約來本官府邸吧……」

眾人面上陣陣青紅，有那脾性大的，已是大口喘著粗氣。

可人在縣令的地盤上，他們連一句抱怨都不敢，只能步履沈重地從堂上離開，悶頭鑽進自家車馬轎子裡，連聲哀嘆湮沒在轆轆的車轍聲中。

陸尚本以為，暫且混過這一次，之後三天還能跟其餘商賈商量商量應對之策，誰知當天夜裡，縣衙就來了人。

陸尚暫住在長工宿舍中，一推門就看見四個衙吏打扮的人。

四人抱拳道：「大人有言，如今不太平，為保鎮上善人們的安危，特命我等前來保護陸老闆。」

這下子，連陸尚也繃不住臉色了。

為了驗證自己的猜測，轉日陸尚去了街上，在街上走了大半日，碰上四、五個出來的商戶，其中有兩個還是與陸氏物流有合作的，見面都能問聲好。

而這些人身邊，無一例外都有衙吏跟隨，打著保護的名義，實行監視之責。

幾人碰面時未曾有任何多餘的動作，只當不認識，視線稍一交會，就不約而同地錯開目光，但他們全沒錯過對方眼中的憤然和悲痛。

陸尚下午回到住處後，趕緊召集了周圍的幾個管事來，包括陸啟和陸顯也在。

自從去年姜婉寧見了陸明暇後，在姜婉寧的心軟下，陸尚便有意提拔陸顯。陸顯此人算不得聰穎，辦事也不如陸啟老道周全，好在足夠聽話，吩咐下去的事能一板一眼地做好。

這麼大半年過去，他的工錢漲了些，於家用也稍微富裕了兩分。

至於他家的女兒，當時以陸奶奶的名義接去府城看過，但連府城裡最有名的大夫都束手無策，只勸他們再多攢幾年錢，有機會送去京城裡瞧一瞧。

於是從看過到現在，小姑娘只維持著基礎的湯藥，確保眼睛的情況不會惡化，其餘什麼藥方、偏方則全部停了，餘下的銀兩全存著，等待著一個去更大更好的地方看診的機會。

陸明暇的眼睛治了這麼多年都不見好，陸顯夫妻倆也不是沒想過放棄，誰知幾年下來，他們兩人始終沒能添上二胎，在不考慮納妾的情況下，只好繼續將希望寄託在女兒身上。再說，納妾都是大戶人家的事，輪到農戶出身的尋常百姓家裡，連和離再娶都是極少見的。

事態緊急，陸尚也顧不得問候諸人的家眷。

他將跟來看守的衙吏擋在屋外，壓低聲音將情況講了一遍，最後問：「諸位可有什麼辦法？」

當日從府城離開時，陸尚為了保證不走漏風聲，並沒有把姜婉寧的打算告訴第三人，便是到了現在，陸啟他們也不知道他還留有後手。

眾人一陣氣憤後，有人紅著臉說：「那不如就拚個魚死網破吧！」

可更多人還是目含絕望地說：「那可是縣令啊……自古民不與官鬥，縣令偏要如此，我們又能有什麼辦法呢？老闆，不如我們還是趕緊湊銀子吧……」

陸顯沒有吭聲，可對於後者，還是輕輕點頭表示了讚許。

三日期限實在逼得太緊，塘鎮眼下又跟圍城一般被困著，便是陸尚也想不出什麼好主意。

一群人說來說去，要麼就是拚死向郡守大人揭露縣令的惡行；要麼就是忍一時風平浪靜，說不定捐了這次後，縣令就高抬貴手，放過他們了。

陸尚扯了扯嘴角，並不覺得縣令會就此收手。

然而眼下他也只能先用一些房契、地契把銀兩湊足，先將第二次的逼捐應付過去，只有預留出足夠的時間，方有機會施展別的應對措施。

若說其他商戶家中總會置辦一些鋪面，然陸氏物流走的是運輸生意，大多數情況下是用不到鋪子的，因此陸尚在塘鎮經營這麼多年，也只買了些能用做倉儲和居住的宅院。

眼下將他陸氏物流的宅院清點了一遍，勉勉強強找出三座空閒的宅子，硬是湊齊了五百兩。

而施縣令要求第二次捐款必須比上一次多，因此他又添了五十兩散銀，也算滿足了縣令的要求了。

後面兩天，鎮上並無太多變化。

街上的鋪面除了糧鋪和醫館，其餘全關了，醫館前也是門可羅雀，只有糧鋪外還是一如既往的人潮湧動，往往一家鋪子外，擁擠的百姓能堵住大半條街。

好在長工們的宿舍習慣存些糧食，眼下稍微節儉一點，再吃上一個月還不成問題。

三日期限一到，陸尚在衙吏的看守下重返縣衙，這回一眾商戶沒有多說，只管將拚了老命擠出的銀票、地契交了上去，全是正好卡著上回的線，多餘一點也沒了。

施縣令面露不滿，但好歹有了點收穫，冷著臉也算接受了。

即便如此，也不妨礙他再次敲打一番。「這不還有錢嗎？難不成你們上回是合起夥來騙本官的？哼！不過看在你們又為我塘鎮做出貢獻，本官就免了你們上次的罪狀。之後本官要繼續救濟塘鎮百姓了，爾等要是沒什麼要事，就退下吧。」施縣令不耐煩地揮了揮手。

跟在縣令身後的師爺瞬間明悟，上前半步，當場趕起了人。

一眾商戶捧著東西來，最後空手夾著尾巴走，這心底的氣已經不是三言兩語能道明白的了，好在他們交了東西上去，家中的衙吏也跟著撤回去了，算是暫時恢復了自由。

一群人在縣衙門口憑眼色交流，不知誰提了一句——

「今晚去觀鶴樓啊？好好好，我記下了，張老爺，晚上見！」

「哎，我也記著了，今晚觀鶴樓吃飯，晚上再見！」

眾人心領神會，約好了時間、地點，只等晚上赴宴時再行商量。

兩次逼捐，觀鶴樓也未能免除，只是馮家人畢竟不在，福掌櫃說是掌櫃，但實際上也還是個不能作主的下人，正因為這樣，他才有了藉口少捐，兩次加起來只捐了五百兩。

施縣令好財不假，卻也是個「有分寸的」，就比如這兩次逼捐，被他壓迫的全是根基就在塘鎮的，其餘只有管事或掌櫃在的，只象徵性地捐一部分就好，而他也怕把事情鬧大，到時傳出去就壞了大事，因此只將壓榨範圍限制在塘鎮之內，諒他們這些小商小戶也翻不起風浪來。

塘鎮的商戶雖約定在觀鶴樓一聚，但陸尚並不覺得他們可以想出什麼解決辦法。

果不其然，眾人在觀鶴樓待了一整個晚上，最後也只能試探著往外送人，若是能聯繫到府城的郡守大人，大人又肯幫他們，這事就能解決了。

陸尚作為陸氏物流的掌控者，對塘鎮內的諸多線路最是熟悉，最後就由他負責出城路線，等其餘人家收集夠了足夠的證據，就派人把證據送出去。

聚會將散時，有位易老爺發了狠。「若是郡守也不管這事，那咱們索性把事鬧大了，捅破天去！老夫有一遠方親戚乃是京城官員，雖十幾年不曾聯繫過，卻也可派人上京，求其幫忙，直接告御狀就是！」

此話一出，其餘人皆是側目，連陸尚也未能免俗，向他投去驚訝的目光。

之後幾天，諸多商戶都在明裡暗裡地搜集證據，為了扳倒施縣令，有幾戶人家寧願自損八百，把前些年行賄的證據也拿出來了。

而施縣令在塘鎮作威作福多年，除了壓榨商戶、魚肉百姓之外，他家中的兩個公子也不是什麼好貨色。

一個好色成狂，當街強搶良家女的事也經常發生，就鎮上百姓知道的，已經有不下十人了，這十個好人家的姑娘有些被收做了通房，更多則是徹底沒了下落，生死不知。

另一個則戀武成癡，隔三差五就要找人與他對打，打死人也是常事。

一番搜集下來，施縣令一家的罪狀寫滿了一整張紙，隨便一條列出來，也能叫他頸上人頭不保，萬死難辭其咎。

陸尚已經從最初的憤怒到後來的坦然，他細數罪狀書上的人命，十幾年來被記錄在冊的就有上百人，更別說還有其他未留名姓、死得悄無聲息的。

這還只是一個小小縣令罷了，一個並不算富庶村鎮的縣令……

陸尚閉上眼睛，痛到極致，已沒了任何情緒起伏。

可叫陸尚和一眾商戶萬萬沒想到的是，不等他們將施縣令的罪狀送出去，施縣令又派人挨家挨戶地通知，要他們再去衙門一聚。

簡直欺人太甚！許多人家中的管家奉老爺之命將送信的衙吏打出去，重重合上了大門。

然到了隔日，他們還是不得不趕赴縣衙。

進去沒多久，眾人就被收到命令的衙吏圍了起來，上百個人只分了十來個桌椅，房門一關，連口水都沒了。

他們從激憤的情緒中脫離出來，情緒緩和後，難免擔心是不是走漏了風聲？

好在一群人被晾了大半日後，施縣令總算施施然地出現在眾人面前。

施縣令昨晚不知做了什麼，如今眼下一片青黑，稍微說兩句話就會喘一喘，像是馬上就要昏過去的樣子。

隨著縣令將第三次募捐的要求說出後，底下人極其憤怒。

施縣令瞪著第一個站出來的人，小眼睛瞇得只剩一條縫隙。「你說，你家沒錢了？」

「正是！」

施縣令遲緩地扭過脖子，在其餘人身上掃了一圈，然後不緊不慢地問道：「其餘人呢？還有多少家也是一點錢都拿不出來的？站出來叫本官看看。」

有人不相信他會這樣好說話，猶猶豫豫的，並不敢動。

也有人明知他不懷好意，卻被怒火衝昏了頭腦，不顧周圍人的拉拽，硬是站了出去。

陸尚在片刻的猶豫後，也加入到站出的一列中。

隨後又有數人站出來，不一會兒就分了一半的人出去。

施縣令的表情越發難看，他冷冷地看著右邊的人，沈默良久後，終是發出一聲冷笑。

「好、好得很啊！來人——將這些刁民全部押入大牢中！」

誰也沒想到施縣令會做得這樣絕！

有人當場就反了悔，跪地連連磕頭。「大人饒命、大人恕罪！草民說錯了，草民想起來了，草民家中還有餘錢，還能捐！」

施縣令並不理會，還是叫衙吏將其拖走。

陸尚是最後一批被押走的，他從堂廳出去時，正好聽見施縣令發話——

「傳令出去，凡今日忤逆本官者，需家中以銀兩來贖人，一人五百……不，一人一千兩才行！」

陸尚忍不住冷笑，只覺屋裡那人真是爛透了。

塘鎮的牢房不大，最多也就能關下二、三十人，這一下子進來四、五十人，只能把人們關在一起，最多人的一個牢房關了六個。

陸尚跟另外兩位老爺關在一起，幾人雖沒有生意上的往來，但平日也是有見過面、說過話的。

比之另外兩人的焦慮不安，陸尚反顯得平靜很多。

他算了算日子，距離從府城離開，已經有十四日整了，無論是姜婉寧久等他不歸去衙門擊鼓鳴冤，還是塘鎮的商賈將罪狀書送出去，只要大牢裡不出什麼么蛾子，他盡可以等。

施縣令此舉只為謀財和震懾，把人關押後沒兩天，就把他們忘在腦後了。

牢房裡的獄卒未得到命令，自也不會對這些商人動手，只是吃食上難免有苛待，兩天才會送一頓飯來。

就這樣，在陸尚被下獄的第六天，到了晌午獄卒該送飯的時間，牢房裡卻不見一個人影。

關在牢房裡的商人們已身心俱疲，周圍幾個牢房全沒了聲音。

陸尚靠牆坐著，心下稍稍湧現出幾分不安。之後一整天下來，他未見過一個獄卒，連著後面一天也是。

他掐算了一番時間，不安的心裡卻開始浮現期待。

沒有獄卒送飯的第四天，有些實在受不了的老爺已經拍著圍欄求獄卒給口吃的了，但他們大聲喊了許久，也不見一個人進來。

陸尚也被餓得頭暈眼花，只能閉著眼睛保持精力。

第五天晌午，整個牢房裡全是有氣無力的呻吟，間或夾雜兩聲悶咳。

大牢中幾日沒有人進來，自然也沒有人幫忙通風，整個塘鎮大牢裡全是酸腐氣，熱浪幾乎能將人炙熟。

陸尚身上的衣裳濕了又乾、乾了又濕，外面沾上了許多稻草屑，皺皺巴巴地黏在身上，渾身散發著一股難聞的氣息。

與他同監的兩人已經躺在地上，連著一天都沒起來，也沒有說話了。

就在陸尚琢磨著如何自救之時，卻聽見牢房外突然傳來凌亂的腳步聲，沒過多久，牢門被暴力破開，數十個身著盔甲的官兵闖了進來。

為首的小隊隊長站了出來。「爾等可是被施向善關押的商戶？」

是了，施縣令名向善，當年初至塘鎮時，曾當著無數百姓的面說，他一定會做個愛護百姓的好官，哪想這句諾言未履行一年，直至今日，何其諷刺。

牢房中的商戶根本沒有力氣答話，掙扎許久，才有人喊出。「是……」

小隊長面容一整。「去，將所有牢門打開！我乃府城大營士兵，奉郡守大人之命，排查被施向善冤枉的百姓，今日才知此地關押了一批商戶，若有耽擱，還請諸位海涵。我已通知鎮上百姓，爾等家中應很快就有人來接了。」

牢房中沈默良久後，不知誰弱聲地說了一句。「郡守大人……派人來救我們了？」

下一刻，便是有氣無力的抽噎聲，一傳十、十傳二十的，不一會兒工夫，周圍已全是哭聲。

陸尚雖未垂淚，可也是疲倦地卸下身上的力氣，閉著眼睛，慢慢平息這心底的激盪。

府城來的士兵從前到後打開牢門，每開一處都要問一句什麼，開到陸尚這裡時，他才知道對方是在問「陸尚可在此處」。

陸尚一怔，緩緩睜開眼睛，抬手道：「我就是。」

開門的士兵轉頭就跟小隊長大喊：「隊長！人在這兒！」

陸尚全然不知發生了什麼事，只是睜眼、閉眼的瞬間，他前面就站了兩個士兵，隨著小隊長一聲令下，兩人一左一右架住他的胳膊，生生將他抬了起來。

「這是……」陸尚一句話還未說完，被空氣嗆到，悶聲咳了起來。

小隊長站在牢房外，低聲說了一句。「陸公子無須擔心，屬下奉大人之命，將公子送去無名巷，那邊已有人在等候。」

聽見「無名巷」三字，陸尚的心瞬間落了地。

之後一路，他沒有再問一句話，只管閉眼蓄足精力。

一直到被送至無名巷，聽見了熟悉的聲音，陸尚方才心弦一鬆，放任自己墜入黑暗中……

待陸尚再次醒來，已經是一日過後了。

窗外天還大亮著，刺目的陽光照進來，叫他有些睜不開眼睛。

可他只是稍稍看了眼床邊人的輪廓，就把人認了出來，他小聲喊了一句。「阿寧……」

姜婉寧撐著下巴將睡將醒，直到耳邊炸開陸尚的呼喚，她一下子就清醒了過來。

「夫君！夫君你醒了？你現在感覺怎麼樣？身上還有哪裡不舒服嗎……」她坐在床邊，第一反應就是抓住陸尚的手，而後便控制不住地在他身上摸了一遍，試圖用手探尋他身上的傷處。

陸尚虛弱地笑了笑，反手將她的手握在掌心裡，隨即搖頭。「沒事，我沒受傷，就是天氣熱，又好幾天沒吃東西，有些餓過頭了。」

「我知道，我叫了大夫來，大夫說夫君是氣急攻心，又心有燥氣，加上好些天沒吃好，也沒休息好，這才一時沒有撐住的。對不起，我不知道塘鎮會變成這樣……」

姜婉寧一想到在她沒有看見的地方，陸尚還不知受了什麼委屈，便是止不住的後怕。

在她心裡，陸尚是無所不能的，她只以為是塘鎮出了一點小小的差錯，寧願多等上兩天，也不肯降低對陸尚的期待，殊不知正是她的幾日猶疑，反叫陸尚受了苦。

陸尚逐漸適應了屋裡的光亮，才睜開眼睛就瞧見了姜婉寧面上的愧疚。

他睡了一天，昨日迷迷糊糊中又被姜婉寧餵了粥米和湯藥，這時已經恢復了不少。他拍了拍身邊的床鋪，道：「阿寧來，陪我躺一會兒。」

「可是……」姜婉寧自是想跟他靠近的，可看他模樣又不敢放鬆。

陸尚再三保證說：「我沒事了，阿寧快來，我想抱抱妳。」

姜婉寧面上一紅，這才躺了下去。

兩人只安靜了片刻，陸尚就問：「阿寧能跟我講講，府城發生了什麼事嗎？」

姜婉寧知曉他到底是想問什麼，便將這幾日發生的事情緩緩道來。

郡守大人姓曲，單名一個恆字，乃是十四年前的探花，京城人士，師從姜之源。

姜婉寧說：「自我記事起，曲叔就跟著父親唸書了，曲家與我家相隔不遠，曲叔也常來家中與父親探討學問，後來我由父親啟蒙，也曾被曲叔教過一段時日。直到曲叔高中探花，留京三年後外派了出去，後面只與父親有書信往來，見面卻是沒有了。一直到姜家獲罪，我都沒再見過曲叔……」

曲恆乃是姜父正式行過拜師禮的弟子，與姜家關係始終親密。

實在是新帝登基後手段太過凌厲，不等他反應，姜家已獲罪流放了，而他受恩師影響，也被連貶三級，這幾年才慢慢升上來，來到松溪郡任郡守。

陸尚這才知道，原來松溪郡那位郡守，竟是姜家故人。

姜婉寧想了想又道：「曲叔說，他是在去年私塾出了好幾個舉人後才發現了我的，又因當年姜家獲罪時不曾出力，所以不敢見我，一直拖延到現在。但曲叔之前去過鹿臨書院，有遠遠見過夫君一面……」

姜婉寧雙目放空，回想起曲恆的話——

我不想注意都難，那滿院的書生裡，唯陸家小子心不在焉，聽我授課活像受罪一樣，這才剛結束，他就頭也不回地逃走了！

光是聽他抱怨，姜婉寧就能想像出陸尚當時的神態和動作來。

但她畢竟顧及著陸尚的臉面，稍微一提而已，沒有徹底戳穿。

陸尚也沒有多想，聽完後感嘆一句。「竟有這般淵源……」只聽姜婉寧的描述，她雖沒有提及與曲恆的關係，可那一口一個「曲叔」，不難看出對對方的信任和親近來。

想到小妻子孤身一人數年，終於見到了故人，陸尚樂見其成，為她感到高興。

姜婉寧又說：「曲叔知我所求後，連夜調了守城士兵來，同時派兵去往松溪郡各鎮，力求將所有貪官污吏一網打盡。我不放心夫君，便跟著他們來了塘鎮，誰知那縣令……」

她說不出後面的話來，只能抬手抱住了陸尚。

陸尚安撫地親了親她的髮頂。「好了好了，沒事了，我這不還好好的？」

姜婉寧緩了一會兒才繼續說：「在士兵抵達塘鎮後，另有鎮上商賈遞交了罪狀書，依著往日腳程，那罪狀書應已到了曲叔手裡。」

至於施縣令等人之後是何等下場，陸尚卻不打算問了。

這不是他對郡守有多大的信任，只是他相信姜婉寧，也相信他那未曾謀面的岳父，能受其教導的弟子，怎麼也不會是尸位素餐之輩。

陸尚在牢中傷了元氣，又在無名巷的宅子裡養了七、八日才算徹底好。

聽說郡守已經將松溪郡的情況上報朝廷，又派了心腹接手塘鎮政務，接管當日就清點鎮上餘糧，當場開倉救濟災民。

除此之外，他們又清點了施向善在此番天災中搜刮的銀兩，盡數歸還給了鎮上的商戶。

這些商賈以為能把施縣令拉下臺就夠好了，哪承想拿出去的銀子還有收回來的一天。

眾人受寵若驚，又再一次討論後，決定拿出半數家財，盡數捐獻給衙門，用於此次賑災。

陸尚亦將物流隊的調動權暫時讓出，全聽衙門差遣，協同救助災情。

郡守得知此事後，當場賜下嘉獎牌匾，又仿照府城的流程，將商戶們捐出的每一筆銀兩的用處都列出明細來，最後多出的部分又全退還了回去。

一時間，鎮上百姓除了感謝郡守廉政外，更是稱讚商戶之善心。

三日後，陸尚同姜婉寧返回府城，接上陸奶奶，一起回了家。

陸尚原打算親自去拜謝郡守的，無奈郡守忙於災情，於幾日前又去了下屬的村鎮，只好暫時作罷。

半個月後，朝廷派來欽差押送災款，聖上下令減免受災地糧稅五年。

十月底，大雨連下兩日，徹底結束了這場大旱。

同年十二月，皇帝下令，將於明年八月底開恩科。

此番恩科主要為受災郡縣所設，松溪郡、為良郡、青陽郡、山北郡四地舉人數額增加一倍。另念松溪郡商戶之義舉，減免松溪郡商稅一年。

後面的日子便是災後休養，大街小巷的商鋪也陸陸續續開了起來。

陸氏物流的長工幫忙安置了兩個多月的災民，好不容易忙完，陸尚念及他們辛苦，給所有人放了半個月假，待半個月後再行上工。

隨著開恩科的消息傳開，家中有讀書人的百姓也從大旱的悲痛中走出來。

陸尚既已下定決心在科考上唸出點成績來，那自然不會跟之前一樣三天打魚、兩天曬網。

他用了一個月時間將物流隊的生意都安排好，每一道遠途貨運都擇定主事人，每半年考核一次，做得好的就有賞錢，做不好的就辭退換其他人。

而散落在各個城鎮鄉村的管事也被集中開了會，由陸尚親自說明日後安排。

一是陸氏物流的送貨流程，還是採用之前的專人專職，但會逐漸減少短工比例，力求將貨物運送速度控制在一個準確範圍內，打響準時必達、保證品質和數量的名號。

二是管事職責，他們除了負責各個物流轉運站的貨物檢查、帳目核對外，還要定期對手下長工及短工進行培訓，培訓內容包括但不限於工作流程、安危叮囑、職責明確等。

三就是完善薪酬和假期制度，薪酬還是採用之前的日薪加全勤加賞錢制，但在這三者之外，還會另加優秀員工表彰獎，每三月評選一次，選出一季度內做工時間最長、最好的三人，每人賞一兩銀子，另有兩日帶薪假。至於日常假期則從月休改為旬休，每旬可休一日，而頻繁的假期也是為了叫長工保證充足的休息，這樣上工時才能有精力做活。

最後還要設二管事、三管事，也就是於陸尚不在時，能統領所有長工、帳房、管事的領頭人。

二管事是陸啟，負責以塘鎮為中心的所有短途運輸。

三管事是詹順安，待他從北地回來後，再行管理長途貨運。

時隔數年，陸氏物流迎來了第二波大改革。

等把物流隊的事都安排好，這一年已經到了最後，再一個月就是年關了。

這日，陸尚陪姜婉寧去採買家用，一邊走一邊說：「我才把物流隊的事情都安排好，這番安排下來，日後哪怕沒有我，陸氏物流也可以正常運轉下去。等再過個三、五天，物流隊就差不多能恢復生意了，我也好沈下心來唸書。」

姜婉寧點點頭，又算道：「離鄉試還有幾個月，依夫君的聰慧，只要認真學了，想必鄉試是不成問題的。」

陸尚聞言只是苦笑，實在無法如她一般樂觀。「鹿臨書院那邊我還沒來得及退學，等年後開了課，我就把那邊給退掉，以後跟著妳在私塾唸書，姜夫子可願意收下我？」

姜婉寧被他喊得心尖一顫，沒好氣地瞥了他一眼，只到底沒捨得拒絕。

等兩人採買完畢後，時間還早，他們又去書肆添了些紙筆，這才打道回家。

誰知剛進家門，就發現院裡來了生人。

那個小哥衣著工整，禮數也很規矩，他先後給陸尚和姜婉寧行了禮，隨後才道：「小人奉郡守大人之令，給陸公子和陸夫人送來請帖，請二位於兩日後至大人宅中赴宴。」

郡守今日所設的宴乃是私宴，就設在衙門後的官宅主偏廳裡，為了避免陸尚夫妻倆拘束，他甚至屏退了左右僕從，只留了妻兒作陪。

姜婉寧與曲恆已經見過面，只是當時雙方都有要緊事，尚沒來得及敘舊，今日再見，沒了天災、牢獄等要緊事，雙方不約而同生起一陣唏噓感慨。

曲恆知曉姜婉寧的下落已有半年多了，零零散散地也打聽了許多關於她的消息，就像那無名私塾，雖不如其他書院出名，可在一些大戶人家嘴中的口碑一向極好，尤其是去年出了十幾名舉子，也算在松溪郡的一些高門和官員那兒有個名號。

按理說，一個女子，還是一個曾為罪籍的女子，開這樣一間私塾少不得會引來爭端，只是眼下有了曲恆的存在，光是今年年初那幾個月，他就暗地裡幫忙擋下了好幾批前來打探的人。

曲恆也算是看著姜婉寧長大的，這時看她與看自家姑娘也沒什麼區別，一時又是自豪、又是欣慰。「之前就聽老師說二小姐學識過人，如今一看，果然名不虛傳。」

姜婉寧稍有羞赧，謙遜應一聲後，便忍不住問：「曲叔這幾年可還好？還有阿嬸，自京中一別，我也許久沒見過阿嬸了。」

曲恆的妻子姓於，也是京城人士，與曲恆也算青梅竹馬長大的，後來兩人成婚，姜婉寧還去參加了他們的婚宴，與於氏也算親近。

於氏對姜家的感情雖不如曲恆那般深厚，但如今看姜婉寧出落得亭亭玉立的模樣，也是感慨萬千，忍不住從座位上站起來，坐到右側的長桌後，又向姜婉寧招招手，示意她坐過來。

姜婉寧愣了愣，下意識看了陸尚一眼，猶豫片刻後，小聲說了一句什麼，到底還是站起身，快步走到於氏身邊去，復跪坐到她身旁。

前後不過幾息，兩人便手挽手說起了貼心話。

只餘陸尚看看前面、看看左面，一時間不知道自己該做些什麼。

直到主位上的郡守大人輕笑一聲。「這位陸……秀才，可數清鹿臨書院有多少蟲蟻了？」

陸尚眼中閃過一絲茫然，可他很快便身體一僵，不可思議地望過去，對上曲恆那雙含笑卻揶揄的眸子，終於意識到，當初郡守去書院講書時，他自以為隱密的開小差，實際上全被人家看去，還記了個一清二楚！

陸尚再多厚臉皮，如今也恨不得找條地縫鑽進去。

而對面的姜婉寧和於氏只抬頭看了他們一眼，許是嫌他們打擾了說話，竟直接挽著手站了起來。

於氏說：「相公且與陸公子聊著，我帶婉寧去後面轉轉。」

說著，兩人繞過長桌，轉身就走。

陸尚渾身一震。救命！別留我一人啊！

姜婉寧聽不見陸尚心頭的吶喊，又認定曲叔乃是和善之人，並不擔心留陸尚一人面對，從他身邊經過時便是多餘一個眼神都沒留下，反是到門口時把兩側作陪的兩位小小姐叫上，說說笑笑地離開了偏廳。

於是，屋裡只剩下曲恆和陸尚兩人。

一切正如姜婉寧所想的那般，曲恆看陸尚總有看女婿的挑剔，可也清楚若非有陸尚庇護和支持，二小姐說不定要遭遇什麼，因此愛屋及烏地，除了最初的兩句調侃外，後面待他也算和善。

陸尚頭一回面對姜家故人，一開始的確緊張，但他在一問一答間也穩住了心神。他或許不算多麼成才，可能夠在幾年間經營起陸氏物流，也算小有成就，至於待妻子更是沒話說，總歸有什麼就說什麼，叫人聽著也挑不出什麼大錯。

說到後面，曲恆主動提起此番大旱中府城和塘鎮商戶的義舉來。「早在幾月前我就將爾等的善行上奏給了陛下，除去明面上的那些表彰外，另有一特權，我想對你應是有用。」

「敢問是……」陸尚好奇地問。

曲恆說：「也沒什麼，就是陛下瞧見這些商戶家中多有讀書人，按理說他們日後若登朝堂，必是要和家中生意徹底分割開的，包括你的物流隊也是。只是陛下覺得，願意捐出半數家產用於百姓災患的，絕非那等重利之徒，便特許這些商戶家中子弟入朝後仍可插手家中生意，官商同行。」

陸尚驚住了，萬萬沒想到會有這般大的驚喜砸在頭上！

曲恆又道：「不過你也別高興得太早，陛下開了這個特例，雖是嘉賞，卻也要為這個決定考慮周全。眼下尚未出現朝中官員經商的先例，日後無論是你，還是其餘人家中出了這個特例，那都是要接受陛下定期派人監察的，但凡發現官商勾結、以權謀私等現象，必當重罰。」

這些警告並沒能澆滅陸尚心中的激動，他起身向曲恆拱手一拜。「多謝大人替我等美言！實不相瞞，我前不久還曾與阿寧說，日後要將重心放在唸書一途上，當初決定下得急，尚未考慮過高中後手下生意該如何處置，沒承想大人竟是免了我的後顧之憂。」

陸尚並不會天真的以為，這等官員經商的特權是皇帝主動提及的，這裡面多半有曲恆的幫忙。

曲恆沒有否認，他只是張了張口，旋即失笑。「也別叫大人了，就跟二小姐一般稱我曲叔吧！我原是想著，二小姐如今教書授課，教出那麼多舉人來，說不定哪天就把自家人給送上了朝堂。外地人入京為官本就開端困難，若是連你苦心經營了多年的生意都沒了，豈不是更難在京中立足？這陰差陽錯的，竟是歪打正著了。」

陸尚又是一拜。「多謝曲叔為我夫妻打算。」

「沒什麼好謝的，當年我在朝中為官，不慎得罪了人，也是老師為我多番轉圜，方為我謀了新出路。外人只以為我外放出京是遠離了政治核心，殊不知正是離開了那個地方，方有為百姓謀利的機會。就說在這松溪郡，除了上面派來的欽差，又有誰能壓制住我？」

陸尚抬頭看他，正好撞見他眼中那發自內心的快意。

日落之前，夫妻倆跟郡守一家告了別。

於氏把近年收集的好東西揀了一大包，說什麼也要給姜婉寧帶上。她聽說姜婉寧開了私塾，之前也曾給鄰里的孩子們啟蒙，更是動了把兩個女兒送去的念頭。

她的兩個女兒年紀都不大，一個七歲，一個十歲，之前啟蒙全是曲恆一手操持的，但後來他忙於政務，漸漸懈怠了孩子們的功課，眼下有了更合適的人，於氏自然不想錯過這個機會。

姜婉寧爽快答應。「我那私塾還沒開課呢，阿嬸既然不嫌棄，我當然也沒問題，等後面都安排好了，我過來接兩位小姐。」

「不用不用！本就是麻煩妳了，如何還能叫妳來回跑？等妳那邊安排好了，只管差人來跟我講一聲，待到了日子，我自己送她們過去。」於氏拍了拍她的手，滿臉的高興。

曲恆這才知道妻子的決定，但他深知姜婉寧的本事，自沒有多加置喙。

回家路上，姜婉寧面上漸漸染上寂寥，她的情緒有點低落，被陸尚追問兩、三遍後，方才說：「我與曲叔和阿嬸已經好些年沒見了，既然故人都能再見，那爹娘和兄長他們……」

陸尚心頭一緊，實在說不出什麼保證的話來，只能暫且寬慰道：「詹大哥他們已經去了一年，再等等，我們再等等，肯定會有好消息的。」

姜婉寧輕輕點了點頭，只當信了他的話。

一眨眼進入臘月，整個松溪郡連下了兩場大雪，鵝毛般的雪花鋪在地面上，也算是給受了大旱的土地送來甘霖。

朝廷派了農政官，從松溪郡開始依次走過受災郡縣，幫助百姓打理耕田，儘量提高來年收成。

陸尚也是這時才知道，當初曲恆開倉放糧，乃是未經朝廷允許的私自行為，本該被問罪的，但皇帝念他當機立斷救了不少百姓，將天災損失降至最低，因此不光沒有問責，反又賞了東西，還放言各地父母官當向其學習。

鹿臨書院的開學日子定在正月初七，無名私塾也不打算年前開課了。

陸尚在家中也沒有閒著，一點點規律了作息，拾起了擱置許久的健身操，又將物流隊的生意和唸書備考做合理安排，保證每日必有三個時辰的學習時間。

姜婉寧難得偷閒，又見他上進，心情越發舒暢起來。

上午陸尚打理生意的時候，她就去陸奶奶院裡看看花草，或者是去後面的小花園看看書、作作畫。正所謂一朝天子一朝臣，新帝上位數年，許多時政朝事也有了變化，這兩年又是科舉改制、又是天降大災，恩科內容想必也會受其影響。

姜婉寧要做的，便是提前將這些了解清楚，日後面對學生詢問，才好做出解答。

到了下午陸尚埋頭苦讀時，她多半也不會去打擾，只有被陸尚求教過來了，方才會稍稍提點幾句，這指點也不同於私塾裡的直接解答，更傾向於指引陸尚的思路，叫他自己想答案。

一轉眼來到臘月二十七，夫妻倆準備了節禮，親自送去郡守府。

兩人在郡守府用了午膳才離開回家，在自家門口正好撞見了送信的信使。

那信使把信交給姜婉寧，又找陸尚領了賞錢，說了過年的吉祥話，這才繼續去下一家送信。

姜婉寧瞧著有些皺巴的信紙，不知怎麼的，心口驀地劇烈跳動起來。

陸尚說：「走吧，進去再說。」

可姜婉寧根本走不動路，強烈的預感叫她一定要看過書信內容才行，她沒有多說，只是指尖顫抖著，摸了三、四次才把信拆開，翻開一看，裡面只落了潦草幾個字——

不負重託，已攜老爺、夫人踏上歸程。

姜婉寧丟下信紙就往屋裡跑，在床頭翻找半天，轉身又跑去了書房，好不容易找出輿圖，轉頭又把陸尚拽了過來。「夫君快幫我看看……你幫我算一算還要多久？我、我……」

她身體的抖動幅度越來越大，說到最後，聲音裡已然帶上顫音，眼角有水光滑過，她卻仍渾然不覺，只急著叫陸尚幫忙算腳程。

詹順安他們送來的那封信已經是兩個月前送出的，假使那時候他們剛出北地，回程因有長輩，肯定不能快馬，應會改乘馬車，這樣一路回來松溪郡，最少也要走上小半年。

陸尚沒有隱瞞，而是牽著姜婉寧的手，親手將回程的路指給她看。「阿寧看這裡……官路雖會繞些遠路，但最為安全，只岳丈跟岳母他們身分或有不便，多半會避開城鎮，這樣看來，他們現在應是走到了這附近，之後便會往這條路上走……」

他的聲音不急不緩，將北地到松溪郡這一路所有可能行經的道路都講清楚。

受他穩定的音調影響，姜婉寧那顆起伏不定的心也漸漸沈澱下來。

到最後，陸尚說：「我們再等三個月，等開春天暖了，我就安排車馬，妳我一同北上，去迎一迎詹大哥和爹娘他們。」

姜婉寧錯愕地看向他，眼尾掛著的淚珠抖落下去，換來陸尚的小心擦拭，而她只死死咬住下唇，半晌方才重重地點了頭。「嗯！」

——未完，待續，請看文創風1249《沖喜是門大絕活》4（完）

為流浪貓狗加油 和貓寶貝 狗寶貝 廝守終生(一定要終生喔！)的幸福機會

對人來說，貓寶貝狗寶貝只是生活的一部分，但妳（你）對牠們來說，卻是生活的全部，領養前請一定要考慮清楚——

▲ 害羞的大眼睛女孩——布偶

性　　別：女生
品　　種：米克斯
年　　紀：6個月
個　　性：膽小、無攻擊性
健康狀況：已結紮，已施打一劑預防針，愛滋白血陰性
目前住所：台中市西屯區（中途之家）

本期資料來源：洪多多小姐

『布偶』的故事：

討喜的毛髮和毛色，氣質優雅，正是布偶貓的迷人之處。混到布偶貓血統的布偶，外型天生好，個性也好，而且混種貓還比純種貓更容易照顧。不過，各位貓奴們可先千萬別暴動，且再往下看……

布偶目前不親近人類，時常窩在愛媽家的天花板上活動，連吃飯喝水都避著人享用，一看見愛媽探頭探腦地想觀察牠，就會發出喵喵叫，似乎頗有種「登徒子別偷窺，黃花大閨女我未出嫁，不許亂瞄亂瞧」的莫名喜感，愛媽的拳拳愛女之心，尚待布偶回眸一笑啊！

如此嬌羞的小閨女，連照片都是剛來中途家需要關籠隔離一段時間才拍到的。若您就是偏愛家貓獨立來去的人士，願意與布偶簽下一生一世的契約，用耐心締結良緣，請在臉書搜尋洪小姐，或是加Line ID：dhn0131，高貴不貴的喵星人等您上門「娶」回家！

認養資格：

1. 認養人一旦認養，須負擔部分醫療費（延續救援用），
並繳交半年期追蹤保證金，回報正常且確認無誤後，會歸還保證金。
2. 須同意簽認養寵物切結書。
3. 須同意送養人日後之追蹤探訪，對待布偶不離不棄。

來信請說明：

a. 個人基本資料：姓名、性別、年齡、家庭狀況、職業與經濟來源等。
b. 想認養布偶的理由。
c. 過去養寵物的經驗，及簡介一下您的飼養環境。
d. 若未來有結婚、懷孕、出國或搬家等計劃，將如何安置布偶？

2024年2月出版

夫人請保持距離

文創風 1232～1234

這些人總鄙視商戶貶低她名聲，
但這名聲好壞於她來說又不值錢，
縱使他們擁有一身清譽，
可真正能辦好事情的是她家的財富！

預料之外的婚約，握入掌心的鍾情／拾全酒美

首富千金秦汐帶著金手指，回到家中受誣陷而家破人亡前，
她一掃上輩子的迷障，看清環繞秦家周遭的魑魅魍魎，
並加快腳步，為甩開針對她家的陰謀詭計做準備。
暗示商隊可能被塞了通敵信函，學會漠視虛情假意的親戚，
並利用空間裡的水產，與貴人結下善緣，爭取靠山。
多項事務同時進行下，蝴蝶翅膀竟搧出前世不存在的婚約，
對象是赫赫有名不近女色的小戰神暻郡王——蕭暻玹。
儘管她不願早早嫁人，卻也不擔心這門婚事能談成，
對於外頭頻傳秦家挾恩逼王爺娶商女的流言，她更不在意。
誰知不但惹來皇上賜婚，那前世敢抗旨的小戰神也一反常態，
提議先假成親，待一年後他自污和離，以維護她名聲。
這條件對她皆是有利的，而且秦家與他也有更多合作空間，
且思及上輩子此人無論是行事作風及人品，皆可信賴，
不就是一種契約婚姻？他既然願意，她又怕什麼呢？

2024年2月出版

請進！美味飯館

文創風 1229～1231

他是個不可多得的好男人，許多女人都想要，她也想，
可是，這份感情終究不是給她的，而是給另一個女人的，
她不能奪走屬於原身的深情，不然，她與小偷有何區別？
然而，他正在蠶食鯨吞她的心，她無法控制被他吸引，
如果他繼續守在自己身邊，她不知還能不能守住這顆心……

借問美味何處尋？
路人遙指楊柳巷／一筆生歌

孤兒出身的米味因從小就對廚藝極有興趣，所以努力靠自己白手起家，
最終她自創品牌，成立了世界知名的食府，站在美食金字塔的頂端，
因有感於生活太忙碌，她想好好放個假，便把事業交託給徒弟打理，
不料還沒享受人生，她就意外地車禍喪命，再睜眼已穿成個古代姑娘，
而且頭部受傷又懷有身孕，偏偏她腦中對這原身的一絲記憶都沒有！
幸好寺廟的住持慈悲收留，母子倆一住四年，過上夢想中的鹹魚生活，
可惜好景不常，為了兒子的小命著想，母子倆不得不離開，踏上尋親之旅，
只因兒子自出生起，每月便要發病一次，發作時會全身顫抖、疼痛一整天，
住持說孩子身中奇毒，既然她很健康，那問題顯然出在生父身上啊，
想著孩子的爹或許知道如何解毒，母子倆便循著住持占卜的方向一路向北，
哪怕人海茫茫，她也要帶著孩子找到他爹！
為了養活娘倆，看來她得重操舊業賣拿手的美食佳餚才能快速賺錢了，
貪多嚼不爛，她先弄了個小攤子賣吃食，打算日後攢夠錢了再開間飯館，
期間聽客人說，曾在京城看過跟她兒子長得很像的人，那肯定是孩子生父啊！
於是她二話不說，包袱款款就帶著孩兒直接北上進京尋父救命去了……

文創風
1248

沖喜是門大絕活 3

國家圖書館出版品預行編目資料

沖喜是門大絕活 / 茶榆著. --
初版. -- 臺北市 : 狗屋出版社有限公司, 2024.04
冊 ; 公分. --（文創風 ; 1246-1249）
ISBN 978-986-509-511-6（第3冊 : 平裝）. --

857.7　　113002391

著作者　茶榆
編輯　黃淑珍
校對　吳帛奕
發行所　狗屋出版社有限公司
地址　台北市104中山區龍江路71巷15號1樓
電話　02-2776-5889～0
發行字號　局版台業字845號
法律顧問　蕭雄淋律師
總經銷　知遠文化事業有限公司
電話　02-2664-8800
初版　2024年4月
國際書碼　ISBN-13　978-986-509-511-6

本著作物由北京晉江原創網絡科技有限公司授權出版

定價290元
狗屋劃撥帳號：19001626
網址：love.doghouse.com.tw　E-mail：love@doghouse.com.tw
版權所有 · 翻印必究　倘有倒裝、缺頁、污損請寄回調換